★「澳大利亚人看中国」系列丛书 ★

The Far Road
George Johnston

漫漫长路

[澳]乔治·约翰斯顿 ◎著 陈 冰 ◎译

青岛出版社

编委会

主　　编　　孙有中　黛博拉·斯温尼（Deborah Sweeney）
副 主 编　　李　尧　韩　静　李建军

编　　委　　斯蒂芬·菲茨杰拉尔德（Stephen FitzGerald）
　　　　　　芮捷锐（Geoff Raby）
　　　　　　大卫·沃克（David Walker）
　　　　　　格雷戈里·麦卡锡（Greg McCarthy）
　　　　　　纪宝坤（Kee Pookong）
　　　　　　尼古拉斯·周思（Nicholas Jose）
　　　　　　朱益玲　刘　坤　刘树森　张勇先　武海燕　宋宪琳

AMBASSADOR	**AUSTRALIAN EMBASSY**
	BEIJING

Foreword – Australia's China Series (Qingdao Publishing Group)

The first edition of Australia's China Series of six volumes is a reminder of just how far Australia has advanced since Federation in 1901. Australia has transformed from a predominantly Anglo-Saxon society into a successful and proudly multicultural society where 1.2 million of our 25 million citizens claim Chinese heritage. This important series highlights the valuable work of individuals like Professor C.P Fitzgerald, the British historian, who conveyed the marvels of China to a 20th century Australian public. Fitzgerald inspired many young Australians to engage with China and today, China is the number one destination for young Australian students under the New Colombo Plan.

Australian author and playwright, Nicholas Jose, whose works include essay volume 'Chinese Whispers' (1995), makes an insightful contribution from the basis of his experience in China. Jose taught Australian Studies in China (1985-1987) and served as Cultural Counsellor in the Australian Embassy Beijing (1987-1990). Professor Jocelyn Chey, who was Australia's first Cultural Counsellor, Australian Embassy, Beijing

(1975-1978) writes an excellent piece from her vantage point of diplomat turned trade commissioner and later academic. This is a fascinating autobiography providing a window into the history of Australia-China diplomatic relations from its early stages until the 90s. Chey was the inaugural Executive Director of the Australia China Council, the organisation established in 1978 to further deepen engagement with China. The National Foundation for Australia China Relations, announced March 2019, will continue to build on this valuable work.

Thorough academic research by Michael Williams and Sophie Loy-Wilson means this series truly advances our understanding of the Chinese diaspora, from the Huaqiao movement between 1849 and 1949 (Michael Williams), to stories of Australians who made their lives in Shanghai (Sophie Loy-Wilson). This series demonstrates that stories play an important role in building understanding – for example, George Johnston's novel, 'The Far Road', which helped to raise Australian awareness of the full scale and tragedy of the Sino-Japanese war.

Thank you to Professor Li Yao, to the translators and to Qingdao Publishing Group for bringing this series to a Chinese audience. I have no doubt that it will further deepen understanding between our peoples.

Graham Fletcher
Australia's Ambassador to China
21 October 2019

总序

    第一辑"澳大利亚人看中国"系列丛书(共六卷)让我们想起,澳大利亚自从 1901 年建立联邦以来,有了多么巨大的发展。澳大利亚从盎格鲁-撒克逊人为主体的社会成功地转型为令人骄傲的多元文化的社会,在如今的 2500 万公民中,拥有华裔血统的人达 120 万。这套重要的丛书凸显了诸如 C.P. 菲茨杰拉尔德(C.P. Fitzgerald)教授这样的学者价值连城的作品。菲茨杰拉尔德教授作为英国历史学家,把中国的奇迹介绍给二十世纪的澳大利亚民众,激励了许多澳大利亚年轻人潜心于中国研究。今天,中国已经成为"新科伦坡计划"奖学金项目中澳大利亚青年学生的首选之地。

    澳大利亚作家、剧作家尼古拉斯·周思(Nicholas Jose)著述颇丰。他的散文集《细语中国》(1995)以其在中国的经历为基础,又一次做出不乏真知灼见的贡献。周思 1985 年到 1987 年在中国教授澳大利亚研究课程,1987 年到 1990 年任澳大利亚驻华大使馆文化参赞。梅卓琳教授(Jocelyn Chey)是澳大利亚驻华大使馆首任文化参赞(1975—1978)。她以自己由外交官转型为贸易专员,而后又成为学者的自身优势经历撰写了这部引人入胜的自传,为我们了解澳大利亚和中国从建立外交关系之初到上世纪九十年代这一段历史打开了一扇窗户。梅卓琳曾担任澳中理事会创会秘书长。该理事会成立于1978年,其创办旨在深化澳中关系的发展。2019年3月宣布成立的"澳中国立基金会"将在澳中理事会基础之上继续发挥价值。

韦迈高(Michael Williams)和苏菲·洛伊-威尔逊(Sophie Loy-Wilson)深入的学术研究使得这套丛书帮助我们更加全面地了解华人的散居状况,从1849年到1949年的华侨运动(韦迈高所著),到澳大利亚人在上海谋生的故事(苏菲·洛伊-威尔逊所著)。这套丛书还显示了文学作品在增进相互理解的过程中起到的重要作用。例如乔治·约翰斯顿(George Johnston)的小说《漫漫长路》就帮助澳大利亚人更好地了解了中国抗日战争的规模与悲壮。

感谢李尧教授、各位译者和青岛出版集团将这些作品带给中国读者。我深信,这将进一步加深我们两国人民之间的理解。

Graham Fletcher
傅关汉
澳大利亚驻华大使
2019 年 10 月 21 日

漫漫长路

中国西部，昆明，1945 年 7 月初，仲夏。从北方吹来的风吹动小船在湖面划出一道道涟漪，滇池水面显得愈发黝深。风横扫过整片高原，吹得尘土飞扬，让人倍感绝望。这是一家用竹条搭成的脏兮兮的云南体育界俱乐部，俱乐部里面的装饰带着浓重的爱国主义气息。哈里·杜鲁门和蒋介石的画像被纸制的牡丹花环围绕着，两人脸上现出严肃而无畏的神情，而做出 V 字手势的丘吉尔画像已经被取下，画面朝里地靠在墙边，上面落了几只苍蝇。

生活还要继续，大卫·梅瑞迪斯沉思着，一边在头脑里阴郁地设想着各种舞台指示①,一边转身面对安南②酒保。据可靠消息,这个酒保是一名活跃的卧底,同时服务于左翼河内民族主义分子和活跃于诸巴③一带山上的走私集团,此刻,他低眉顺眼,唯唯诺诺。因长期待在室内,他面色灰白,眉眼间透着狡诈和谄媚,表面上却是无条件的毕恭毕敬。

"再来两杯茴芹酒。"梅瑞迪斯说,他讨厌这个安南男人。手中握着这杯乳白色的酒,他转身面向布鲁斯·康诺弗。开口说话前,他迟疑了一下,康诺弗的注意力正在那个苗条的、穿着高开衩旗袍的中国姑娘身上。姑娘正在和奥·弗莱厄蒂跳舞。奥·弗莱厄蒂是Y部队④的新闻审查员,一个身材圆胖、留有一头浅色头发的男人。他的军绿色夹克衫上别着几条蓝色的勋带,中间是一颗紫心勋章。出于经验,梅瑞迪斯从来没有问过勋章的由来,而出于谨慎,他早已压下了对那个姑娘的兴趣。她是一个皮肤白皙的北方女孩,来自西安,非常漂亮,名叫友梅。一开始的时候,对方身上散发出的那种莫名的诱惑力引得他跃跃欲试,但她完全欣赏不了梅瑞迪斯的幽默感,而且记者总是容易发现太多别人的秘密……

"别想了,"他对康诺弗说,"说说你怎么看吧,你觉得我和你一起干一票怎么样?"

---

① 舞台指示,戏剧名词,剧本里的叙述性文字。
② 安南,越南古称。
③ 现越南嘉莱省诸巴县。
④ 1942年5月,中国国民政府将撤退到云南的中国远征军与新增派的部队整编为Y部队。

康诺弗转过身来,视线不情不愿地从那个正在如细柳般摇摆的轻盈身影上挪开,此刻,那个身影正在圆脸的萨克斯风手旁边旋转,对方是"南方的云爵士六重奏"的领队。紧身丝质旗袍高高的开衩露出了她棕色的匀称大腿。康诺弗个子很高,比梅瑞迪斯还高。虽然他的容貌不像梅瑞迪斯那么有特点——梅瑞迪斯有着一张布满皱纹的、瘦削的长脸,棕色的头发短而直,灰色的眼睛眼窝深陷,整个外表看上去隐约有中世纪之风——他比梅瑞迪斯还是要英俊多了。康诺弗有着一头闪闪的金发,热切而年轻的双眸在形状和颜色上都有点偏北欧风格。

"你的意思是上头派下来的活?"康诺弗心不在焉地说,他还没从那个正在跳舞的姑娘身上回过神来。"你在想什么?"

"桂林。"梅瑞迪斯说。

"为什么选桂林?"

"为什么不?那里似乎是唯一一个还在发生重要事情的地方。别的地方都没有什么新动态了,不是吗?要去新加坡做报道,你要等到天气合适才行。缅甸的战事已经没什么新意。现在公路打通了,怒江那边也没什么可报道的了。我们可以每天晚上就一屁股坐在这儿,喝得烂醉如泥,或者写点时评,让审查员们有事可干。我们也可以往南去,去看看桂林的情况。我承认我很想去桂林。"

"实在是太远了。"康诺弗还在看着友梅。

"四或五天的车程。我们可以征用一辆吉普车。"

"可以是可以,但我还是得问为什么,为什么要去桂林?"

"理由很充分。从星期二开始,他们就没提过桂林了。之前乱成那样,现在却一片死寂。而且日本人不再在汉口湖区一带扎营。别忘了,他们已经一路南下。日本人肯定是在孤注一掷,他们一定会干出点什么来。即便什么都没发生,桂林本身也值得一去,我们可以报道一下那儿的干旱。"

"是的,也许吧。"康诺弗点了点头,对梅瑞迪斯的主意毫不上心。那个叫友梅的姑娘已经离开了奥·弗莱厄蒂,重新又回到那排活泼漂亮的女招待那里。她们坐在长椅上,头顶上方是垂下来的花里胡哨的旗子——孟美、范尼·奚、雷琳,还有其他女孩,都跷腿坐着,露出她们紧致又年轻的大腿,这二十名引人注目、花枝招展的姑娘为中美团结作出了贡献。梅瑞迪斯顺着他同伴轻柔又炽热的目光看过去,想起两周前的体检结果证实性病发生率已经高达92%,62%的姑娘两种病都染上了!正因为中美团结的需要,俱乐部才没有关门大吉,但军官们已经收到了有关性病情况的警告和携带避孕套的建议。而作为战地记者,康诺弗可以享受军官的特权,却无须负军官的责任……

梅瑞迪斯把装着茴芹酒的杯子放在吧台上,伸手去够地上的野战背包。最近通货膨胀很严重,人们需要用背包来装钱才够喝上一杯。他抽出厚厚一捆小块砖头似的用纸裹着的五百元面值钞票,放在吧台上,然后又接着去掏钱。昆明有很多军官和美国大兵,他们拿的是美元薪水,他们仅仅利用货币市场的大涨大跌,就能大发横财。但梅瑞迪斯缺乏做这种投机买卖的天分。他总是背着鼓鼓囊囊的野战包,里面装满了几乎一文不值的中国钞票。他有时会想:如果他们把拉娜·特纳①锯成两半,自己肯定会要会说话的那一半……

"如果你是放不下友梅,"他一边说着,一边把第二捆钞票放在吧台上,"我劝你还是忘了她吧。她和英军服务团的军士睡过,她是为秘密警察工作的特工,你开的玩笑她从来不笑,她还得了淋病。"

康诺弗朝着他咧嘴笑了,"你是说她的贞洁有问题,"他说,"说得没错,但她的确是个性感的小东西。"

"我不是想让你注意她的贞洁问题,我是想让你跟我去桂林。"他扭过头来,一脸困惑地看着安南酒保,酒保正小心翼翼地把两捆钱推回给他。"怎么了?"他马上说,"中国的通货膨胀可不能怪到我的头上。"

"噢,不,不,不,先生!"安南男人谄媚地鞠躬说道,"先生,是因为有人要为你们买单。"他像蛇一样嘶嘶地嘘声说,"凌先生要为你们付酒钱,他就坐在那边。"

"我知道他坐在哪里。"

他转过身,眼神掠过布满灰尘的舞池,嘴角现出一丝玩味。银行家费边·凌穿着一身山东绸做的西服,和他那富态娴静的

---

① 著名好莱坞女星。

妻子坐在角落一张摆放着鲜花的桌子旁，这时正用筷子吃着面前的一碟坚果，一个白衣侍者正在用喜庆的红色茶壶为他们斟绿茶。老凌身材圆胖，外表浮夸，皮肤黝黑，眼睛好看但缺乏神采。

"谁为我们喝的酒买的单？"康诺弗问道。

"老凌，费边·凌，你应该知道。"

"我当然听说过他。这是第一次见到他本人。"

"伙计，你应该四处多看看，这儿除了姑娘还有别的东西可看。老凌几乎每个周五都来，这么说吧，周五晚上是间谍之夜，像老凌这种人，一定会眼观六路耳听八方的，他可不只是为我们买单这么简单。"

梅瑞迪斯举起酒杯，朝房间那头做了个正式的手势。他在敬酒，用低得几乎听不见的声音说了句"干杯"，他的嘴唇动了动，没有发出声音。费边·凌微笑着点点头，筷子往上举了举。他的妻子害羞地垂下了眼帘。有那么一两秒钟，梅瑞迪斯和这个中国人隔着舞池互相友善而警觉地打量着对方。然后，梅瑞迪斯缓缓转过身来，看着康诺弗，"伙计，"他说，"一起去一趟桂林吧？"

"没问题，我们再聊，"康诺弗敷衍地说道，"哎，要不你再跟我说说这个叫老凌的家伙，"他急不可耐地转换了话题，"他是上海银行家，对吧？"

"没错，他是其中之一。一个流亡爱国者，在云南等着局势好转。"

"可他这周在那单疯狂的货币交易里赚了个盆满钵满，对吧?"

"他们都赚了个盆满钵满,"梅瑞迪斯说,他哀怨地盯着脚下,用穿着靴子的脚去踢鼓鼓囊囊的野战包。"也就是费边·凌那伙人才能赚到钱,很多其他人,比如像我这样的,一分钱都挣不到。我们买入的日子不对,卖出的日子也是错的。这就叫缺乏敏锐的商业洞察力。"

"而费边·凌和那些人赚了七百万美元?"

"差不多,他们赚了很多钱。"

"兄弟!"康诺弗吹了声口哨。"我觉得他能请我们喝几杯。"

梅瑞迪斯慢慢地点点头,"他既然已经开始了,接下来还会这么干,所以,咱们用不着这摞废纸了,哈哈。"他拿起那两沓厚厚的纸币,把它们重重地扔回到野战包里。安南酒保面露微笑,赞许地点了点头,朝银行家的桌子那边瞥了一眼,伸手去拿装着茴芹酒的酒瓶。

"不过,他为什么要请你喝酒?"康诺弗想知道答案。

"因为我们是朋友,"梅瑞迪斯平静地说,"老朋友。"他嘲讽地盯着自己酒杯里的乳白色液体。"干杯!"他说。

"当然了,你有不少线人。"康诺弗不无尊敬地说,"要是你知道一切内幕,那你发一篇关于货币崩溃的稿子的话,这个影响力我都不敢想。"

"我没写过任何有关货币崩溃的稿子。"

"这个题材还不错,"康诺弗说,"我写过。"

"你是通讯社的,我为周刊写稿。谁会在意中国的通货膨胀?"

"哈,我们来这里就是要如实报道发生的各种事件,通货膨胀就是个很好的切入点,我的天!"

"如果我写了稿子,审查员不会让它过关的,所以,我为什么要浪费时间?"梅瑞迪斯耸了耸肩。

"审查员一字不差地通过了我的稿子。"

"当然,你是照实写的。你写日本人大规模突破衡阳,直接威胁桂林,日本人有可能所向披靡,直捣过来,切断缅甸公路的生命线。所以中国货币崩溃了。星期二那天你没有办法知道这到底是怎么回事。你不可能花两万块买入只值一卷厕纸的纸币,然后戏剧性的一幕发生了,费边·凌和他那一伙银行家们,这些流亡爱国者们,开始大谈特谈相信中国的耐力和韧性,然后他们买光了所有别人连擦屁股都嫌弃的中国货币。这个举动代表了他们对自己国家的信任。你就是这么报道的,对吧?"

"对,怎么了?呃,事实就是如此。"

"我同意。昨天早上重庆发了一道公报,认为桂林的恐慌是无中生有。恐慌慢慢消退,货币市场开始回暖。然后轮到手上囤着那些法币①的费边·凌和他的伙计们重新卖出了。看到了吗,他们就这样低买高卖。不过他们的确担了风险。"

"他们很聪明,这是肯定的。这就是为什么他们会干这一行,他们赚的七百万正好证明了这一点。不过,说到搞投机,

---

① 中国1935年至1948年流通货币的名称。

这是个开放的市场,你或我也可以像他们这么干,当然了,资金规模要小一点,但操作是一样的……"

"没错。"梅瑞迪斯疲惫地笑了,把脚放在他的野战包上。"我活在自己的世界里,这是我的困局。话又说回来——去一趟桂林,你意下如何?"

那个中国女孩已经和审查员一起去了另一个房间,所以康诺弗现在可以专注地看着梅瑞迪斯。他非常崇拜眼前这位业界前辈,既因为他老练成熟——作为新闻从业者,他经历非常丰富,在许多报道中展露了夺目的文采——更因为他有着越过事物表面深入幕后的超凡能力。梅瑞迪斯很有可能手上有重要的线索,如果真是那样,他康诺弗要是错过这个跟随梅瑞迪斯一起一探究竟的机会,他就是个蠢材。从本性上来说,梅瑞迪斯是一个有点挑剔的新闻记者。他名声在外,这通常也能使他在挑选报道主题的时候用行家的眼光精挑细选。他坚持去桂林,这看上去有点奇怪:特意计划一趟遥远而艰难的旅途,去一个只能说得上是战争大后方的地方,而且还没有明确的报道方向,这并不像梅瑞迪斯的作风。

"如果你要我去,那我就跟你一起去,戴夫。"康诺弗说,"我还想知道这一趟究竟是为了什么。"

"我不知道这是为了什么,"梅瑞迪斯安静地说道,"这就是我一心想去看看的原因。恐慌发生以后没人再提起桂林……就好像恐慌压根没有发生过,不仅如此,就好像这个地方从来没有存在过一样。我觉得自己对这一点感到很好奇。就是这样。"

"行,我们一起去看看。"康诺弗热切地说,"管他呢!反正我们不会有什么损失。"那个叫友梅的女孩这时和奥·弗莱厄蒂又回到了房间。康诺弗把皮带扣上,说:"我们回头再聊。我想我现在不妨找盘尼西林小姐跳上一曲。"

"玩得开心。"梅瑞迪斯说,"别忘了在金碧路附近有家预防站①。"

梅瑞迪斯端起安南酒保刚刚为他倒的茴芹酒,向舞池那边望去。随着音乐摇摆的一对对身影遮住了费边·凌坐的桌子,尽管如此,他还是用嘴唇默默说了句"干杯"……

第二天早上,他们从 Z 部队公共关系处征用了一辆连着挂车的吉普车,康诺弗开着它去装补给。不到十点半,他回到旅馆,挂车已经装得满满当当。

"我们要用的你都拿到了?"梅瑞迪斯问。

"都拿了!"康诺弗咧嘴笑了,"我还让他们发给我一把卡宾枪和一把柯尔特点 45 手枪,还有几箱热带丛林作战口粮包②。"

"好极了,我们现在要做的,就是去找一片丛林。"

"我们现在要做的,"康诺弗说,"是为我们的报道找材料。"

---

①二战期间,美国派往海外的部队士兵中性病肆虐,其中以淋病和梅毒尤甚,因此美国专门设立性病预防站(Prophylactic Stations),为士兵发放相关预防药物和用具。
②指美军专门为热带地区作战配备的口粮供给,特点是轻便、干燥、脱水,如牛肉干、桃干、奶干等。

梅瑞迪斯觉得，炎热本身，就是一件让人感到无比绝望的事情。滚滚热浪，不仅掠过皮肤，在皮肤表面游移，甚至深入皮肤之下，将信念的汁液烘干，将目标化为灰烬，使野心枯萎凋零。这就是为什么在热带地区生活会使白人意志尽丧，使他们成为自身弱点的牺牲品。

然而，这里不是热带，这里是中国南部。准确地说，这里是广西的北部。他们手上的几张地图——颜色不一，整齐地装在帆布夹里，一般只发放给情报部门人员——都清楚地显示他们的位置至少位于北回归线以北两个维度。毋庸置疑，他们身处温带，尽管这个词即使想想都会令人觉得可笑。地图夹是康诺弗从一个军官那里弄来的，这个军官目前正在黄河以北的某个敌后地区工作。在那里，一个盖着美国陆军部印戳的夹子会让他看起来非常可疑。但是身上带着这么一个地图夹，却很符合康诺弗的做派，或者说，许多年轻一点的战地记者都是如此。他们热衷于背着只配给美国空军的草绿色 B4 飞行包到处旅行——康诺弗的那个是用两箱加拿大会所牌威士忌从一个随远东空军部队飞出印度阿萨姆邦的空军中尉那里换来的——而且他们总是想方设法得到类似的物品，如突击队员的小刀，空军墨镜，还有专为情报部门特工设计的地图匣子。此外，他们偶尔涉足战区的时候，总要从丛林作战口粮仓库那里搞上些存货，就像康诺弗所做的那样。他们是在间接地体验在战场上的那种枪林弹雨的感觉，但这种虚张声势的举动实在没有什么新意，梅瑞迪斯思忖着……就像那些会在行李上保留酒店标志贴纸的旅客,哪怕是他们从来没住过的酒店的标志贴纸……

但他现在的感觉和康诺弗的地图夹或者后面挂车上的丛林口粮毫无关系。这种感觉令他非常沮丧,但他却说不清是什么。

总的来说,他倾向于将这种感觉归咎于他们离开昆明六天以来逐渐累积起来的疲劳——每一天都很孤独,与外界失去联系,冒着酷暑里的尘土与热浪,在坎坷的道路上长时间驾驶。从云南高原下来,艰难地穿越贵州的莽莽群山,来到这片干旱与战火留下满目疮痍的土地。在中国旅行所面临的处境总会不可避免地打击人的热情。中国——他忧郁地想——真是太大了,大得让人难以应付。一切都向外铺展,道路都太遥远。没什么能按计划进行。在中国当记者,亲自出门视察是一个很不明智的举动,在堆满书籍和地图的房间里伏案写作要容易得多。有了地图,你就可以足不出户而自给自足了。

梅瑞迪斯放慢速度,在一条穿过一片生长不良的松林、从山脚下迤逦过来的土路中间停下吉普车。他摘下墨镜,用酸疼的手指掠过自己支棱着的乱蓬蓬的棕色头发。因为汗水和灰尘的缘故,头发干硬,触感很差。他沉默了半晌,盯着这片干涸的广西平原心脏地带,等着康诺弗说话。

"哈!"康诺弗吐出这个单音字。他张开被晒黑了的胳膊舒服地伸了伸腰,脸上露出微笑。平原上吹来的炙热的风抚弄着他那卷曲的金发。他凝视着远处的城市,就像西班牙征服者在达连高地审视西边如绿垫子般的巴拿马地峡,眯起的眼睛里透着难掩的孩子般的兴奋。(康诺弗的头脑里的确浮现了巴尔沃亚①的身影。)他带着一股隐秘的强烈满足感慢慢点燃一根香烟,烟从他的鼻子里悠悠地飘出来,又慢慢散去。

大卫·梅瑞迪斯笨拙疲倦地伏在方向盘上,嘴里哑着旁边座位上打开的K口粮②里味道寡淡的葡萄糖片,挪了挪瘦削的臀部以缓解疼痛,朝土里吐了一口唾沫。

"哈,"康诺弗重又说道,"那个美美的小地方就在那里。"

"没错,"梅瑞迪斯附和说道,"就在那里。"

在阳光之下,远处的城镇就像褐色平原上的一块方正的深色厚石板。屋顶的瓦片和庙宇的镀金层都蒙上了尘土,暗淡无光。通向各主城门的四条大路在干枯的大地上拼出四个象限,像极了老地图上的方格。这些路延伸消失在环伺的群山中,每一条路上都矗立着一个塔身纤细却又不尽相同的宝塔……它们是无言的岗哨,在抵抗着一片死寂中无法言喻的危险。

西边的塔一共十一层,七层的下方挨着附近一座山峰的山腰位置,那里布满岩石,生长着两棵大雪松,怪诞扭曲的树干支撑着黑漆漆的、好像被压扁了般盘曲的树枝。宝塔和这两棵大松树一样古老,塔身布满裂缝,杂草丛生,稍微向左倾斜,看上去已摇摇欲坠。壁龛里所有的佛像都倾塌了,只有一个还立着,而且大多都已破碎。从他们二人的角度看过去,似乎塔

---

① 巴尔沃亚(Vasco Núez de Balboa):文艺复兴时期西班牙探险家,对巴拿马地峡进行探险,率探险队首次看到了太平洋。
② K口粮(K-ration)是美军在二战时期发给战士的临时作战口粮,一份K口粮早、中、晚三餐俱备。

身是靠着吉普车的前挡板勉强立着的。

"有点凄惨啊。"康诺弗说,皱起眉头。他越过残塔,看向桂林四周的平原。"地里一点绿色都没有。"

"所有地方都没有一丁点绿色。"梅瑞迪斯说。

他看到桂林城墙上有一圈黑渍,就像最初垒上去的砖头是用沥青固定的,而沥青在炎热中熔化了。他推测这是城墙上的青草和其他植物在旱灾里枯死后起火燃烧导致的。城镇上方低悬着一股烟,颜色就像干虫漆,风在吹,这股烟却纹丝不动,看上去就像灰蒙蒙的天空上的一个擦不掉的污点。附近平原上的一块块田野里没有任何被灌溉过的迹象。眼前的景象不对头,也让人心烦,他想。因为在中国肥沃的河谷地带,你总能看到田里倒映着白云和蓝天、水稻田灌满了水、渠里流淌着水的景象。此外,路上没有来往的行人和车辆,土地上也没有任何生命的迹象。被太阳烤干了的褐色大地没有一丝灰尘扬起。

正是这种空荡荡、了无生气的样子让梅瑞迪斯产生了异样的感觉。一开始是一种令人恶心的寂寞感,接着一丝恐慌掠过,使他突然感到眩晕和恐惧。于是他抬眼看向四周的群山,仿佛从远处的景物中能寻找到安慰。群山向南绵延,呈灰白色,在热气中灰蒙蒙的,如海市蜃楼一般。空气看上去显得很厚重,重得似乎能承载烧焦的草、燃烧的木头和烟混杂而成的刺激气味。但是,除了尘土的气味,吉普车混合着金属、汽油、铁锈的温暖气味,还有树林里干枯的桃木和松木散发的气味,别的什么气味都没有——这种感觉就好像在炎热的日子里躺在杉针堆上,又像用手摩挲着去感受衰老的皮肤,他心想。

"嗯,我们要的新闻就在这儿了。"康诺弗说。

"是的,我们总能挖出新闻来。"他故意轻描淡写地说,"尤其是别人都没来过这里。"梅瑞迪斯用舌头在嘴里的葡萄糖片上挖出一个小洞,糖片溶化了,他用带着酸味的舌头沿四周舔了一遍干裂的唇。"我们走吧,"他突然说,"在这儿干流汗没意义,我们去小巴黎凉快凉快。"

"小巴黎。"康诺弗重复道,大笑起来。他们以前总是这么称呼桂林。这个坐落在它倾斜的城墙后面的古老而美丽的小城市,是一个多么明艳、欢快、友好的地方。小摊上堆满了水果,雪松为寺院投下浓荫。四周充满了小吃摊摊贩的叫卖声、街上人们拉二胡发出的尖锐刺耳的声音以及薄暮时分的蝉鸣声。酒馆里有用广西稻田孕育的大米酿造而成的上好的米酒,人们欢歌起舞,姑娘们吃着桑葚。广西姑娘——名声在外、可人、不受拘束的广西姑娘——康诺弗愉快地想着,她们有着笑意盈盈的嘴唇、勾人心魄的眼睛和随和亲切的举止。她们是美丽的姑娘,有着修长、轻盈、健美、漂亮的大腿和平坦、结实、小巧的小腹,珊瑚红色的双唇间露出这世上最洁白的牙齿。"兄弟,咱们走吧!"康诺弗说,"美食美酒在等着我们!我们先去澡堂,怎么样?一身的泥,得好好洗洗!"

"就这么办。"梅瑞迪斯表示同意,他努力集中起注意力,试图克服心里的不安和忧虑。他开着吉普车,小心地绕过道路拐弯处的松软沙堆,慢慢驶过第一个古塔。这些有上千年历史的古塔可以保护桂林免受游荡的邪灵的侵袭。

地里没有丝毫劳作的迹象,这对他们来说本应该是一个不良之兆,因为这预示着他们在桂林城的西门有可能见到的景象,因为他们二人都还记得十二个月以前广西平原的模样。那时,路上能看到成群的苦力和穿着裤子的女人们……铃声叮当,奏出欢快而有节奏的音符;小马驹以整齐的步伐踢踏前行;黄包车一上一下地向前奔驰;平板车的车轮在水果和蔬菜的重压下都歪斜了……田里到处是辛勤的农民在安静劳作,他们的动作不疾不徐,或在堤坝上除草,或蹚在齐膝深的水稻田里——这些耐心的人们头戴宽檐草帽,身穿打着天蓝色补丁的裤子,弯腰照料着绿油油的、刚抽出纤弱稻穗的稻苗……渠里的水潺潺流淌,激起的水花在水面上泛起涟漪。水车缓慢地转动着,发出咯吱咯吱的声音。黄牛在泥泞的稻田里辛苦劳作之后昏昏欲睡……竹林里,小男孩们神色庄重,头上戴着藤编的圆帽,身上一丝不挂,两腿叉开,坐在长着一对宽角的水牛背上,在凿有圆孔的木笛上轻轻吹出尖细如口哨声般的曲调。空中飘着风筝,青烟缭绕,就像纤细、柔软、灰白的老人头发。售卖小吃的小贩敲打着他们装食品的罐子,沟渠里传来出阵阵笑声,百灵鸟在鸣唱……

他们之前已经知道这一带闹旱灾,知道战祸有可能带来的影响,现在这些空荡荡的田野本该让他们警醒。然而在经历了多日的旅途劳累之后,他们终于看到了目的地,心中如释重负。所以他们下意识地摒除了预警。还有一个原因,尽管梅瑞迪斯经常心怀恐惧,但此刻他不想显出害怕的样子——尤其当他知道康诺弗几乎从来不害怕,或者有时即使他心里也怕,但他能装出若无其事的样子,从来不表现出来。然而,尽管梅瑞迪斯希望保持乐观,或者说至少使自己看上去很乐观,他却发现自己那种无法言喻的不确定、惊恐和不安的感觉在不断加深。他们已在平原上走了一半的路程,他把吉普车停了下来。

"又怎么了?"康诺弗看着他。

"太不对劲了。"梅瑞迪斯焦虑地看了看四周,"附近连个人影都没有,所有地方都没有!你看。"他抬起手,"甚至连动物都看不到一只。"他仰起头,越过路边干裂的田埂看过去。在田埂那边,水渠已干涸成不规则的土块,上面覆盖着一堆堆的沙子,在阳光下闪着亮光。路边的田野,稍远处的田野,再远一点的田野,表面都已被烤干,裂成无数圆形的土块,边缘往上翘,仿佛成千上万被毁掉的陶盘散落在乡下。往远处,这些圆圈变成了大椭圆、小椭圆,扁化成线,渐渐缩小,消失在这干旱的平原上。一个用破败草帽和干草做成的简陋稻草人松松垮垮地挂在一根倾斜的杆子上,样子骇人。周围没有乌鸦。

"旱灾。"康诺弗说。

"旱灾,是的。"梅瑞迪斯不确定地点点头。

"或许城里有动静,"康诺弗期待地说。他同样感到困惑和心神不定,但并不感到恐慌。他不害怕,甚至连一丝不安也没有:因为他生性务实、有条理,喜欢解决问题。"或许有集市,"他说,"就像六月六,诸如此类的。"

"真的吗?"梅瑞迪斯一脸狐疑地笑了笑。他向城里看去,"那边看上去,"他说,"比这里还死寂。"

他们离西边的城墙已不到半英里[①]。高高的城垛上看不到一丝人影。他们可以清楚地看到拱门敞开着,四周没有任何活动,完全没有往常城里人、乡下小贩、买卖人和守门士兵熙来攘往的景象。

"我觉得我们要放轻松一点,"梅瑞迪斯不慌不忙地说道,"要是先前那些报道是真的,要是日本人的确来了,怎么办?"

"呵,别瞎说。"康诺弗说。

"要是他们已经占领了这个地方呢?"梅瑞迪斯坚持说道,"他们会不会正坐在那儿,等着我们就像两个愚蠢的迷路旅客一样开车进去?"

"要真是那样,他们早就采取行动了,你说呢?"康诺弗不无道理地说道,"他们会派部队从这儿一直到山边沿途设岗,而且,他们每占领一个地方,就会把旗子挂起来。我的天,伙计,他们获胜后一定会弄得人尽皆知的!噢,去他妈的,戴夫——咱们进去吧,去找澡堂子。"

梅瑞迪斯耸耸肩,继续往前开。他知道康诺弗说得对,也知道康诺弗比他勇敢。他开得很慢,不停地东张西望,那样子似乎不是想从这荒弃的地里发现些什么,而是不想向前看到西

[①] 一英里为 1.609344 千米,半英里约 800 米。

城门空荡荡的拱门。

城墙的外面搭着一张残破不堪的屋顶草垫,草垫的一边只剩下了参差不齐的稻草杆子,在阵阵微风里上下翻飞,发出一种空洞的令人不安的声音,一种轻轻的、沉闷的、像拳头打在石头上的声音。草垫子悬在一个废弃的集市货摊上,货摊已经倾覆,被砸得稀巴烂。四周不远处的地上散落着被踩碎了的破陶器,大部分是水罐和吃饭用的碗。尽管窑烧的碎片和被太阳烤干的土块颜色不一样,这些破碎的陶器看起来仍然好像是外面田野里干裂的土地的一部分:只需再过些时候,二者终将化为相同的尘土。

城门半开着,但左边装有铜铁饰钉的大门已经被火烧焦,上方的圆拱被熏得黑魆魆油腻腻,被烟熏过后留下的印迹就像脏蜘蛛网,非常难看。里面空无一人,男人、女人、小孩、动物,一个都看不见。

梅瑞迪斯驶过拱门下凉快的长过道。过道又宽又深,使他感觉就像驶向望远镜的目镜一样。他把车拐到宽敞的内广场上,在内墙的阴影下小心地停了下来。这个广场原是城里的一个集市。他不慌不忙地熄了火,然后把因一路奔波而沾满了灰的瘦削双手放在暖烘烘的挡风玻璃的金属框上。

"呵,他们在赶大集。"他说,仿佛言语里的讽刺能打破四周寂静的魔咒,但在他自己的耳里,这句话听起来既蠢又假。他现在知道,这就是他先前的害怕之处。他一直感到恐惧的,是空寂,不是危险。

他似乎看到在广场远处的阴影里有一只老鼠在动,但并不确定。如果那个东西真的是老鼠,那么它是这里唯一的生命迹象。他意识到,如果那个东西的确是老鼠,那它也可以成为一个象征。因为有大量的证据表明生命就是以这种方式消逝的——骚动而狂野,完全失去控制。广场左边那片被烧焦了的废墟是原来的店铺和建筑,现在全都被大火夷为平地。显然,这里的火是从城门蔓延过来的。在焚毁的废墟对面,广场另一边的货摊和仓库已经支离破碎,残片散布在鹅卵石地面上。这里同样到处是被打碎的陶器,垮塌的棚顶上的破烂草席同样在歪斜的立柱和被熏黑的城墙上凄凉地飘着。

风从城门那边吹过来,又吹到别处,因此眼前景物的气味没有钻到他的鼻孔里。但在广场中间,阵阵狂风逗弄着黄色的纸片和肮脏的布条,把一堆堆零散的稻草和谷壳吹得到处乱飞,仿佛是什么人的手指在地上摩擦造成的。突然,城门门洞里吹来一阵更凌厉的风,发出呜呜的呜咽声。一长串红色的祭祀烧纸从一堵墙那儿被吹起来,疯狂地打着转,在他们前方的空中飘了一会儿,然后懒散无力地落在地上。

"我的天!"康诺弗低叫道。

梅瑞迪斯说话的嗓音低沉干哑,"那些报道都是骗人的。看看这里,这个地方已经废弃了,你看不出来吗?所有人都跑了,他们全都放弃这个地方跑了!"

"就这个地区,没别的地方,"康诺弗不确定地说,"嗯,肯定发生了什么事……天啊,一看就能看出来!或许是暴乱?

我想警察已经……"

"包括外面那些农田？一直到山脚下？"

"所有人！这不符合逻辑。这么大的地方，这不可能。"

"好吧，要不我们去看看到底符不符合逻辑。"梅瑞迪斯从吉普车上爬下来。只觉修长的腿一阵痉挛，他低低地呻吟了一下。他站起身，感觉大腿和小腿比屁股还疼。

"车怎么办？"康诺弗疑惑地看着他，"怎么说？我们不开车去？"

"我们稍微四处走走。开了六天车，走走对我们有好处。"梅瑞迪斯不想承认他脑海里现在想的是他不愿意听到吉普车发出的噪音在桂林此刻空旷的街头回荡。

"但我们不能把它留在这儿，"康诺弗表示反对，"这样不安全。我们所有的食物都在挂车里，还有汽油，要是有人……"

"有人？或许我们根本连个人影都见不到。走吧，车不会有问题的。"他又犹豫了一下，"不过我觉得我们应该带上枪，"他说，"谁也不知道会碰上什么。你最好带上那支点45，我带卡宾枪。"他把枪从枪带上解下来，甩到自己的肩膀上。"好了，你说，我们先去哪里？你一直想去的澡堂？"

"可以啊！"康诺弗咧嘴笑道。装在枪套里的柯尔特点45结实地抵在他的大腿上，他的内心里升起一股强烈的冒险欲，他的不确定感消失了。这已经够写一篇稿子了。他示意梅瑞迪斯走在前面，这既是因为梅瑞迪斯比他年长，也因为梅瑞迪斯经历更丰富。梅瑞迪斯以前见过被焚烧的城市，他可能有他的一套做法。他是老记者，是行事谨慎的专业人士。

他们走上正对着他们的那条街，那是一条狭窄的小街。在前方一百码①处，这条街折向了右方。街道两边都是五金铺，店铺的上方有阳台，悬挂着棚子和破烂的招牌。街道掩在阴影下，黑森森凉飕飕的，一片荒凉的景象。空气里能闻到铁锈、焦炭和焊料的味道，东西剥落和腐蚀的味道，还有寂静的味道。街上四处都没有暴力或者肆意破坏的迹象。康诺弗和梅瑞迪斯走在街道中央，两人挨得很近，小心警觉地向前走，不时往两边看。很少有店铺是关着门的，大多数都店门大开，向外敞着。木门框上了漆，店里昏暗无光，就像一个大洞穴，里面有生锈的铁链、镀锌管、金属板、钢管、铁砧、锻铁、各种农具、用线穿的螺母和翼形螺钉、桶装的钉子，还有闪着微光的黄铜、紫铜、锡、钢的模具。

"看样子我们有报道可写了，"梅瑞迪斯说，然后提高声音又重复了一遍这句话，因为说第一次的时候，他几乎是喃喃自语，"看样子我们有报道可写了。"他小心地说道。

"绝对，"康诺弗说，"不过我们还需要一些事实，比如为什么会发生、什么时候发生的和怎么样发生的。"在梅瑞迪斯听来，康诺弗的声音很兴奋，但是又很正常。他们继续往前走，又拐了个弯，现在已经无法回头看吉普车是否还在原地了。梅瑞迪斯清楚地感觉到，当他们说话的时候，两个人的声音要

---

① 一码为 0.9144 米，一百码为 91.44 米。

么都大得不自然——或者说，在这样寂静的环境中，他们的声音显得太大了？——要么低得可笑，听起来就像在搞阴谋诡计。意识到这一点之后，他便不再吭声了，如果康诺弗开口，他就咕哝一声，或者点点头。

康诺弗颇为兴奋和着迷，并没有被奇怪的处境吓住，不断地发表评论和提出猜测。他全神贯注，根本没有注意到自己的同伴对他的话并无回应。他很年轻——他只有二十四岁，比梅瑞迪斯年轻将近十六年——所以他看到的是这座被废弃的城市的表象，而不是令梅瑞迪斯这个老家伙警觉的更微妙、更恐怖的事实。梅瑞迪斯的态度就像进入一个陌生的房子，发现在一扇紧闭的房门后躺着一具死尸那样。他的直觉告诉他，他们应该低声说话，或者沉默不语，踮着脚走路，然后尽快出来、离开。他害怕见不到和听不到的东西。走近每一条小巷，每一个十字路口，他的心都会怦怦直跳。在每一个空荡的角落，他都紧张得屏住呼吸，等待什么东西出现。空荡荡的街道望到尽头依然是空无一物。没有人的活动，也就没有了色彩和喧闹，街道显得灰暗、单调，带着无尽的忧伤。这些街道里一个又一个晦暗的角落，被无声地吹到柱子和门廊上的尘灰，满是垃圾的门槛，那些无人照看、在风中翻飞发出刮擦声的东西，在空气中弥漫着的空寂、荒芜的气息，这一切让他觉得如同置身于噩梦之中。他抬头寻找鸟儿，希望有某只动物从一条巷子或者下水道里偷偷溜出来——他还不合逻辑地希冀看到的是动物或者鸟儿，而不是人——而当眼前没有任何生命迹象的时候，他看向天空，寻找他们曾从山脚下见到的暗黑的烟斑,可烟斑已经看不到了。或许他抬头看到的就是那个烟斑,因为所有的空气看起来都肮脏泛黄,把寂静和空虚包裹起来,压在他们身上。

"没有发生过战事的迹象,"康诺弗说,"什么都没有。这我就不懂了。"

梅瑞迪斯摇摇头,什么都没说。焚烧的痕迹,恐慌的痕迹,劫掠的痕迹,除了这些以外,没有别的。五分钟后,他们来到一处曾是花市的小广场——康诺弗清楚地记得在一个个巨大的芍药花环后面一张张黝黑的脸,还有个男人为某个葬礼用菊花编了一顶花轿子——现在这里有一串弹坑,弹坑尽头是被烧毁的一堆残垣断壁,一堵白色的墙上面有榴霰弹和机枪子弹留下的灰色粉状凹痕。但袭击似乎仅限于这个有限的区域,因为他们再没发现别的敌人进攻的痕迹。有几处可能是迫击炮或者手榴弹造成的可疑的破坏痕迹,而即使是真的,破坏程度也很小。

他们仍然小心翼翼地往前走,现在两个人都沉默不语了。他们穿过这个被炮轰过的广场,向左拐,朝城中心方向走去。几分钟后,这条路线将他们带到了那条把桂林按东西方向一分为二的长而宽的大街上。风在大街上呼啸,吹起枯萎的叶子摩擦着人行道,吹起灰尘和细砂砾,打在混凝土的银行大楼外墙上,嘎嘎作响。呼啸的风一下一下地抽打着已裂成布条的褪色招牌,并将死亡和腐烂的令人作呕的气息准确无误地送到他们的鼻子里。康诺弗看了看梅瑞迪斯,梅瑞迪斯则扭头看往别处。两个人都没有作声。

几分钟后，他们发现了第一具尸体。尽管他们后来看到过各式各样的死尸，这是在大卫·梅瑞迪斯的记忆中最令他感到惊骇的一具。这是一个女孩的尸体，一个年轻女孩——梅瑞迪斯猜测她只不过十一二岁，或者十三四岁。尸体已经肿胀发黑，有被咬的痕迹，他无法做出确切判断。她被丢在一堆用来混合水泥砂浆的粗灰砂上，仰面朝天。身上单薄的棉袍已被扯掉，只剩腰部一圈破破烂烂的蓝色布片。一堆同样的粗灰砂遮住了她一部分小小的、袒露的胸脯。裸露的大腿大张着，大腿内侧糊着某种浓厚的黑色物质，很有可能是干涸的血。她的嘴唇像用墨汁重新画在发黑的脸上，唇间露出的牙齿洁白小巧，闪闪发光，非常整齐。她的双眼紧闭，睫毛杂乱。纠结的头发披散在砂砾上，因为沾满尘土而发灰。除了牙齿，她毫无美感可言，只有恐怖和丑陋。梅瑞迪斯转过身去，感觉眼睛发疼，喉咙窒息。

但即使转过身去，他眼前依然浮现着那个女孩的样子。他能看到围绕她大腿和嘴巴飞舞的黑绿色、闪着金属光泽的大苍蝇，能听到苍蝇不停振翅发出的嗡嗡声。

"强奸，对吧。"康诺弗不安地轻声说，"这可以肯定。天啊！但发生多久了？这是个关键，几天前发生的？"

"我的天！咱们去别的地方收集素材吧，看在老天爷的分上，咱们赶紧离开这里！"

梅瑞迪斯开始跑起来，但他一口气没喘上来，呛住了，只好停下来，大口地喘气，然后低着头慢慢地走开，握着卡宾枪后膛的指关节发白。他没有回头看康诺弗是否跟了上来。

在那之后，他们又看到了许多尸体。这些尸体不像在战争中那样都集中在一个地方，而是分开在不同的地方，且通常是令人意想不到的地方，就像那个女孩被扔在用来和水泥混合制作砂浆的烫手的灰砂堆上。大部分尸体都在城中心附近，梅瑞迪斯有种感觉，他们可能是被引诱到这里然后死去的——就像被凶猛的猎食者引诱，受惊，倒下，然后被弃尸。一个老人瘫倒在蹄铁匠店铺入口的沥青地面上。一个女人倒在一个七零八乱的厨房里的桌底下，身边全是散落的盘子和碟子。一个孩子脸朝下躺在一个挖出来的土洞里。一个年轻男子蜷在排水沟里，一把骨柄小刀插在他的肩胛骨之间，另一把相同式样的骨柄小刀被紧握在他肿胀的手里。他不是唯一一个惨遭屠杀的人，那个砂堆上的女孩也不是唯一一个遭到强暴的女性。在城里这片区域，不管他们走到哪里，死者可怕的容颜都像在向他们诉说桂林城当日所遭受的秘密袭击以及所经历的残暴、疯狂和恐慌。

他们在内城查看了一个多小时后，偶然碰到一个小酒馆，南鹤酒家。他们都记得以前来过这里。酒馆里仍然显得井井有条，酒杯、盘子和筷子整齐地放在架子和筷笼里，没有被弄乱的迹象，也看不出有什么不对劲——唯一的例外是酒馆老板黄立人和他体态丰润、待人和气的老婆以及酒馆伙计都不在——其中一个酒缸子里还剩下一两升品质不错的米酒。

"想过去看看吗？"梅瑞迪斯说。他发现了一个长柄勺和一个酒瓶子。在酒馆里他感觉安定多了，眼前的事物勾起了他以往在这里的回忆，虽然此刻这种熟悉感似乎有些夸大。这里的井然有序给人一种安全感,就好像这里是一个庇护所,可以抵挡外面的空寂。

"当然,为什么不?"康诺弗从他的笔记本上抬起头,"酒都在,对吧?"

梅瑞迪斯斟了一杯酒,拿到桌子上。他们一起小口地抿着,开始先尝了尝,然后便高兴地喝了起来。梅瑞迪斯喝完了一杯,又重新倒满。"真不赖,"他说,"即便是冷的,味道也非常好。"

"这酒冷着喝总让我觉得像日本米酒。"康诺弗说,又轻啜了一口,撅起嘴唇,"嗯,我知道米酒也是热着喝的,"他说,"不过我更喜欢喝冷的,没别的意思。不过,在这种时候,乞丐可没有选择的权利。干杯。"他一饮而尽,然后放下酒杯,拿起自己的笔来。

"你在记什么?"梅瑞迪斯说。

"做点记录。有一两个点我不想忘了。"

"比如?"

"一些触动我的东西。像是花市,只有一串炮弹落在了那里,你注意到了吗?还有飘在空中的祭祀烧纸。还有刚才躺在那儿的那个女孩。"

"老天,你必须得记下来吗?"梅瑞迪斯转开身,拿着长柄勺走到大酒缸旁边。女孩的样子还停留在他的脑海里,舌尖尝到的酒也变得酸涩起来。他觉得自己的安全感在一点点地被抽走,仿佛酒馆的门被猛然打开,外面的空寂像潮水般涌进来。放下长柄勺时,他发现自己的手在发抖。他转身对康诺弗说:

"咱们离开这儿吧,你过一会儿再记录。"

康诺弗点点头,把小笔记本放进衬衫口袋里,扣上扣子。他急切地想出去。正走着,他停了下来,往四周看了看,说:"兄弟,这看起来太奇怪了。即使在这里也是。见不到人,我是说。一切都和我们以前看到的不一样了,不是吗?"

"你还想去澡堂看看?"梅瑞迪斯说。

"不一定非得是澡堂。澡堂的情况可能比这里更糟,一个没人的澡堂,你能想象吗?"他笑了起来,但笑声有些勉强,还带着一丝不安。梅瑞迪斯很乐于见到康诺弗也开始失去镇静。

"在这个地方没什么是无法想象的,"梅瑞迪斯说,"这是最麻烦的,我们该离开这儿了。"

"咱们走吧。你说我们去省政府里看看怎么样?或许在那里我们能得到点线索,知道到底发生了什么事。我猜是日本人发动了进攻,守备部队撤了,全城的人都逃到了别的地方。我们得找出真相,不是吗?"

"我们可以明天再去。天有点晚了,再过两个小时天就黑了,我可不想大晚上的被困在这里。我们沿着外城墙先踩踩点不好吗?"

"行,我们有的是时间,"康诺弗说,"我们走吧。"

梅瑞迪斯小心翼翼地把长柄勺、酒瓶和酒杯放回到它们原来的架子上。离开的时候,他特地关上了门。门歪歪斜斜地连着门闩,他不得不用力把它合上。砰的一声在狭窄寂静的街道上回荡,立即激起了阴暗处一个尖锐而微弱的叫声。

他们已经习惯了这座城绝对的静默,因此尽管叫声听起来很微弱,也彻底把他们吓了一跳。他们僵着脸,走到昏暗的街上。梅瑞迪斯拿起卡宾枪,打开保险栓,康诺弗则把点45手枪从枪套里拔了出来。

他们是在一家店铺敞开的门口发现他的。店里原来卖的是各种杂货,但遭过洗劫,地上有一些被打翻的小桶,桶里装着些腌鱼,还有一堆堆从棉袋里洒出来的、被踩踏过的大米和面条。破架子堆里甚至还有几瓶被遗忘的茅台酒。毫无疑问,这个男人就是靠这些残余的食物和酒活了下来,但也只不过是活着而已。他们低头盯着这个蜷缩在破门旁边的瘦弱身体。

他是一个形容枯槁的老人,光头,有些零星的花白胡子,蜡黄的双手像爪子一样钩在干枯的小腿上。骷髅一样的脸上,一只眼睛朝他们闪了闪,流露出炽烈的光,带着异乎寻常的活力,另一只眼睛因为沙眼症而发白,失去了光泽,看不见东西,就像一张干净的吸墨纸蒙在了眼球上。

他们弯下腰,碰了碰他,只听他呢喃着说了一个字,"水!"康诺弗看看梅瑞迪斯,说:"水,他想喝水。"

梅瑞迪斯不安地环视了一下废墟般的店铺。"这里没有水,"他说,"吉普车上有。我们得回去刚才那里,那儿有酒,"他说,"我们刚离开的那个小酒馆。"

"他想喝水。"康诺弗低声说。

梅瑞迪斯低头看着老人。他已经奄奄一息。一个人只有衰老至此,瘦弱至此,全身只剩皮肤、骨头、血液、淋巴和组织这些基本的东西,才可能坚持活下来这么长时间——几乎就像冬眠中的蟾蜍,只需极少的物质来维持生命微弱的火花。在生命这个阶段,水有什么用?在这个人的嘴和下巴周围结了一层厚厚的泥垢,口水从歪曲的嘴角两边流下来,冲出两道已经干涸了的小沟,像结了痂似的。泥垢干透了,有的地方已经剥落。在这种情况下,插手这就快要了结的生命有什么意义?早一些了结,或许对他反倒是一种怜悯。

"我回吉普车那里,"梅瑞迪斯说,"带点水来。"

"行,没问题。"康诺弗说。

"要不你试试给他灌一口茅台?"梅瑞迪斯建议,"应该和白兰地的作用差不多。或许他清醒一点的话,能告诉我们到底发生了什么事。"

康诺弗擦了擦下巴,"要不我们都回车上,"他紧张地说,"如果这个人还活着,那么肯定还有其他人在附近,在周围潜伏。要是他们发现了吉普车,拿走我们的东西,怎么办?"

"如果他们都像这个可怜的家伙这样,他们拿不了多少东西。"

"可我还是不放心,如果他们拿走了我们所有的食物和水,我们的处境可就好看了。"

"水!"老人低哑的声音几乎快听不见了。

"别担心,"梅瑞迪斯说,"你留在这里,跟他说说话,你的中文比我好。"说话间,他几乎无法抑制心中的一丝怨愤。他不想独自一人走这么长一段路,穿过桂林城荒弃的街道,经过那个被强奸后扔在砂堆上的女孩,回到吉普车那里。他害怕向自己承认这一点。他还害怕回到吉普车那里后会没有勇气重新再走回来。此外,康诺弗说中文比他好得多。他自己从来没有费过心力去学中文,只学了些能应付日常需要的基本字词。他以前一直认为,在中国,掌握一些基本表达就行了,其他的用开玩笑和打手势就能应付裕如。但康诺弗曾在哥伦比亚大学专门修过东方语言课,来中国后,他和一个清华大学女学生上过床,在那段时间,她是他的私人中文辅导老师。他普通话讲得很好,还了解四川、广西、广东方言的特点,甚至还能看懂不是太难的书信。他还有自己的毛笔、砚台和印章。康诺弗就是这样,他对自己的精神世界很上心,就像有的人爱护自己的宠物、牙齿或者仙人掌那样。

梅瑞迪斯小心翼翼地沿着大街往回走——他拿定主意一直沿这条路线回到西门旁边的广场上。那些窄巷两边全是被洗劫一空的店铺,破布条上下翻飞,沙尘和谷壳被吹得在风中直打转。与小巷的阴影和角落相比,空旷的大街和冰冷坚实的混凝土银行大楼使他更感安心。但大街的宽阔令他有一种不安的暴露感,于是他贴着墙和门廊,一直在左边的人行道上往前走。他仍旧把卡宾枪调整到准备的状态,打开保险栓,警惕着一切生命的迹象,就像先前留心死亡的证据一样。

他们在遭劫店铺里发现的老人使他深感震撼,但他不愿意在康诺弗面前表现出来。这个蜷缩在被践踏的货物中间、仍然活着的可怜人就是一个证据,昭示着曾经可能发生的各种暴力行径。显然，迫使这个老人藏身于破败店铺的军队和暴力袭击这个城市并在这里强奸、谋杀、抢劫和大肆破坏的是同一支军队。或许他们在一片静寂中——从死寂的街道，从黑魆魆的门廊和隐蔽的窗户，从暮光四合的狭窄小巷，从阴影被拉长的无人角落——正看着他。街道上没有什么东西在动，也没有声音，只有尘土被风吹起发出的轻微动静，还有偶尔一阵风吹起落叶和垃圾的声音。但每当他小心翼翼地迈出一步，他就愈发强烈地感觉到一双双隐藏在窗户后面的眼睛在注视着他。

还没走到通往被炮轰过的广场的岔道，他的步伐已经愈发犹豫起来。又往前走了几码，他在一个门廊下停下脚步，燃起一根香烟。他站在门拱往里一点的地方，吞云吐雾，不停地左看右看，密切留意着大街小巷交会的转角。时不时地，他会警惕地看向对面建筑那一溜儿无人的窗户。没有什么动静。除了细沙粒的摩擦声以及纸片被风吹起互相交缠的声音，再没有别的声音。

在绝望中，他尝试将眼前桂林的处境放在更大的背景里去看待，这样他就能平复自己的不安，使自己冷静下来。在中国，不可思议的事情在不停地发生……中国总是发生这样的事情，不光是在和日本人交战的这八年里，而是从古到今不停地在发生这样的事情。但一个五十万人的城市，一省的首府，怎么会变成这样？城里的所有居民都已弃城而走，虽然建筑保持完整，却已被劫掠一空。城中心的街道到处是死尸，集市空无一人，街道空荡荡的，只有阴影在动。阴影后面到底有什么？他又慢慢地扫视了一遍对面那排窗户，然后看向转角的小巷，在那里，破烂的棚顶无精打采地搭在缺了口的墙上。他的视线最后落在一家废弃茶叶店的门廊里，搜寻着愈发浓重的阴影。在某种程度上——或者在很大程度上——梅瑞迪斯确信费边·凌和他的朋友们是幕后人士，因为他们和重庆发出的两份公报都有关系。他对此确信无疑，这正是他南下桂林的首要原因。然而，覆盖在污秽恐怖之下的空城、森寂的街道、在令人焦躁的风中飘荡着的死亡的恶臭——这些就是他想看到的？

梅瑞迪斯走出门廊，手中的卡宾枪握得更紧了。他又有了那种完全暴露、无比孤独的可怕感觉。对面混凝土修筑的墙阴郁冰冷。天色暗了下来，在凌乱的屋顶上方，天色现出一种脏兮兮的赭色，如同一张拓印画。空无一人的窗户更暗了，拉长的阴影投在宽阔的路面上，光影相交，构成斑驳的图案，这些图案逐渐缩小，消失在路的两边。风停了，连尘土都不飞了。他试探性地朝西城门的方向走了几步——在不远处的瘀黄色天空下，道路在一片棕黑色的晦暗阴影里已到尽头——然后停下来，犹豫不决地环视四周。唇间的香烟早已熄灭，味道又臭又苦。他把烟轻轻弹开，小心翼翼地转过身，沿着宽阔空寂的大路按照原来的路线往回走。

见到康诺弗之前，他既没有看到任何活的东西，也没有听到任何活物发出的声音，这令他感到害怕。

"听我说，我们最好离开这儿，"他说，"回吉普车那儿去。这地方让我感到害怕。"康诺弗点点头，却一言不发。"还有人潜伏在周围。"梅瑞迪斯说。

康诺弗猛然抬头看着他,"我想可能有,"他说,"你看到了?"

"在远处,"梅瑞迪斯撒了个谎,"一条小巷里。"

康诺弗低头看了看老人,说:"你没带水回来?"

"我没走那么远。"梅瑞迪斯平静地回答。

"给他喝点水说不定有帮助。"

"我还没走到一半。"

"这个老家伙喝了茅台,精神不少,一直在说话,不过现在又说不动了。他的身体太弱了,可能喝点水会——"

"喝了水又怎么样?走吧,伙计,咱们走。"

康诺弗又看了他一眼,然后移开视线。他看上去似乎不想离开这个濒死的老人。"从这里到柳州有多远?"他沉思着问道。

"柳州?我怎么会知道?粗略估计,大概三百千米吧,怎么了?"

"因为这城里的人都去了那里。待会再细说吧。"

"以后再告诉我吧。现在我们该回吉普车那里了。"

"你的意思是我们把他留在这?就像这样?"

"我们没法带他一起走,不是吗?他反正快死了,我们救不活他。"

"是的,但……或许如果他喝了水……"

"喝水有什么用?只会让这个老家伙多痛苦一会儿。老天爷,我们得现实一点!要是我俩其中一个有勇气,应该朝他打一枪,让他脱离痛苦。如果是一只狗,一匹马,你一定会这么做……"他转身朝向门口,"听我说,如果我们再不动身,就可能没有水了,吉普车也被抢走了,什么都不剩下了。"

"好吧。"康诺弗把打开了瓶盖的茅台移近老人的手边。他慢慢地站起身,小心地环顾这个被毁的小店,仿佛要把这里的环境和摆设的最后一点细节刻在记忆里。"我们都回吉普车那儿,"他说,"然后我们可以开车回来,给他带水……或者再给他留一两盒口粮。"

"如果你想这么做,没问题,"梅瑞迪斯说,"咱们走吧。"他突然恼怒起来,"看在老天爷的分上,咱们走吧!"

"你肯定是把以前学过的要帮助他人的寓言都忘光了。"康诺弗一边跟着他走出门一边说。他是压低了声音说的,没被梅瑞迪斯听到。

他们并肩走着,一言不发。回到大街上后,梅瑞迪斯说:"他是怎么跟你说的?"

"他没跟我说什么东西,是我自己拼凑出来的,他已经神志不清了。根据我们掌握的消息,可以把来龙去脉大致地拼凑起来。事情是从上周他们在重庆发布的那份公报开始的,衡阳陷落之后发的那份。公报说根据内幕消息,日本人调了三个师从湖南进入了广西。"

"那是假的,他们后来否认了这个消息。"梅瑞迪斯充满戒心地说,这件事他知道得比康诺弗多得多,但他不打算说出来。"接着说。"他看着康诺弗的脸。

"衡阳的确沦陷了,"康诺弗谨慎地说,"好吧,其余都是假的。但这里的可怜家伙们怎么能知道呢?不管怎么说,他们已经烦透了战争。他们遭遇了大旱。他们害怕饥荒。这里的守备部队是一群从贵州征来的兵,非常不中用。衡阳惨败之后,兵力已大大不足。这样一支部队肯定是不会有什么士气的。"

"后来发生了什么?"

"他们以为日本人正在向桂林城进军。那份公报发布之后,消息就传开了。城里当官的利用能找到的交通工具往南边逃。这里的司令官似乎曾尝试平息恐慌,但他被自己的部下从背后开枪打死了,他的部队后来也弃城而逃。他们把剩下的交通工具都拿走了。这些士兵离开前,把位于文家园的那个妓院——最大的那家——一把火烧了,全部付之一炬,所有的姑娘都在里面。"

"这就是他们表示感谢的方式?"梅瑞迪斯说。

"是的。两天不到的时间,恐慌局面已经失控。城里大多数人都打包行李向南逃去柳州了。嗯,他们以为那里会有吃的,会有士兵保护他们。而且那儿还是铁路终点站,有火车能把他们带到更安全的地方。如果需要的话,能一路到昆明。"

梅瑞迪斯点点头,"饭碗政治。"他说。很长一段时间以来,这是一个令他着迷的问题,也是让千百万中国人不停迁徙的原因。在这个原始落后的国家,大多数人生活在饭碗空空吃不饱饭的边缘,人们永远在进行着简单的生存练习。这是用筷子、算盘和独弦琴奏出的一曲东方三重奏,曲子的内容是达尔文所说的"适者生存"。当灾难来临,你带上你认为重要的一些可怜财产,出发逃往下一个能提供安全和饭碗的城镇。干旱、洪水、饥荒、战争、革命、瘟疫——总是这些原因。你走得很快,因为经验告诉你要尽早到达目的地。米饭总是不够分:永远不可能有足够的米饭。并非所有人的饭碗都能装满,除非你精明而有先见之明或者行动迅捷,或者来得早、运气好。而这次在桂林,这首曲子的结构里还多了一个乐章,但音乐学家们,也就是那些专家和知晓内情的人才能洞悉其中的乾坤。而桂林人民还有康诺弗都无从了解。

"你说大多数人都离开了,"梅瑞迪斯说,"那剩下的那些人呢?"他还在想着砂堆上的那个女孩。

"总会有人选择留下来,"康诺弗说,"不是吗?"

"是的,总是会有人留下。"梅瑞迪斯说。顽固的人、生病的人、体弱的人,还有些勇敢的、怯懦的人,会留下来。再加上那些趁机赌一把的投机分子,为了抢劫,为了掳掠,为了强奸,或许还为了和征服者合作,将混乱视作浑水摸鱼的机会,也总会留下来。

"我推测他们本来会继续待下去。"康诺弗说,脑海里想起躺在遭劫店铺里的那个老人,他扭曲枯黄的手边有一瓶打开的茅台。"但日本人真的来了,你瞧。"他平静地说。

梅瑞迪斯猛然看向他,"他们真来了?"他说。

"哦,不是大部队进攻。是程度比较轻的炸弹轰炸和六把三井机枪的猛烈扫射。然后他们派了一队由敢死队或者说突击队员组成的侦察队，那个老家伙爬进店里就是为了躲避他们。他本来不需要担心的。他们看到桂林的这种情况，又撤了。回到了衡阳，我猜。"康诺弗认为解释这一点也易如反掌。日本侵略者现在已经孤注一掷，因为远离补给线作战，它需要劫掠富饶的地区获得补给，原本的征服伟业已经沦为为生存而战。一个被旱灾蹂躏的农村，一个瘫痪的城市，对于侵略者而言不会有任何吸引力了。但那个在杂货店躲避的老人不可能会知道这一点，那些一开始还留在城里的人都不可能知道。他们会把袭击当作是残酷敌人的第一次现身，于是他们也逃出桂林，去遥远的柳州寻求庇护，丢下破败的店铺、杂乱的街道和那些尸体，任凭尸体在这干旱荒凉的寂静中肿胀、变黑……

"嗯，吉普车在那儿，"梅瑞迪斯看着前方说道，"没被人开走，也没人拿我们的东西，从这里就能判断出来。"

集市广场没有丝毫变化，除了在阵阵风中飘飞的垃圾和残骸，没有任何其他动静。那卷祭祀烧纸已被吹落到拱门下。梅瑞迪斯负责开车，他将卡宾枪放在驾驶座旁边的皮带里。两个人都没有提起水或者店里老人的事。梅瑞迪斯启动发动机，倒车，从城门开出去，沿着大路往前，路两侧全是死气沉沉的田野。他本来期待康诺弗会说些什么，他已经准备好了自己的说辞，但他的同伴没有发表任何意见。

太阳快下山了。开出离城墙半英里地后,梅瑞迪斯停下车来,说,"我们在这里扎营生火怎么样?我来准备吃的。"

康诺弗表示赞成。他们把防水布、口粮、带燃料的小炉子一一取出,梅瑞迪斯把四周的地踩平,找来些枯枝和动物干粪生火,康诺弗则把东西铺开,打开了罐头。

黄昏持续的时间极其短暂。天空马上变成蓝灰色,然后是黄色,天空变得苍白暗淡,然后夜幕就降临了。这是一个繁星满天的夜晚。四周安静得似乎反而嗡嗡作响,就像头顶上的电话线在黑暗中伸向远方。他们倚靠着的结实的吉普车车轮和小火堆微弱的光给他们带来了慰藉——这是弥漫的空虚里唯一的实在,是可怕的黑暗中唯一一闪烁的温暖之光。梅瑞迪斯热切地希望能听到狗叫声或者鸡鸣声。

"是从哪个傍河傍海的小镇,"康诺弗轻轻吟诵,"或哪个静静的堡寨山村,来了这些人,在这敬神的清早?"

"谁写的?"梅瑞迪斯心不在焉,"济慈,对吧?"

康诺弗点头,"《希腊古瓮颂》,"他说,"我在大学学的是英国文学。"他补充了一句,似乎在解释他为什么会念起济慈的诗。他接着吟诵道:"呵,小镇,你的街道永远恬静,再也不可能回来一个灵魂,告诉人你何以是这么寂寥。[①]"

"有病的家伙,"梅瑞迪斯轻声说,"没什么敬神的清早

[①] 诗歌译文选自《济慈诗选》,查良铮译。

让那个可怜该死的小镇的人都来了!不是什么风笛和鼓谣,或者酒神的狂喜让他们滚蛋的!"

康诺弗笑了,双手扣在脖子后面,眼睛盯着闪烁的红色火光。

梅瑞迪斯看着他。他知道康诺弗在干什么。他喜欢通过谈话来把令人不快的事情抛到脑后。现在他正在这么做,把桂林抛到脑后,开车离开它那寂静、没有任何回响的城墙,把那个渴望得到水喝的老人抛到脑后,把被强暴的女孩抛到脑后。那个女孩,只需将她翻过身去、让她俯身躺着,只需踢些沙子将她的身体稍微遮盖住,便能让她得到最后一丝丝的尊严。死亡虽然丑陋,但死亡却不必如此丑陋。或许康诺弗觉得他可以通过引用济慈的诗句,引用诗歌结尾那些难记的诗句来把死亡抛在脑后。而济慈也已经死了,在死亡这件事情上,他和那个遭到强暴的女孩一样。但济慈下葬在一个罗马公墓里。可以肯定的是,康诺弗会想去那里,站在墓碑旁,在思及死亡时倍感悲伤、痛切和谦卑。他的专业是英国文学。这也很符合康诺弗的风格……

通过思索布鲁斯·康诺弗这个人,梅瑞迪斯自己小心谨慎地把桂林令人触目惊心的一切抛到了脑后。

他很清楚他们之间区别明显,在性格上存在着深不可测的鸿沟。就友谊而言,严格来说,他们从来说不上是朋友——说是同事更合适,是在棘手的国家从事棘手的职业所面临的共同问题将他们联系在了一起。报纸记者之间很少彼此交好,因为他们非常讲究独家素材的保密,极其注重追求个人成就,有太多的尔虞我诈。表里不一是这一行无法避免的惯常做法。但是在他自己和康诺弗之间不需要任何的欺骗。他们之间不存在激烈的竞争，康诺弗是通讯社记者，而他是一本周刊的特写记者。即便如此，梅瑞迪斯在和这个年轻人相处时，从来没有感到过完全的放松。他觉得他有些浅薄，有些做作，像童子军，做事近乎刻板。他执着地追求优秀，让人想起来会感到不快。康诺弗在大多数事情上都取得了好成绩，但他似乎很在意在大多数事情上取得好成绩。受人喜欢、被人尊敬、被人羡慕、受人敬仰：这些是康诺弗孜孜以求的目标。他模样俊朗，阳刚气十足，对人彬彬有礼，性格热情，很讨人喜欢。确实，他喜欢像海明威故事里的角色那样说话和做事，但这是否一定是缺点则向来是见仁见智的事情。男人通常都很喜欢他，他和女人的关系则有的成功，有的失败。她们一开始都会疯狂地迷恋他，最终有的深陷其中，有的却很快抽身。无法确知为什么有的会不可自拔地迷恋他，而有的则不这样，但即使那些不再爱恋他的女人也会继续以某种方式喜欢他、尊重他。他也接受过良好的教育，像他这个阶层的大多数美国年轻人一样，他知道什么书该读，什么名句该牢记在心，而且，他总是认为应该尽力做正确的事而不搞歪门邪道来掩过饰非。他很勇敢，很大胆——在这两方面梅瑞迪斯自认和他相差甚远——他有很强的冒险精神，这种精神不会因愤世嫉俗或现实的压力而消退。在很大程度上，正是这个优点让他成为一名如此优秀的记者。他供职的纽约通讯社十分器重他。他在他的职业生涯里将大有作为，然后有一天——梅瑞迪斯对此毫不怀疑——他会写一本回忆录……

梅瑞迪斯陷入沉思，眼睛盯着自己同伴那具有坚挺鼻梁和硬朗下颌、充满古典美的侧影。他从来没有想过写回忆录，也知道自己一定不会写。他最多希望康诺弗的书里会提到他。

当然，在本质上，康诺弗是一个少年——这既是他的弱点，也是他的长处。

只有你身上还保有那种属于少年的火花，还相信这一行，仍然保持热情，仍然认为"在现场"、成为第一个目击者和第一个知情者会带给人一种激动人心的兴奋（即使你已经见过无数次，已经对一切了如指掌），你才能成为一个好记者。一旦你丧失了那种属于少年的火花，你就已不再是一个好记者，因为你已经背叛了这个职业的信条。没错，你还可以当一个聪明的记者，但那完全是另一码事了。而他，梅瑞迪斯，总是坚持认为一旦你丧失热情，作为另一种选择，你可以成为一个聪明的记者，而不是选择退出这个行业——尽管这才是根本的解决办法，也是更为诚实的选择。梅瑞迪斯知道自己是一个聪明的记者——即使哪天康诺弗背叛了记者的信条（终有一天他会这样的），他在这点上也永远比不上自己。但梅瑞迪斯在这一行的时间要长得多。他曾见过前方黑暗巷子里短匕首闪着的寒光，见识过精心伪装的陷阱圈套。他了解伪善腐蚀人心的威力，也早就懂得看到危险就要绕道而行。如果有一天，他厌倦了这样的聪明，他会退出这个职业，然后或许会写一些真正的作品，但不会写回忆录。绝不写回忆录!当那一天到来时,他会知道,就像他当初清晰地知道不能再当好记者了,是时候当一个聪明的记者了一样。康诺弗也会这么做吗?他谨慎地审视着火光中这张年轻、英俊、还没有堕落的脸。很难说。这是年轻的洛钦瓦①,一个自我修炼而成的小报媒体界的完美温柔骑士②,《读者文摘》杂志上的那种美国人——这个形象使他忍俊不禁,他的嘴巴在黑暗中轻轻上扬了一下——如果不是那样的话,那就是一个执意要把自己塑造成"他见过的最为难忘的人物"③的人……

"我在想那些桂林的姑娘,"康诺弗伤感地说,"那些漂亮的桂林姑娘。"

"是吗?"梅瑞迪斯说。

"她们总是带来很多快乐。"

"接着说。"梅瑞迪斯说,等着对方继续往下谈。

"哦,就这样,没别的了。本来今天晚上会是个愉快的夜晚,我就是这个意思。"

梅瑞迪斯眼前又浮现出了那个砂堆上的女孩。他换了个话题。

"这里的事情可是个大新闻,"他说,"如果审查员能让

---

①英国作家沃尔特·司各特的长诗《玛密恩》中的人物,是一名勇敢的骑士。
②原文"parfit gentil knight"语出英国诗人乔叟的作品《坎特布雷故事集》中的"骑士的故事"。
③此处影射《读者文摘》的著名专栏《我见过的最为难忘的人物》。

稿子过关。"

"嗯,如果能过关的话。"康诺弗说。

"他有什么理由不批呢?我们各发各的。如果我们对我们要发的报道统一口径,肯定不会有问题。"

"当然。"康诺弗沉思着点点头。发稿和新闻审查是严肃的事情,在中国尤为如此。"我无法理解,"他说,"这一切是什么时候发生的?为什么没有被提起过?我的意思是,一个像桂林这么大的城市,它的居民全都撤了,但没有人了解其中的内情,这怎么可能呢?"

"当官的和军队先弃城跑了,他们不会把自己临阵脱逃的事昭告天下的。而且他们的逃跑紧接着就会带来恐慌,没有人能承担这个责任。那时候通信可能已经被切断了——可能那些先跑掉的人故意这么干的。委员长不喜欢自己的人逃跑。"

"但消息有可能已经以某种方式传出来了。"

"是的,有可能。但你真的认为重庆会承认这个消息?对他们来说,这不是什么新鲜事:他们有运作多年的铁幕审查制度来掩盖这种事。这是个相当精彩的新闻,不是吗?几个日本兵来了,把广西的门户炸得城门大开,守备部队杀害滕老将军之后全体弃城跑了,城里所有人在把这个地方捣了个稀巴烂之后也跟着跑了。日本军队还待在省界那边的衡阳的时候,这里的广西首府已经城门大开,空无一人。你觉得他们会承认这些?"

"呃,他们不需要公布这些,不用。但他们肯定得调遣部队过来缓解局势。"

"我的天,伙计,这可是中国!这个国家腐败透了,它已经疲惫不堪,四分五裂,已经完全病入膏肓。他们根本不在乎这里发生了什么。你看看他们打仗的都是些什么样的兵?都是一些收破烂的炮灰。天啊!他们一个营的可怜倒霉蛋的价值还抵不上一头骡子!他们不会派新军来这里,他们要留着那些好的、训练有素的军队做别的事,留着打真正的战争——去打自己人。"

康诺弗拨弄着火堆,神情严肃地点点头。

"不过,现在不一样了,"梅瑞迪斯继续说,"我们回去之后,他们就不得不发这个新闻了。因为我们已经目睹了这一切。我也一直在考虑这个问题。我们在这上头已经浪费不起时间了,懂吗?回去的时候我们抓紧时间赶路,少休息,就可以在四天内回去。"

"回哪儿去?"康诺弗说。

"昆明?你想去哪儿?"

"呃,柳州。"康诺弗有不同意见。

"柳州?"

"我们要接着往前走,去柳州。"

"你在说什么?"梅瑞迪斯惊讶地看着同伴被营火照亮的侧脸。"听我说,我们已经有新闻素材了,不是吗?一条绝佳的新闻,而且这将是我们的独家报道。我们在这里发不出去,而且从柳州也发不出去,我们得回去,知道吗?"

"以后肯定要发这个报道。但是，戴夫，我们首先必须去柳州。"康诺弗竭力压抑自己的兴奋，声音都有些颤抖。声音中带着对冒险的期待。就像年轻的洛钦瓦，梅瑞迪斯闷闷不乐地想。"听我说，我们必须从当事人的角度来了解这个事情，"康诺弗认真地坚持着，"我们得问问这些难民。没有个人角度的新闻报道又有什么意义呢？如果没有人情味掺杂其中，这个报道还有什么价值呢？这些人们都作了什么牺牲……他们放弃了什么……等着他们的是怎么样的未来。"

"是的，但你要写这种凑篇幅的废话，根本不需要开着车满中国跑。你完全可以写的时候自己想象着补充进去。我的天，伙计，你以为你会写出什么样的采访稿？"他问道，突然变得非常不耐烦："你以为这些人是谁？埃莉诺·罗斯福①还是哈里·杜鲁门？狄娜·肖尔②？温斯顿·丘吉尔？他们不过是中国人……难民……张三李四，仅此而已。而且他们的故事都一样。丈夫五年前遭到一顿暴打之后被抓上军车的悲惨女人；背着用带子捆起来的母猪的老太太；挑着的担子里一边是年幼的儿子，一边装着胜家牌缝纫机的木讷苦力；由孝顺的女儿领路前行的瞎眼乞丐。如果你想给韦斯特切斯特县的读者③一些典故，不妨把

---

① 美国第32任总统富兰克林·德拉诺·罗斯福（小罗斯福）的妻子，美国第26任总统西奥多·罗斯福（老罗斯福）是她的叔叔。美国著名政治家、社会活动家。
② 美国女演员。
③ 韦斯特切斯特县是纽约的一个郡，该地区经济发达，居民教育水平较高，作者以此泛指受过良好教育的读者。

他们当成俄狄浦斯和安提戈涅①。天啊!这些故事永远都是一样的。我可以编上二十条这样能让你的读者落泪的新闻。我可以把复写纸借给你用。"

康诺弗在黑暗中轻轻一笑,这是表示认同的笑声,同时又很泰然,"通讯社也会哭成一片。"他轻声笑了笑,然后说,"可我还是有点儿想自己亲眼看看。"他郑重其事地继续说,"我们可以明天接着去柳州,戴夫。走运的话,我想一天就能到。"

"一天?"轮到梅瑞迪斯笑了,笑声里没有丝毫愉悦。"然后某个又胖又懒的、待在重庆不动窝、什么都不干就等着新闻通稿的混蛋,从部里那帮卑鄙小人的手里得到秘密消息,然后把我们要报道的新闻发了出去!你的意思是这样吗?"

"呃,我们差不多算失联了,不是吗?可能你说的事情已经发生了。做新闻总会有这种风险。但我们的报道仍然会是有一手目击者证言的报道,嗯,如果真能采访到那些目击者的话。"

"对于我来说,新闻发了就是发了。如果别人发了,这个新闻在我看来就已经没有价值了。我还不如为自己省掉去那里的麻烦。"

康诺弗盯着营火,思索着梅瑞迪斯的话。梅瑞迪斯说的当然是经验之谈,你不能对这种经验置若罔闻。报道任何重大新

---

①古希腊悲剧作家索福克勒斯的戏剧作品《俄狄浦斯王》里的角色。俄狄浦斯在不知情的情况下应验了"弑父娶母"的神谕,杀死了自己的生父,并娶生母为妻,与生母生下二子二女,安提戈涅是其中一个女儿。后来在先知的揭示下,俄狄浦斯明白了一切,悲愤不已的他刺瞎了自己的双眼,然后自我放逐,在安提戈涅的牵引下漂泊四方。

闻总是会出现要做出决定的时刻——到底应该迅速行动、抢先发稿,还是和时间赌一把而尽量全面综合地报道。在正常情况下,记者会先发出一则简短的电讯,把新闻先报道出去,过后再写一篇详细的稿子作为补充。但眼前不是正常的情况。显然,南下桂林已经使他们彻底和外界失去联系,他们犯了记者最大的错误,失去了通信渠道。在某种意义上,他们为了报道这个新闻而让自己置身于这样的时空,让这篇报道面临着胎死腹中的危险。对梅瑞迪斯这样的经验人士来说,这显然是一个非常令人担忧的值得考虑的问题。但这是否就完全解释了梅瑞迪斯的坚持和不安呢?

"嗯,我还是认为不提柳州的话这个新闻等于只说了一半。"最后,康诺弗平静地坚持着。

"我跟你说,我们可以写柳州。我们回去以后可以核查一下信息,不用非得去那里。而且,"他补充说,"我们没有足够的汽油。"

"我们的汽油足够撑到回昆明,柳州没那么远,我们可以到那儿之后再加满油。"康诺弗伸直一条腿,用靴子尖轻拨火堆,一串火星跳了起来,又熄灭了。"我们应该提到别的方面。"他几乎沉思着说,"这个地方,"他向桂林城墙的方向歪了歪头,"我们应该尽量多看看。我们看得还不够多。有些地方我们都没核实过,那个被他们放火烧了的妓院、守备部队总部、省政府,还有北门,我猜日本人是从北门进来的。我们需要大量的更多的细节。可你——"他顿了顿,"你不想再回到那儿了,对吧?"

"天啊,我们来这里是想发新闻!"梅瑞迪斯恼怒地说,"不是来度假的。你难道不明白吗?这是个时间问题!这是我们需要考虑的首要因素。"

"或许吧,"康诺弗若有所思地点点头,"但我忍不住会想这里面还有别的原因。我有种感觉,有什么别的东西让你感到不安,所有你不想回去。"

他说这话时的样子使梅瑞迪斯犹豫起来。

康诺弗用靴子尖摩擦着灰烬。"你不想回去是因为不想再见到那个女孩,对吗?"他说,"我们见到的第一个死人。还因为那个在店里的老人现在应该已经死了。"康诺弗凝视着火红的炭,脑海里想到火焰跳动的样子,想到火、水、死亡和灰烬,想到在萧瑟的街道上吹着的灰沙和尘土,想到老鼠和沙沙作响的纸片。梅瑞迪斯还在沉默不语。他又说道:"你在那儿的时候特别紧张不安,我能看出来。"

"紧张不安?你想待在那儿吗?晚上的时候。"

"那时还不是晚上。我们本来可以再四处多看看,仅此而已。我觉得这个新闻我们不能写得太肤浅。"

"谁肤浅了?我只不过是讲求实际。"

康诺弗看着他,说,"戴夫,你干这一行的时间比我长得多,我想你懂得的规矩也比我多得多。但我也讲求实际。你用你的方式看待这一切,我也用我的方式看待这一切。我也不想待在桂林,那种寂静和无边无际的空荡让我也毛骨悚然,我特别想离开——而且是马上离开!但既然我们碰巧成了唯一来这里的人,"——他踢着灰烬,这对他的话起到一种强调的作用——"我们就负有某种责任。所以,我的建议是——要么我们明天回桂林,要么继续南下柳州。我们必须搞清楚一头。你说说你怎么看吧,戴夫。"

梅瑞迪斯拾起一块扁平的牛粪干,放在手掌上掂量了一会儿,然后把它扔到炭堆里,激起一堆火星乱舞。干牛粪块躺在灰堆里,盖住了火光。遥远的星星闪烁着清冷的光,星空之下,一片漆黑。康诺弗模糊的轮廓就像一辆吉普车。梅瑞迪斯弯下腰,摸索着解开靴子的鞋带,然后直起身,抽出根香烟放在嘴里,划了根火柴。

"我们明天再拿主意吧。"他说,"咱们聊聊那些姑娘。"

整个晚上,他们睡在吉普车旁边被炙烤得干硬的地面上,裹着自己的毯子。早上,他们吃了用饭盒加热的脱水鸡蛋,喝了点咖啡,啃了几块干的薄脆饼。轮到康诺弗开车了。梅瑞迪斯检查了汽油和水,把油箱加满。康诺弗戴上墨镜,爬上了吉普车的驾驶座。他把车开上一条走马车的小路,穿过空旷的田野,来到和大路交接、通往桂林城南门的地方后,他把车停了下来,这里距离城墙大概一点五英里。

"停车干什么?"梅瑞迪斯问。

"你检查水了,对吗?"

"对,检查了,水装得满满的。咱们走吧。"

他们没再聊别的。康诺弗点点头,发动车子,打轮右拐,向南驶去,离开桂林,开上了通往柳州的路。身后的弃城渐渐远去,越来越小,开始在薄雾里闪着光,最后在一处低矮的土垄后面完全消失在视线里。康诺弗和梅瑞迪斯都没有回头。康诺弗自顾自地轻声吹着口哨,眼睛注视着布满车辙和松软沙土的路面。梅瑞迪斯伸手向后,举起卡宾枪,把它从枪带上取了下来,放在大腿上。

"怎么了?"康诺弗问,凝神盯着沙堆之间的干硬土垄。

"玩玩。同时以防万一。有些日本巡逻兵可能还在附近。"

"在这片乡下生存!你开玩笑吗?"康诺弗短促地笑了笑,"你看看这周围,我的天!"

平原变得宽广起来,天气还是那么炎热难耐,平原四周的山已被远远抛在后面。在他们左边,山就像刷子在灰暗天空上刷出的一些朦胧不清、了无生气的痕迹。右边的高地在薄雾中向后移,高低起伏,就像飘在风中的一张褪色薄布帘上的图案。干燥的平地上到处耸立着锥状岩石,这是典型的广西地貌,高而细的尖峰拔地而起,像巨石纪念碑。在肉眼可及的地面上没有任何动静,干旱的土地里也没有一点绿色植物的影子。黄褐色的泥堵塞了沟渠,各处矮墙和树篱上落满了一堆堆缠绕着干荆棘、小树枝和碎竹片的粉状干土。他们不断地驶过荒弃的农舍、马槽、水磨——这里曾是一个小村庄,有十几家肮脏的草屋,用来放牛养猪的院子被圈了起来,飘着氨的气味。干燥得几乎变成粉末的泥土被风吹得堆积在屋舍四周,形成松软的土坡。篱笆已经淹没在高大的荆棘丛中。

"你能想象吗？那些逃出桂林的可怜家伙来到的是这种地方。"康诺弗沉重地说，"他们怎么指望能走到柳州啊？柳州还远着呢。"

"当然，很有可能的是他们根本没有到柳州。"梅瑞迪斯平静地说，"这里是他们自己的地盘。在这里他们的日子还会好过点。"

"噢，不是的，我看了地图，再往前我们得越过柳江。他们在那儿可以找到水，庄稼之类的植物在那里也能生长。这里附近的旱情比其他地方严重，昆明那些人是这么告诉我们的，不是吗？"

"我们的消息来源通常信息准确，"梅瑞迪斯语带嘲讽地说，"他们应该知道，当然了。但是他们甚至不知道桂林已经人去城空。"梅瑞迪斯感到恼怒和不自在，他被炎热烤得疲惫不堪，而这一天还会越来越热。他知道，他没有反对康诺弗去柳州的决定是出于软弱，是一种道德上的自我背叛。他支持了那个决定而使自己身陷于此，因为一想到回到桂林城里，他就感到一阵更深的厌恶。他知道他应该剖析这厌恶背后的原因，但他不愿意这么做。反正他能宽慰自己，他比康诺弗懂得多，比昆明的"消息来源"也懂得多。想到这里，他拥着卡宾枪的胳膊放松了些，他闭上眼睛，不想再看到广西的荒凉萧瑟的地貌。

驶出大概二十千米后，他们来到了后来每每提及时称之为"通往柳州之路"的起点。

穿越无人乡村的这段路程只是他们此行的第一部分,是一个过渡,就像两张书页间的空白页。这时康诺弗咕哝着抱怨说:"该死,那是什么?"他接着提高了音量:"你看到了吗?在后面那条沟里。"此时,他们通往柳州的旅程才真正开始。康诺弗停下吉普车,两人在座位上回头,朝着身后看过去。他们等待着扬起的尘土落下来。尘土像一堵牛皮纸做的墙一般向两边滑开,过了很长时间才散去。当身后的路重新映入眼帘时,眼前却什么都没有。

"那是什么?"梅瑞迪斯问,"看起来像什么?"

"不知道。一捆破烂衣服,我猜。你坐着,我去看看。"

他爬下车往后走。经过挂车的时候,他能感觉到钢制车身的侧面散发出的热气,路上沉滞的令人窒息的热浪更使他喘不过气来。几乎一丝微风都没有,灰尘悬浮在空中,四处飘着。沙地里车辙上方的灰被扬了起来,一股股,一缕缕,像受了惊一样。过了一小会儿,康诺弗才意识到是他自己重重地踩在灰尘满地的干旱地面上激起了眼前的灰,以至于他有一种好像是一群尘土小机灵往前急速飞奔着,引着他沿着这条路往前走的幻觉。两边的树篱同样覆盖着厚厚的一层黑色的干燥粉尘,每一根小树枝看起来似乎都披着皮毛,每一片叶子都是褐色的,像结了痂,了无生气。很多灌木丛都半埋在流沙堆积的小丘下。所有的草木都蔫蔫的,在干旱中窒息、枯萎。

往回走了大概一百码,他看到了渠里的那捆东西。吉普车经过时扬起的尘土在它身上覆盖了厚厚一层,他差一点儿没有看到它，以为它不过是树篱丛中的另一个土丘。唯一不同的是，一块蓝色的破布从沙子里露了出来，还有一个黑乎乎的东西伸进一丛浓密的灌木丛的树枝下，似乎要寻求保护。跨过土沟后，他才意识到这个黑色的东西是一个人的脸。脸是转过去的，半埋在沙子里。

他盯着看了很久，不太确定该怎么办，心里希望梅瑞迪斯刚才能和他一起走过来。这具尸体和他们在桂林看到的那些尸体有点不一样——他死的没有那么惨烈，因此在某种程度上反而更显悲哀，却同样毫无意义。他已经没有了人的特征，成了一堆黄土，就像覆盖在尘土之下的灌木丛，也已经没有了植物的特征——只剩下干枯的、毛茸茸的、粉末状的东西。他注意到尸体的头发几近全白，看起来的红褐色是尘土造成的。露在土堆外面的干枯的脸颊在阳光下暗暗地反着微光，提示着这是一具被干旱侵蚀了的血肉之躯。

"你找到了？"他回来后，梅瑞迪斯问道。

"找到了。"

"是什么？"

"就是一具尸体。一个老妇人。"

"一个没能走到柳州的人。"

"我想是吧。"

"还会有别的尸体，"梅瑞迪斯说，"这是中国。你说过，去柳州的路很长。"

康诺弗踩下离合器，继续往前开。五分钟之内，他们又见到了两具尸体,都是老妇人———一具在路边,一具在对面的田野里。康诺弗熄了火,迟疑地看着同伴。

"还是往前走吧,"梅瑞迪斯说,"我们什么也做不了。"

康诺弗点头,开车绕过路边的尸体。

"你知道吗,"梅瑞迪斯说,"刚才第一段路比较容易,但要到达我们现在这个地方,这些人走路得花上两天,甚至三天。老人们会先倒下,他们无法扛着食物和水走这么远。在大热天里穿过这样的乡下,他们在不负重的情况下也撑不了多久,况且他们或许还是流浪者。这就像闹过蝗灾之后还想继续以土地为生一样。他们没有巴克利①那么幸运,还会有其他尸体的。"他说着,耸了耸肩,"你等着瞧吧。"

他往后瞥了一眼,什么都看不见,只有他们的车往前开时扬起的如墙般的滚滚灰尘。灰尘现在应该已经落满在三个老妪身上了,他想。土色的寿衣覆盖着她们:她们看起来甚至不再像人类,而只是另外一些隆起,是被侵蚀的土垄或灰暗土地上的沙堆。然而,至少盖在她们身上的灰尘给了她们一点体面,没有太大意义的体面。

往前开出一英里后,他们看到了其他命丧黄泉的人。他们

---

① 指威廉·巴克利(William Buckley),澳大利亚殖民时期的一个流放犯,他为了逃脱惩罚,逃往内地,历尽艰辛,最终不仅在荒野中生存下来,还和当地土著一起生活了三十多年。因巴克利面临的生存环境极糟,澳大利亚英语中专门有"Buckley's chance"的表达,意指成功机会渺茫或完全没有希望。作者乔治·约翰斯顿在这里虽然使用了这个表达,但仅是形式上的,实际反映的是巴克利得以荒野生存的运气。

越往前开，看到的尸体越多——散布在干涸的田野里，歪躺在土沟中，或倒在路边。康诺弗没有停车。车滑进松软的沙里，他们慢慢地向前开。梅瑞迪斯探身到车外，盯着外面。根据他的判断，死者不论男女，几乎全是老人，零星会有一具小孩的尸体。一个小小的破布包被塞进了荆棘丛的枝丫里：梅瑞迪斯用眼角余光触到了它，又立即转开眼去。除了孩子，死者中似乎没有年轻人。这在情理之中。那些还没有被征召入伍或被抓去当壮丁的人有足够的体力走到比这里更远的地方。适者生存，而且年轻人有更为强烈的求生欲。为什么呢？梅瑞迪斯思忖着。到柳州的路还很长……

在经过了上百具尸体后，展现在他们眼前的是一条长长的直路。令人不解的是，这条路上一具尸体都看不到。康诺弗又停了下来，这是他们出发以来第四次停车。

梅瑞迪斯疑惑地看向他。

"要不你开一会儿吧。"康诺弗说。

离开昆明后，他们一直轮流开车，上午是康诺弗，下午是梅瑞迪斯。现在还不到十点。梅瑞迪斯点点头。"怎么了？"他说，"你不舒服？"

"我没事。"康诺弗说，"想换个班，没别的。"他从方向盘后挪开，梅瑞迪斯移了过去。"再往前走的时候我想做个统计。"康诺弗说，"我们应该试着估计个数目，能用在新闻里。"

"的确。"梅瑞迪斯说，他很感激康诺弗有这个想法：他很清楚自己宁愿开车，也不愿数尸体。

"到目前为止你觉得有多少?"康诺弗问,"应该有一百了。"

"是的,差不多一百。"梅瑞迪斯说,伸出手换挡。换完挡后,他补了一句:"可怜的家伙们!"

从直路尽头开始,又能看到尸体了。接下来一英里接一英里,尸体不断映入眼帘。他们慢慢地往前开,互相沉默不语。从眼角余光中,梅瑞迪斯可以看到自己的同伴在数数,嘴唇不停地动。他把注意力集中在轮胎陷在松软的沙里发出的呜呜、嘎嘎的刺耳声,心头突然涌上一种奇特的感觉,好像这趟旅程是让他们进入了另外一个维度的世界。发动机的隆隆声、轮胎的声音和沙子的滑动是唯一的现实,而他所有的感官都在紧紧地抓住这些现实,仿佛为了得到些安慰。他侧耳聆听,眼睛看着在他前面伸展的暗褐色路面。沙子向两边飞散开,扬起的灰尘飞到他的臂弯下方。他能尝到嘴上细沙和着汗水的味道。他伸出舌头舔了舔,然后用舌尖抵着上腭品尝味道,仿佛美食家在品酒。舌头上干燥的土味似乎能抵消头脑里迷宫般的复杂混沌,并证明他的存在。他努力将自己所有的知觉都集中在尝到的、闻到的、看到的、听到的这些简单事实上,但知觉的另外一些方面却从两边飘进来,折磨着他。他产生了一种幻觉,好像热浪把天和地混合成了一体,好像惨白炎热的天空和灰白、粉化的大地在一起奔跑。他们行驶在一个雾蒙蒙的海市蜃楼般的世界,这个世界悄悄前行,步伐和他们完全一致,这个世界不仅存在于它们周围,也存在于他们的脑海里面。他们正在向前行驶穿过这个海市蜃楼般的世界——黄褐色的大路向前延伸,以及地平线在不停移动、地标在不停变换的模糊感觉,向他证明了这一点——但与此同时,他们也存在于这个世界之中,是这个幻觉的一部分。黑乎乎落满尘土的、蜷缩着的破布包漂浮在移动的苍白中,似乎由一股无形的轻气流托着,不停地在天地间掠过。即使不用回头,他也能看见云一样的尘土从车后翻滚而起,吞噬和掩盖着它们。他想,他们好像回到了某个年代久远的中世纪世界。那是一个人们用黑色哥特体书写的年代,一个饱受瘟疫和饥荒蹂躏的阴森世界,死亡就像拿着镰刀和沙漏的骷髅①,世人必须遵守严厉的道德准则。他们就属于那里——那个已经消失在历史中的黑暗时代,那个非常遥远又总是存在着的人性之光摇曳不定的年代。在他旁边,康诺弗干燥的嘴唇有节奏地动着,上唇碰下唇,缓慢而谨慎,不动声色。

"到一千了。"康诺弗平静地说。他用拇指指甲在涂着清漆的卡宾枪枪柄上轻轻刮下一道浅痕。

梅瑞迪斯用舌头抵着上腭,品尝着尘土的味道,一语不发。

他看了看手腕上的表,已经十点多了。他们向来会在十点钟停下来,伸伸腿,喝上一听橙汁或番茄汁。梅瑞迪斯又开了二十分钟,然后在路的拐弯处停了下来。那里看不见尸体。

"'饮马'时间到了。"他说,"喝点什么吧,天啊,太热了!我渴得快要爆炸了。"

---

① 西方典故中,死亡被拟人化想象为"Grim Reaper",即"残酷的收割者",是一个披着黑色斗篷、拿着长镰刀的骷髅形象。沙漏意味着时间或生命的流失,也可看作与死亡相关。

他垂下腿,跳到路上,然后站起来伸了伸腰,一边打量周围的田野,尽量让自己看起来随意一点。视野里没有尸体。

"到目前为止,一共一千零九十二,根据我数的情况。"康诺弗认真地说,"当然,我是粗略数的,肯定会时不时漏掉一些。比如沟里、灌木丛后面的那些。不过,这仍然是个非常可靠的估计数据,我们需要这个。"

"那边有个婴儿,在一棵树上。"梅瑞迪斯疲倦地说道。

"我没看见。"康诺弗说,"你喝什么?橙汁还是番茄汁?"

"那瓶波旁威士忌是暖的,对吗?"

康诺弗伸出手感受了一下,"不是暖,是热。"他说。

"我还是喝威士忌吧,果汁肯定也是热的。"他走到渠边,松开扣子解手。尿液在地上浇出一圈黑渍,但黑渍圈几乎马上开始缩小,朝着尿液浇出的中心小凹点,变得越来越小。他重新拉上裤子拉链时,地上的尿渍已经完全消失了。他转身走到挂车边上,斜靠着它。热浪几乎在他的头盖骨里面沸腾起来。

微温的威士忌装在马口铁大杯子里,味道令人作呕。他逼着自己倒进嘴里,然后用餐盒喝了一口水,把酒冲下去。水比酒的感觉还热上两倍,带着一点金属的味道。

"嗯,"他对康诺弗说,"你想继续走下去吗?"

康诺弗盯着他,明亮的蓝眼睛流露出困惑。衬衫肩膀处的一层灰尘在阳光下反着光。他握住橙汁罐子的金棕色的手修长有力,手腕处覆盖了一层薄薄的金黄色汗毛,像花粉一样。他的头发、手腕上的汗毛、肩膀上的灰使他看起来像镀了一层金,带着某种戏剧性,仿佛被喷了一层金粉以取得某种特别的戏剧效果。他手中罐子的标签上写着:百分百纯果汁——添加三种维生素。

"去柳州,我是说。"梅瑞迪斯补充了一句。

"啊,当然去。"康诺弗神色不解地摇了摇头。"当然要去啊!"他加强语气又说了一遍。

"越往前,情况会越糟糕。"梅瑞迪斯说,"不如我们现在回去,翻过山去贵阳。日落之前我们能进到山里去,晚上在林子里的天山寺露营一宿,周五就能回到昆明。"

"你在开玩笑吧?"康诺弗迟疑地朝他笑了笑,说:"你想说什么,戴夫?你的意思是你要放弃这一切,放弃这个新闻?"

"别提了,"梅瑞迪斯说,"上车吧,我开车还是……"

"我开吧。我刚刚急切地想开始统计,没别的。我数到了一千零九十二。"

"我知道。"

"不好数,"康诺弗说,"我的方法是手里拿着十根火柴棒,每数到一百,就把一根火柴棒从左手换到右手。上了千以后我们在卡宾枪柄做个记号,这样可以防止数错。我们在新闻里解释一下我们是怎么获得比较准确的估算数据的,这会是一个锦上添花之举。"

"你在期待什么呢?最后的审判[①]?"

[①]《圣经》中的概念,认为耶稣再次降临时,上帝将对人类进行最后的、永恒的审判。

"我不知道我在期待什么。"康诺弗严肃地说,"可我知道我们已经数了一千多的死者,我知道我们离开桂林仅仅五十千米,去柳州的路才走了六分之一。我估计从现在开始,死亡人数会更多。"

死亡人数①,梅瑞迪斯心想。没错,那是他会用在新闻稿里的字。通行费,他想知道通行费该交给谁、要交多少、收费人长什么模样吗?不要问丧钟为谁而鸣……他仿佛能看到康诺弗躬身坐在打字机旁,嘴里叼着烟,眯缝双眼,咬紧嘴唇,急于确定他统计的死亡人数是对的。

"我们应该到那片青绿牧场了吧?"梅瑞迪斯换了个话题,"你的柳江福地②。"

"估计我们接近傍晚才能到,这该死的路况。"康诺弗皱起眉头,"整个八十千米的路程应该都是这种状况。"

"如果我俩一起唱诗篇二十三③,说不定能改善路况。"梅瑞迪斯讽刺地建议道,"我们还是动身吧,我来接着数。"

在卡宾枪枪柄上刮下第二条记号前,他的确数得很认

---

①作者此处用的是 toll 一词,一语三关,"toll"既指死亡人数,亦指道路通行费,还指缓慢反复地鸣丧钟。英国十七世纪诗人约翰·多恩的名审《没有人是一座孤岛》(No Man Is An Island)末尾诗句写道:"因此不要问丧钟为谁而鸣,它为你而鸣。"(and therefore never send to know for whom the bell tolls; it tolls for thee.)作者在这一段中直接使用了诗句的前半部分。
②Elysian fields,也称 Elysium,是古希腊神话中位于大地西部边缘的福地,是神祇、英雄和其他品德高尚的凡人死后能够一直快乐地居住的地方。
③指《圣经》《旧约》诗篇的第二十三篇,其中写道:"耶和华是我的牧者,我必不至缺乏。他使我躺卧在青草地上,领我在可安歇的水边。""我虽然行过死荫的幽谷,也不怕遭害,因为你与我同在;你的杖,你的竿,都安慰我。"

真——往前不到十二千米,又数到了一个一千——之后他就停止了数数。他甚至连手上的十根火柴棒也不管了。火柴棒的木制棒身变得又湿又软又黏,他已经把一根火柴棒的末端磨得像水彩笔刷头般光滑。最后,他翻过手掌,把火柴都扔到了脚下。有两根被汗水粘在了他的手掌上,他只好用手指将它们扫掉。灰白的小木棍让他倍感焦虑,它们躺在脚边油腻腻的泥垢里,就像他看到的成百上千的衣衫褴褛的肮脏的尸体。过了一会儿,他一脚踩在它们上面,不停地来回摩擦。他偷偷地做着这些,不让康诺弗看见。火柴棒本已又软又潮,现在被他磨成了一团污泥,和吉普车里的泥垢污渍混在一起,难以分清。

十分钟后,吉普车陷进了路旁的一条沙沟里,而这时那些火柴棒已经被磨得看不见也不存在了,他很高兴。他下车去找鹤嘴锄把轮子挖出来。康诺弗不停地在换着挡位,如果他不把火柴棒磨掉,康诺弗就会看见它们,就会知道他已经放弃了数数。

这个小意外是康诺弗误判了和路边沙沟的距离造成的。一具老人的尸体趴在路面的一条车辙上,康诺弗极力想绕过它。梅瑞迪斯感到庆幸,因为尸体是脸朝下趴着的,看起来并无特别,只不过是又一个破布包裹而已。但尸体离下陷的吉普车前轮只有一两码的距离,这还是让他惴惴不安。路的这段比较窄,周围还有许多其他尸体。那种气息又飘到了梅瑞迪斯的鼻子里,这还是他们上路以来的第一次。那种在桂林宽阔的街道上飘进他鼻子里的、令人作呕的腐烂的刺鼻气息。他用鹤嘴锄撬轮子,又从旁边的树丛折了些树枝来加大轮胎的摩擦力。蹦进眼睛里的灰尘和沙子使他感觉到一阵刺疼,再加上热浪、烈日和尖峰耸立的平原上炙热的寂静,那种气息似乎更加凝滞,更令人窒息。

他们第一次看到乌鸦在周围盘旋——它们一袭黑衣,在地里骄傲地昂首阔步,在尸体间呀呀争吵,在上方的苍白天空中盘旋。一只乌鸦飞下来,栖在挂车的尾部,离正在挥锄的梅瑞迪斯不到两码远。它用坚硬光亮的喙来回摩擦钢制的轮胎胎边,黄色的眼睛漠然地看着梅瑞迪斯。他使劲将鹤嘴锄朝乌鸦掷去。他扔得太用力,不得不走了三十码才把锄子捡回来。乌鸦飞进地里,趾高气扬地四处踱着。

梅瑞迪斯大汗淋漓,全身湿透,几乎精疲力竭。他往轮胎下面松软的沙子里塞了更多树枝,朝康诺弗喊道:"再试试!用合力!"

康诺弗加大马力,发动机呜呜作响,挂车向前晃了晃,又颠了回去。一股热沙混着噼啪爆裂的小树枝弹起来,打在梅瑞迪斯的脸上,他踉跄了两步,倒在地上。后轮陷得更深了。

"天啊!你就不能坚持一下?"他气冲冲地喘着气。他一下子被激怒了——因为疲惫,因为觉得自己无能,因为康诺弗一时疏忽让他们身陷困境,还有乌鸦、热浪、尘土、周围散发恶臭的尸体,因为康诺弗顽固地坚持要去柳州。

"压根没有摩擦力,"康诺弗很着急,"我们越挖反而陷得越深。要是我们扯一根绳系到那边的树上,或许可以把车拉出来,再在轮子底下垫些东西。这应该是个解决办法。"

梅瑞迪斯擦掉脸上和手上的灰,绕到吉普车的前面。他看了看那棵树,又看了看路上那具尸体。"那个怎么办?"他说。

康诺弗皱眉,"我想我能绕开它,只要我们能找点结实的东西垫着轮子。"

"你刚才就是这么干的,你绕开了它!我们就是这样陷进去的,该死!"

康诺弗一语不发。

"我们可以把它搬走,我觉得。"梅瑞迪斯说,康诺弗还是沉默不语。他一动不动地坐在驾驶座上,双手僵硬地握着方向盘的上半圈,神情严肃,呼吸粗重。

"如果我们要把绳子系到树上,我们就得搬动它,不是吗?"梅瑞迪斯说,"它正好在我们拉绳出来的路线上。还是说你觉得我们该直接碾过去?"

他又故意停顿了一下,等待康诺弗的回应,他故意显得特别耐心,他想用这种方式表达自己对他的恼怒。梅瑞迪斯知道他这么做不仅是出于自己的愤怒和沮丧,也有一部分原因是因为他不愿去承担这个令他极度厌恶的任务。他有点想让康诺弗来做这件让人恶心的事情,因为他们现在的狼狈处境是康诺弗造成的。但康诺弗没有动,他像一具木头做的假人一样坐在方向盘前面,等待着。

梅瑞迪斯抿着嘴,慢慢地走到尸体旁,低头查看。汗水流进了他的眼窝里,眼睛仿佛在灼烧。他感觉身体发疼,那股气味冲鼻而来,他几乎想干呕。路上有两只乌鸦在看着他,乌鸦后面还有其他丑陋的尸体,再往外,死气沉沉的干旱大地仿佛在绕着他旋转。

死者身上穿着苦力们常穿的蓝粗布外套,黄褐色的尘土落在上面,形成环状或圈状纹路,和蓝粗布的纹路一起,就像粗制滥造的大理石花纹纸。多么荒谬,他想,看着死亡却想到了老账本的扉页。多么荒谬,却又多么重要——不把它看作是一个已不再有呼吸、生命、活动的东西,一个已不再有抱负、恐惧、梦想的东西,而只是一个了无生气、毫不相干的东西。尸体颈背磨损的外套领子和沾满灰的鸭尾般的头发之间,塞着厚厚一层沙子。僵硬的双手从打满补丁的袖子里伸出来,也被埋在一堆堆不成形的沙土下面。这让地上干瘪的尸体给人一种错觉,仿佛它只不过是一尊塑像、一个假人、一个装点着破烂衣服的用沙子堆出来的人形。

梅瑞迪斯朝尸体抬起脚,脚指头抵住了尸体的侧部,他犹豫了一下,又把脚抽了回来。如果他用脚把尸体移动到一边,很有可能会使它翻转过来,这样他就会看到死者的脸。他向后退了退,瞥了一眼康诺弗,康诺弗也在张大眼睛、眼神空洞地看着他,什么表示都没有。

梅瑞迪斯再次转过身,快速地弯下腰,双手抓着沾满灰的外套,黄色的粉尘朝他扬起来,带着股突兀的讨厌的恶臭。他扭过头去,胃里涌上一阵恶心。他用力去拉尸体,太用力以至于他几乎站不稳,往后退了几步,尸体比他想象的要轻得多,轻得仿佛真的只是一捆塞了些沙子的旧布包。他紧了紧抓住外套的手,把这捆旧布包拉到路边,让它滚下沟去。它似乎在沟边保持了一会儿平衡,然后滑落到满是荆棘的沟里。尸体以一条极其僵硬的胳膊为轴翻滚了下去,跌到了松软的滑沙中。它的脸是一张业已干结的泥捏的面具,面目难辨——一个回归大地的沙做的假人。乌鸦又飞到空中盘旋。梅瑞迪斯干呕了一下,慢慢地转过身,走回到吉普车。

"挂车绳,"他短促地说,"我们想想怎么办。"

"我有办法,"康诺弗说,"如果你能多弄点树枝垫在轮子下面。"

在绳子的帮助下,他们终于把车拉了出来。后来在路上又耽搁了两次,一次是因为发动机过热,另一次是因为康诺弗在长时间注视被太阳晒得亮晃晃的路面后突感眩晕。康诺弗在一段看不见死尸的路上停了下来。不知道为什么,一路上总有一些路段不见死尸的踪影,仿佛这些路段被特别标注,专门要空出来,禁止死亡的出现。每当他们需要主动停车,总会停在这种地方。他们都没提起过这个现象,也没有特意要这么做:这只是他们之间的某种心照不宣。现在这么做也更容易了,因为看乌鸦就能知道哪里的死尸最多。

尽管感到眩晕,而且梅瑞迪斯提出由他来开车,康诺弗还是开到了下午一点。然后,他们点着小燃料炉,煮了些咖啡,但两个人都没有什么食欲。他们例行公事地打开了一盒口粮,康诺弗一点一点地啃着饼干,梅瑞迪斯拿出一根果条,撕开透明包装嚼起来，果条坚硬而油腻，跟柏油一样黑。浓烈的酸味让他的嘴巴口水直流，他很享受这种感觉。

"你是怎么做到的！"康诺弗说。

"做什么？"

"吃那些该死的果条。我总是把我的扔掉。他们为什么把这破玩意放在口粮里，我的天！"

"浓缩维生素，能帮助肠道运动。"梅瑞迪斯用牙齿撕咬着又硬又黏的甜点，"味道还行。"他腾出嘴来说道。

"到目前为止数到多少了？"康诺弗问，他找到了一块奶酪，小心翼翼地用他的带鞘小刀削下来抹到饼干上。

梅瑞迪斯一直等着康诺弗问这个问题。"哦，介于四千到五千之间吧，"他随意地说道，"更接近五千，我估计。"

"你的意思是你没好好数？"康诺弗说，语气里没有责备，眼睛在看着小刀和奶酪片。

"两千之后就没数了。我觉得靠猜会容易些。"

"啊哈，"康诺弗疑惑地点点头，"你不觉得这样会减弱我们报道所追求的客观性和准确性吗？"

这也是梅瑞迪斯等待已久的问题。"噢，客观你个头！"他愤怒地说，"该死的，这些人都是人，难道不是吗？你以为这是在干什么？数羊群？赶牛回圈？如果你想数，你来吧，我会很乐意开车。"

"好吧，好吧，放轻松，用不着这么激动。"康诺弗迅速地抬起头，露出微笑——一种被逗乐的、宽容的、恳切关怀的微笑。"你可能说得对,"他做出了让步,"现在数字越来越大,不管我们怎么数,应该都能很接近真相。"

"什么真相?数字说明不了真相。不是你想找的真相,不是数据的真相。我们面对的是一个抽象的问题,这个问题的名字叫人性。在这个问题上,还没有人能通过客观的准确性达成一致的看法。看在老天爷的分上,兄弟,今年春天,在广东,一百二十五万中国人死于饥荒。黄河和长江每三十年都夺走三千万人的生命,人们连眼睛都不眨一下。即使我们报道去柳州这一路上发生的事时因为这样或那样的问题而错了一个小数点,谁他妈会在乎呢?这他妈有什么要紧的!"

"当然很重要。"康诺弗小心翼翼地说,"在某种程度上,一个人必须得有所在乎。一旦你开始不在乎细节,就会很容易连整体都不在乎了。"

"我说的就是整体,"梅瑞迪斯说,竭力保持着耐心。就是在那个时刻,他决定向康诺弗和盘托出。这是他的新闻,怎么写只有他心中有数,也是他南下广西的理由。这是一个他私下花了大量时间和一点贿赂金、加上他敏锐的判断和必要时耍些小花招才得到的消息。这是一个靠他辛辛苦苦发展关系网以及用他作为新闻人的聪明和狡黠赚取的内情:甚至不是那种一定会用于直接意义上的报道的内情——这个内情对于报道而言实在太危险了!——而是一种会影响到他的世界观、使他的态度发生倾斜、或许在紧急情况下能证明其价值的内情。(他想,如果犹大活在后来的时代,可以当一名记者。有关敲诈勒索的知识是新闻学研究生的一门巧妙的课程。）

他直直地看着康诺弗，说："你真的知道这个新闻到底是怎么回事吗？"

"怎么回事？"康诺弗谨慎地重复着这几个字，他自己就是个新闻人，他那蓝色的眼睛与同伴灰色的眼睛对视着，目光镇定。梅瑞迪斯意识到，康诺弗有一种天生的冷静。

"你知道为什么这些可怜的家伙会死在这条路上吗？这就是我想说的。"

"说吧，告诉我。"

"我正要说。重庆发的两份公报是有人操纵的。你知道吗？故意操纵的！"

"哪两份公报？"

"记得一周前吗？上周五——你向友梅献殷勤的那晚。费边·凌请我们喝酒，记得吗？"

"当然，但——"

"哈，我们干杯就是为了这些，伙计！这条路，这些尸体。我们举杯祝贺费边·凌的大买卖，你记得吗？"

"对，我记得，但——"

"先听我说一两分钟，我向你提供些背景情况。在过去的一两个月，中国货币市场陷入了疯狂，对吧？为投机敞开了大门——如果你正好对那种事感兴趣的话。呵，费边·凌那帮人对那种事非常感兴趣，所以老凌决定搞一些筹码。他们决定策划一次货币市场的崩溃和复苏，他们做得非常严密巧妙。据我所知，他们在重庆投资了一百万元来确保计划绝对能顺利实施。实际上，他们花钱就是为了发出两份特别公报。第一份——你记得的——宣布攻陷衡阳的日本军队派了三个精锐师已进入广西，包括装甲部队、炮兵部队和空中支援部队。公报说这支队伍正在朝桂林行进。这马上引起了恐慌。所有人都认为如果桂林陷落——而且所有人也都知道，继衡阳沦陷，桂林也会难以自保，哪怕来的是童子军也打不过！——那么所有西部省份就会岌岌可危。缅甸公路可能会被切断，驼峰机场①会被占领。中国战场就落幕了，其实……"

梅瑞迪斯的嘴角闪过一丝疲惫的笑，他扭过头，视线掠过被炙烤的土地，看向西边像印在平纹细布上的群山。他仍然能看见周二的时候，一群一群的人在金碧路上茫然游荡，哀号着，眼神绝望，展露人类贪欲的令人震惊难忘的场面。他能看见一文不值的低面值纸币被扔得到处都是，堆满了下水沟，在拱门下的鹅卵石街道上飘飞；银行大楼的门上了闩，无数的拳头不停地捶着门。他能听到人们单调的反复的喊叫和算盘的咔嗒声——这是货币贬值的昆虫般的伴奏……一整天——不是一小时一小时地，而是一分钟一分钟地——伴奏着痛苦和恐慌的渐强音。到夜幕降临时，中国货币的价值甚至比不上用来印钱的纸了。街道上有美国士兵用万元面值的大钞来点香烟：在货

---

① 1942 年—1945 年，美国援助蒋介石政府开辟了往返印度和云南等地的军用"驼峰航线"，主要运送战斗人员及战略物资，航线在中国境内的专门机场被称为驼峰机场。

摊上,用来买这支香烟的钱在两天前能买下一栋房子!然后,在那个疯狂的晚上的八点钟,一道奇怪的、激动人心的流言传遍了焦虑不安的证券交易所:一帮颇有影响力的银行家宣布已随时准备好买下全部的中国货币,他们仍然相信中国有能力抵抗外侮、坚持下去。他们开出的收购价格非常低,但任何价格,在那个充满令人绝望的不确定性的时刻,都会吸引大批急切的卖家。还不到午夜,费边·凌和他的同伴们只花了不到十万美元就几乎囤积了昆明所有的法币!

梅瑞迪斯揉了揉自己汗湿了的短直发,"嗯,你知道的,"他说,"你报道过。那是经过精心安排的崩溃,却像咒语一样有效。现在他们得上演复苏大戏了。"他看向康诺弗,康诺弗正在用后背磨蹭着挂车一侧,一语不发,但继续全神贯注地看着梅瑞迪斯。"你记得吗,周三我们想看看有没有人就此发表谈话,"梅瑞迪斯接着说,"但没人吱声,人们对桂林或者日本进攻只字不提。政府也没发公报。顺便说一下,我就是这个时候起的疑心。接着,周四上午,重庆发出第二份官方公报。这真是妙极了!公报解释说原先对军事形势进行了令人遗憾的误判,现在看来似乎只有少量敌军侦察兵从湖南打过来,对于将整体的危险形势进行了过度的夸大,重庆政府表示遗憾,并将此错误归咎为通信中断。"梅瑞迪斯露出厌恶的表情。"不管怎么样,这是在公开宣布西部省份现在已安全无虞了。因为在中国,通信经常中断,这个借口不仅方便,还合乎常理。但后果你也看到了。周三,爱国银行家们的举动使中国货币已经有所恢复，重庆的公报一出，价格就完全稳住了——比恐慌发生前稍低一点，但差不太多。于是费边·凌和他的同伴现在就可以把他们囤的钱全都卖回去了。你知道吗，这些家伙囤太多了，多得连他们银行的保险库都放不下，得运到东泽街的两个仓库。哼，按新的市场汇率，他们卖出的价格自然比恐慌时他们买入的价格要高得多。"

"这些狗娘养的！"康诺弗说，但却没有不尊重的语气，"好家伙！这些宝贝儿应该去华尔街！"

"让这些中国银行家去华尔街，洛克菲勒和摩根那些家伙就要自己挖坑躲起来了！"梅瑞迪斯尖刻地说，"听我说完接下来发生了什么。没到星期五，他们的利润额就几乎达到了七百万美元。他们只需要从中抽出一百万给同意发布伪公报的重庆朋友作为报酬。你不得不佩服他们，太聪明了。一切和形势配合得严丝合缝。不过大多数政府公报说得好听点就是半真半假，所以这次公报涉及犯罪并不是因为撒谎，而是公报都是经过事先策划的，是故意利用军事形势的不确定和金融市场的不稳定来捞好处，而费边·凌提前就能确切知道接下来会发生什么。我打赌他知道得一清二楚。情况就是这样。他们大发横财！一点细心的筹划、两天的辛劳、精心的贿赂——换取毫不含糊的六百万美元巨大利润，还不用冒一丁点风险！"

"好家伙，他们果然工于心计！"康诺弗撇起嘴唇，低声吹了下口哨。他谨慎地看向同伴。"这一切你都确定吗？"他说，"你能确定他们是这么干的？"

"费边·凌请我们喝酒了,不是吗?"

"是的,不过两份公报我都在广播里听到了,而且对它们深信不疑。"

"其他几百万人也深信不疑。他们就是要让你深信不疑。公告的全部目的就在于此。他们就是要让你把公告当成是真理。你在重庆电台里听到的可不是每周一次的契科夫小说。"梅瑞迪斯盯着灰白无人的路。"桂林人民对它们也深信不疑。"他平静地说。

"嗯,我们无法百分百地肯定如果没听到公报他们本不会逃走。"

"你绝对可以肯定的是第一份公报发出以后人们就开始恐慌了。他们没等到听第二份。"梅瑞迪斯厉声说,"而且那些可怜鬼对金融投机不感兴趣:他们只对一件事上心——活下去。"

"他们一分钱都没挣到,对吧?"

"他们一点机会都没有。老凌已经做好了各种手脚,这笔交易的结果已经预先安排好了。他妈的,所有人都有资格在充满投机的货币市场上碰运气。但这次你根本没法碰运气,一切都是事先预谋好的,结果是板上钉钉的。"

"尽管如此,老凌不可能知道桂林人会有这样的反应。没有人会想成为这么不道德、这么没有人性的无耻之徒!"康诺弗说这话的时候,一直靠在挂车边上蹭着他那因出汗而发痒的后背。"我是这么看的——请注意,我只是想试着从各个方面去看待这件事——在一个这么庞大混乱的国家里,任何军事行动都一定会有巨大的不确定性。在初始阶段,任何新的敌军动向都有可能被误解。军事情报在某个环节出了错,于是形势被误判。这样的先例非常多。金融方面可能引发的后果是另一码事。"他抿了抿嘴,"好吧,这是欺诈。整个买卖是有预谋的。但我们要知道以前人们也靠这样发家致富。这么说的话,华尔街也是。老天!二十年代大崩盘之前我们也这么干过。"

"我从来没说过这是一个历史创新,"梅瑞迪斯冷冷地说,"而且我对金融影响一点儿兴趣都没有,我只是想说这些人死在这条路上,是因为他们不知道这一切只不过是个交易。没人通知他们。没人告诉他们,你瞧,他们只是单纯地相信了他们所听到的,然后这个消息把他们吓得魂飞魄散。他们逃出来了,结果碰上了广西二十年来最糟糕的旱灾。"

两人沉默了很久,康诺弗终于开口说道:"好吧,这是你坚持的看法。但你能证明这一切吗?"

"能啊,我觉得我能。"

"但这么做有什么意义呢?"

"没什么意义。只是证实一下我自己根深蒂固的怀疑,怎么说呢,我对我的人类同胞的看法。"

"但你不打算将它写出来?"

"该死的这和写不写有什么关系?"

"大有关系。要是你把这个写进新闻里,我俩都别指望发表一个字。他们肯定立马毙掉。"

"谁说我打算写出来？"

"你让我松了口气！兄弟！"康诺弗笑了笑，手像扇子般不停往脸上扇风，假装想让自己凉快一下。"刚才有那么一会儿我还真的挺害怕，"他说，"我以为你想告诉我你要写一篇报道证明两份政府官方公报是故意造假，然后谴责中国西部那帮最具政治影响力的爱国公民为幕后主使，还指望新闻审查员会给这个报道开绿灯。你要是这么写，在审查员那里是绝对过不了关的，任何审查员都不会让你过关的，那我们一开始就不必浪费时间到这来！"

"我只不过想告诉你这到底是怎么回事。"梅瑞迪斯耐心地说，"我就是想解释一下为什么这些人会死在路上，没别的。"

"这个角度够惊人的，对吧？"康诺弗想了一会儿之后说道，"那个该死的混蛋老凌和他的伙计们，呵，"他钦佩地摇摇头，"他们太老奸巨猾了，我的天！太会算计了！"

梅瑞迪斯疲惫地审视了他一会儿，嚼着果条，眼睛上、脑袋里都感到炙热难耐。"你明白了吗？"他平静地说，"为什么我们数得对不对根本不重要。到底费边·凌和他们那帮人杀了桂林城一个老妇人还是五万人，这很重要吗？整条去柳州的路上都是这些人的尸体还是只有那个躺在砂堆上的被强奸的孩子，这重要吗？杀一个人也是谋杀，惩罚根据的是犯罪性质，不是数量。"

"同意。但不管怎样，我们的讨论只是推测，你刚刚也这么说。"康诺弗点燃一根香烟，仔细地端详了一会儿燃烧着的火柴,然后把它扔掉。"很有意思,我承认。但纯属空谈。"他说,"因为根本不会有什么惩罚。我们不是特别法庭,也不是在做调查。即使他们有罪,我们也不可能惩罚这帮家伙。而且这些混蛋总能逃脱法律的制裁,你可别忘了。"

"你说着说着就认同了我的观点。"

"什么观点?"

"就是既然我们没办法老老实实地写这个新闻,还扯什么不偏不倚的准确性呢。"

"这是一个冷漠的国家。"康诺弗说。

"这是一个冷漠的国家。"梅瑞迪斯表示赞同。自从来到中国以后,他想,这句话他已经听过多少遍了?这句话是一种解释、一种归罪方式,可以用来转移罪恶、逃避责任。他知道他的同伴现在会岔开话题,他在等待着。

"在衡阳,"康诺弗认真地说,"他们派了一群乌合之众去保卫这个城市。从山西调过去的一万四千名倒霉蛋,穿得破破烂烂,没吃没喝,几乎手无寸铁,派他们去就是让他们去送死,去当炮灰!老天!有些人不得不用棍子、用石头!投入战斗的部队都只有一半的士兵有枪可用,另外一半手无寸铁地跟着冲锋,等到有枪的士兵阵亡,他们才有枪可用。有些可怜的家伙整整六个月都没放过一枪,因为他们整整六个月都没见过一颗子弹。"

"战争就是这样的,在这个国家。"

"老天!……这就是战争!所有人都死光了,五个将军也被枪毙了,因为他们没能守住城!为什么会这样?因为那些高官一直将那些衣着整齐、口粮不缺、装备精良、训练有素的精锐部队扣住不发,这样以后他们就能被用来打自己人。这些你自己都说过。行,如果你愿意,你可以管这叫政治。但公平何在?谁能说费边·凌那帮人就比这些人更坏?这个该死的国家从里到外烂透了,为什么只挑出这么一个痛处出来呢?"

"或者可以说已经名存实亡。"梅瑞迪斯厌倦地站起身,话题已经岔开了。以后,他肯定会思考美国式天真的问题。为什么人们总会对成功推崇备至,不管他们愿不愿意,不管这种成功是怎么获得的?为什么无辜之人心中满是罪恶感,总要孜孜不倦地寻找一个象征性的替罪羊来带走所有人的罪愆?"我们上车吧,吹吹风,"他说,"在这里再待五分钟,我俩都会被晒成油斑的。"

"随时出发。"康诺弗说,语气里明显松了一口气。

"我迫不及待地想去我的福地。"梅瑞迪斯合上口粮盒子,调整了一下墨镜,爬到吉普车驾驶座上,右边脸颊因为嘴里的果条而鼓了起来。"他们在横桅上吊死了比利·巴德[①]。"他含混地说道。

"你说什么?"

"比利·巴德。他们在横桅上吊死了他。他是一个牺牲品,

[①] 19世纪美国著名小说家赫尔曼·梅尔维尔去世后才出版的中篇小说《水手比利·巴德》的主人公。年轻的水手比利·巴德为人和善帅气,人缘极好,唯一的身体缺陷是口吃。他受到船上执法军官的嫉妒,被陷害之后无法用言语辩解,一怒之下杀死了执法军官,迫于军法他最终受到绞刑。

通过牺牲获得救赎,也可以说是推卸责任,取决于你怎么看。"

"又来了,"康诺弗说,"我没听懂。"

"没什么,"梅瑞迪斯说,"我瞎说的。"

他们又开始从尸体旁边经过,乌鸦群更密集了。他看到康诺弗的嘴唇又开始默默地嚅动。从眼角余光里,他看见他把一根火柴棒从一只手换到了另一只手上。

这段路程要比上午困难得多。情况通常是这样的,所以梅瑞迪斯总是选在下午开车,因为他更强壮、驾驶方面更有经验。离开桂林后,他们前进的速度一直都不快,现在则更慢了。酷热进一步加剧,即使透过墨镜,灰白土路反射的阳光依然十分刺眼。吉普车陷进疏松的流沙里三次:头两次康诺弗用鹤嘴锄就解决了问题,但第三次他们不得不用链子把车拉出来。

薄暮时分,他们穿过一个矮坡,坡顶松林的松树落满了灰,被风吹得歪歪扭扭。从那里向下俯瞰,他们终于看到了广阔的柳江盆地。

期盼已久的"青绿牧场"一点儿也不比荒弃的农村更吸引人。目力所及,大地皆被炙烤成褐色,灌溉渠已经干涸,一块块稻田看上去就像飞蛾尸体翅膀上的斑纹,谷场堆积着风吹来的散沙灰土。河床里还有一些水,但都是小小的、污浊发黑的死水坑,一缕缕细流淌过宽阔的灰白色的土地之间干旱的、看上去晒得发烫的鹅卵石河床,将水坑一个一个地连接起来。河流陡岸被侵蚀得厉害,紫罗兰色的阴影开始填满裂缝,高一点的山峰呈橘红色,像是在焖烧,仿佛大地着了火。河岸上的柳树和桉树无精打采地耷拉着，被晒得发白的河床上细线一般的水流就像死人手掌上的纹路。

现在河水最宽的地方，一个小男孩都能蹦过去，但主河道有些地方宽达一百米。在其中一处比较宽的河面有一个浅滩，一条凹凸不平的路延伸向两边的河岸，两侧有两座断桥，锈铁断木，破烂不堪。第三座是简陋的竹拱桥，很高，横跨两侧陡岸，和右边的路相连——估计是为了避免成为轰炸目标，梅瑞迪斯猜想——但它距离河床上可怜的细流和令人厌恶的褐色浅坑太远了，看上去就像是一个因为严重失算而失败了的造桥实验。

但是，有人影在往桥这边靠，峡谷底部飘着人类活动扬起的阵阵尘土，三十或四十个小泥屋子挤在一起，形成浅滩边上破败的小聚居处，周围明显有居住的痕迹。

梅瑞迪斯松了口气，几乎感到了一种孩童般的欢欣鼓舞，他一脚踏上油门，发动机轰鸣起来。他们沿着沙路艰难地驶向下方这有人居住的峡谷。

他们来到柳江边的时候，康诺弗计算的死亡人数已经超过了两万两千。

河北岸的浅滩附近有一个肮脏的、正方形的泥板房，很明显是个客栈，他们在房子前面停了下来。破布招牌上的字褪色严重，字迹难辨。有一个牲口圈，里面空无一物，满是灰尘。车辕的支柱上有一些凹痕，像被香烟灼过一样。门边放着一把破凳子，上面躺着一个穿着一身破烂蓝布衣衫的老者。

因为吉普车的到来而被扬起的灰尘还没落定，人们就已经围拢了过来。

梅瑞迪斯看着他们慢慢地拖着脚围过来,一颗心顿时沉了下去。先是有人从村子靠近客栈的地方走出来,然后,河岸上、远处的桥边、摇摇欲坠的屋舍后面、狭窄的巷子里,各处都有人往这边走。他能看到村子那边的山坡上也有人,昏黄的天空下一片黑压压的身影,他们向下穿过干旱荒芜的田野,从荆棘丛后面走过来。缓慢地、无声地,他们聚集在客栈的前面,形成一个拥挤的、不断加大的半圆,出于恐惧,和吉普车保持着一定距离。"听(挺)好!"康诺弗按照习惯问了声好,声音无意中流露出些许不自信,就像拿不准自己的发音一样。但人们只是瞪着眼看着他们,神情漠然,没有一个人回答。"他们看起来全都离死不远了。"康诺弗尴尬地低声说。

梅瑞迪斯点点头,没有说话。活死人,他想。僵尸,黄昏的幽灵。虚弱地、萎靡地、无声地,他们从地里拖曳着走下来,跟在其他人后面,眼神空洞地盯着吉普车和这两个身穿卡其棉布衫的高个男人。枯瘦的胳膊从破布衫里支出来,衣服都褪了色,黑色褪成灰色,灰色褪得显不出丁点颜色,蓝色褪成一种虚空的颜色。昏暗的天空,空荡的四周,茫然的眼神。这些人脸庞憔悴,身体瘦弱,黝黑嶙峋、青筋虬结的腿就像长满瘤的老木棍。这些眼睛就这样看着,等着。梅瑞迪斯从来没见过这样的眼睛。有的眼睛直勾勾地盯着你,黑色的眸子闪着微弱的光;有的眼睛因为高烧,通红通红;有的眼睛黯淡无光,就像在灰泥里滚过;有的眼睛患了沙眼,泛白如相片底片。患病的眼睛空洞失焦,但其他眼睛也是如此,直瞪瞪,同样茫然空洞,仿佛有一个晦暗坚硬的东西卡在眼窝后面,阻碍了眼睛聚焦和头脑认知之间的联系。在他们后面,躺在倾斜的长凳上的老者一动不动。

"在这儿等着,"梅瑞迪斯低声说,"我进去看看。"

"我们不能丢下吉普车。"康诺弗说。

"不是丢下车不管,你在车里等着,我去看看我们能不能在这里过夜。"

"为什么不继续走?这是个鸟都不拉屎的地方!"

"已经六点四十了,对岸有什么我们不了解,过完浅滩天都黑了。"

"那里有一座桥。"

"哦?你去看看吧,桥是断的。"

"我不喜欢这个地方。"康诺弗语气坚决。

"我也不喜欢,和你一样不喜欢,"梅瑞迪斯笑了,"福地,"他说,"好吧,至少是冥河①左岸,我们没什么选择,不是吗?"

他从挂车后面走过去,来到躺在长凳上的老者旁。老者看上去一动不动,双眼紧闭,但尚有呼吸。梅瑞迪斯摇了摇他的一侧肩膀。没有反应。老者纹丝不动,阖上的眼皮覆在消瘦深陷的眼窝上,呈淡红色,就像剥了壳的虾。如果眼皮打开,梅

---

① 原文为 Styx,古希腊神话中的冥界之河,是进入冥界的必经之路。福地(Elysian fields)和冥河都是死后之地,但福地是极乐世界,冥河却意味着可怕的地狱。冥河左岸指在冥河边上,即将进入但还没有进入冥界。

瑞迪斯心想,会啪的一下突然睁开,就像蜥蜴的眼睛。梅瑞迪斯端详了眼前这张衰老的脸好一会儿,然后绕开长凳,从敞着的门走了进去。

门很宽,积沙有门槛那么高。必要时——他感到一丝宽慰——他们可以把吉普车开进来,在里面可以避开尘土里站着的饥饿人群,至少安全些。

房子里,几缕残阳照进来,光线昏暗,内部布置是路边客栈常见的样式,饭桌集中在一侧,另一侧有一块大空地,对着一个原始的炉膛——空间够大,足以停下吉普车——还有一个高出来的泥砖砌的炕。除了破烂不堪、一片狼藉的饭桌,这个地方没有别的家具,也没有锅碗瓢盆,什么都没有。外面长凳上的老者,梅瑞迪斯猜,或许和客栈没有任何关系。很明显,这个地方已经荒弃了,屋里炎热的空气夹杂着烂果子的腐味、灰味、动物粪便的气味、陈腐鸦片的气味、耙过的泥土的气味、树叶烧焦的气味。这些气味混在一起,倒并不令人感到讨厌。这个简陋的屋子到处裂得厉害,外面炙热的空气也可以流动进来。

可以在这里过夜,梅瑞迪斯断定。在板条缝中透进来的微弱光线中,他仔细打量着四周,看到这里有一个窗户,另一边有一扇侧门,板条墙之间的裂缝颜色微红,漏进来的夕阳余晖投下一道道三角光柱,像在支撑着墙壁。他知道自己为什么看得这么仔细,而且为此感到内疚。他在检查房子的防御能力,他把它当成堡垒,当成防范活人的安全要塞。他在寻找可以用来抵挡人类同胞的、为他提供保护的障碍物,就像找到一处新洞穴的原始人判断洞穴是否可以抵挡还在下面峡谷游荡的部落同胞。他们已经在死人堆里穿行了一天,有一种恐惧总是如影随形,现在暮之将至,他知道,如果回到活人中间,他们将不得不去应付另一种恐惧。这些想法让梅瑞迪斯感到深深的压抑和不安,他走出门,回到被黑暗一点点吞噬的日光中。

现在已有好几百人半围着客栈,似乎没人比刚才更靠近吉普车。所有人都一语不发,所有人都在缄默和困惑中盯着他们。康诺弗退到了破布招牌下的阴影里,手里拿着卡宾枪,他和人群之间隔着吉普车。他看上去似乎丝毫不惧,但眼睛流露着不解和困惑。

"不断有人走过来,"他说,"天知道是从哪儿冒出来的。对了,里面情况怎么样?"

"没问题。和华尔道夫酒店①不能比,但还过得去。我们可以把吉普车开进去,靠着炕,这样我们就能守着它。"

"不错。现在就开进去?"

"最好。"

康诺弗点点头。

他挎着枪留在外面,梅瑞迪斯小心翼翼地把吉普车从宽敞

---

① 华尔道夫酒店是位于美国纽约、始建于1893年的豪华酒店,1931年重建后,是世界上第一家摩天大楼酒店,也是当时世界上最高、最大的酒店。许多政要曾下榻于此,如19世纪末考察欧美的清政府直隶总督兼北洋大臣李鸿章、美国总统艾森豪威尔、美国总统胡佛。

的大门挪进去。车子一开动,人群就开始拖着脚往前。他们的速度极慢,在松软的沙土上步履蹒跚,仿佛没有任何信念或抱负给予他们前进的动力。

吉普车进去后,康诺弗在注视着人群的同时也跨进了大门。他能听到身后的梅瑞迪斯加大油门把车倒进去。人群拥挤着往前挪动,离他越来越近,但并无威胁之意。他们在地上摩挲的脚步发出长长的轻微的嗦嗦声。他看见大多数人都光着脚。有的人脚上穿着破草鞋,草鞋磨损得太厉害,看起来仿佛是穿的人扯了一把黄色的杂草绑在脚踝上。其他人的脚则裹在脏兮兮的破布鞋里。梅瑞迪斯把吉普车和挂车抵着炕停好,他叫康诺弗进来,这时,中国人已到了大门外,沿着墙根站了一排。

坐在驾驶座的梅瑞迪斯扭头看去,透过窗户和板条之间的裂缝,他能看到他们一张张黝黑漠然的脸。他熄了火,把钥匙放进口袋,然后在驾驶座上站起来,从那儿爬到炕上,沿着炕走到一角,跳到夯实的泥地上。

"这里很舒适,"他说,尽量看起来乐观一些,"我们可以在那边生上火,"他朝屋子中间的炉子扬扬头,"如果生火太热,我们可以点燃蒂莉灯①。"

"好的。"康诺弗小心翼翼地把卡宾枪靠在吉普车的前灯上。梅瑞迪斯注意到卡宾枪的保险栓是拉上的。康诺弗比他镇定,换作是他,他会拉开保险栓——并且随时做好准备。他看

---

①英国生产的一种煤油灯,因广受欢迎而一度成为煤油灯的代名词。

到枪柄上两排康诺弗用拇指指甲轻轻刻下的划痕。他知道康诺弗本来会填满三排,只是他没有这么做。康诺弗还比他有办法——或者说比他诚实。有良知,这个词很适合用来形容康诺弗。

"外面那些人,"梅瑞迪斯说,"他们说什么了吗?"

康诺弗慢慢地摇摇头。

"可怜的家伙们。"梅瑞迪斯用手蹭着下巴,他感到胡子茬在他的指尖下沙沙作响。"他们全都饿得快不行了,神志不清,意志、动力、一切,都没有了,几乎什么都不剩。他们现在就像动物……迷迷糊糊的动物。"

"我感觉到了,"康诺弗说,"我猜,我们的到来对他们来说就像……呃,就像幽灵。他们根本不可能知道我们是谁,我们意味着什么。或许如果他们知道我们的挂车里有吃的,情况会不一样,或许会是另一种反应。他们要是知道,可能会对我们不利。"

"有可能,"梅瑞迪斯说,"不过,这里是个好地方,我们能看紧我们的东西。"他环顾四周,一脸的不安。屋子里更暗了,细微之处已难以看清,一方面是因为现在已经日落西山,另一方面,是因为挤在门口、窗户边和板缝间的那些沉默的身影挡住了大部分仅剩的余晖。他感到有些气恼,觉得自己把吉普车开进客栈是个战略错误。他努力想甩掉这种念头,于是开始考虑接下来他们需要做的事。他们应该生火吗?尽管天很热。那堆破旧的木质长凳可以拿来烧火,足够他们用上一周。还是,他们应该迎难而上,走出去气冲冲地把人群赶跑?

"你注意到了吗？这个地方有点奇怪。"他说着，转身朝向康诺弗。"一只鸟或者别的动物都见不到，也没有鸡啼狗吠。猪、猫、水牛，统统没有。我猜带毛的或者四条腿的东西早都被吃光了。"

"可我不明白为什么会这样。我是说，既然已经无法维持生计，为什么他们还要待在这里。"

"嗯，我们不了解河对岸的情况。他们可能知道。我们一路过来的地方是什么样子，我们是知道的，真不是好待的！"他不安地沿着炕墙走着，"我猜，"他说，"他们留在这里，因为这里至少有水，可能短时间内还有吃的，然后被远道而来的桂林人都吃光了。现在这些可怜的家伙已经奄奄一息，虚弱得无法再往前走了，哪儿都去不了。他们完蛋了，就是这么回事。比起我们在路上经过的那些死人，他们多活了一会儿。事情就是这样。"

"你说得对，"康诺弗沉重地说，"重点就在于这里有水。水塘和沟渠里总是长着水草。本来长着……"他走到挂车旁，明显带着不安，和梅瑞迪斯一样。"你饿吗？"他说。

"不。"梅瑞迪斯说。

"那我们让外面那群家伙走开怎么样？他们就这么站在那里，我开始有点害怕了。"

驱散人群没有他们想象中那么难。他们一起走到门口时，站在那里的中国人马上就往后退了一两步——人群后退的涟漪恢复了梅瑞迪斯的信心——一种颤抖的叹息般的沙沙声从人群中传出,然后顺着墙边渐渐减弱,消失在脚步的窸窣声里。康诺弗用中文朝他们大喊,梅瑞迪斯则打着手势。过了一会儿,所有人都开始走开了,转身,背朝客栈,三三两两,或者一个人,像影子一样在渐浓的暮色里远去。他们很听话地走了,悄无声息,仿佛并不知道别人要他们做什么。他们就像快要停下来的发条玩具上掰下来的零件。大部分人走开时都低着头,垂眼看地。一些小孩回过头来看,但他们的眼神也是很茫然、无欲无求的样子。又过了一会儿,除了睡在长凳上穿着蓝色破衣烂衫的老者,所有人都走了。但空气里还留着他们身体的气味,他们站过的地被踩得坑坑洼洼,像小孩玩耍时挖的沙坑。

"呼!"康诺弗笑了,松了一口气。"你看,他们不成问题,一点都不惹事。兄弟,这种情形真是诡异至极!"

"诡异得让我受不了。"梅瑞迪斯转身走进屋。

"你说,这家伙怎么办?"康诺弗嫌恶地低头看着长凳上的老人。

"不管他。"梅瑞迪斯说,"他已经不在乎了。"

康诺弗点点头。"你知道,"他说,"他们站在那里的时候,让我想起什么了吗?戈雅[①]的系列版画——《战争的灾难》。我记不清是哪幅了,可能你知道是哪幅。同样恍惚的眼神,瘦骨嶙峋的脸,干瘪的身体……那些手,那些腿,那些脚……他

[①]弗朗西斯科·戈雅,18世纪末、19世纪初西班牙著名浪漫派画家、版画家,中年因病丧失听力,晚年多创作以战争、死亡、疾病为主题的画作。《战争的灾难》为铜版组画,共82幅,创作于1810年至1920年间。

们站在那里的样子——甚至好像他们没在指望些什么……"

"他们确实是那样,"梅瑞迪斯说,"战争的灾难。是的,他们什么都不指望——至少和我们无关。"刚才看着他们的时候,梅瑞迪斯就是这么想的。他想,这种场景让人很难不联想到戈雅。艺术的普及为所有场合都提供了参照,黑白艺术尤为如此:蚀刻版画、钢板雕刻、铜版画、木版画。放荡淫逸,有霍加斯①;粗俗下流,有克鲁克尚克②;戈雅表现的是人们流离失所的痛苦和无望;而他们走过的这条路,这条穿越酷热死寂的乡村、从这里一直通到桂林的路,让人想起了丢勒③。他很反感康诺弗用那个有卖弄学问之嫌的字眼——"幅"④。我记不清是哪幅了……可能你知道是哪幅……说这话的时候,康诺弗皱着眉,仿佛为自己没能想起出处、为记忆的不可靠感到不满意。梅瑞迪斯曾经学过艺术,而且一直钟情于艺术,他其实是可以告诉康诺弗出处的——是饥荒系列。从第48幅到第65幅随便一幅都描绘了战争造成的惨重后果。如今离戈雅造访萨拉戈萨⑤已经过去了140年,这些版画对战争的控诉至今仍然

---

①威廉·霍加斯,18世纪英国著名画家、版画家。代表作包括《浪子生涯》《妓女生涯》等。
②乔治·克鲁克尚克,19世纪英国漫画家、插图画家。创作了英国的拟人化形象约翰牛(John Bull),并曾为查尔斯·狄更斯的作品创作插图。其父其兄皆为画家。
③阿尔布雷希特·丢勒,文艺复兴时期的德国画家、版画家。代表作有《启示录》《基督大难》《小受难》《祈祷之手》等。
④康诺弗用的是"plate"一词,是一个版画的专业术语。
⑤戈雅的铜版组画《战争的灾难》是戈雅造访西班牙城市萨拉戈萨废墟后创作的。

适用：戈雅一定会感到很欣慰。他甚至能告诉康诺弗那些画确切的名字：比如 Si son de otro linage——《他们属于另一个人种吗》[①]……还有很多。

"我们进去把火生起来。"他说，"趁着现在没人。"

"你的意思是他们还会回来？"

"他们当然还会回来，他们还能干什么？"

那些旧长凳一点就着，火势熊熊。尽管很热，梅瑞迪斯仍然把火烧得旺旺的，昏暗的屋子被照得通亮。他用鹤嘴锄把干燥的长凳条板劈成柴火，康诺弗则加热了一罐浓汤和一些牛肉薯饼。他们吃着的时候，梅瑞迪斯后背抵着吉普车的前轮坐下，眼睛盯着敞开的大门。他时不时地扭过头，然后低下头来，脸几乎贴着地面，透过火光依稀地检查门和窗户的轮廓。他们狼吞虎咽，食不知味，直到他们吃完晚餐，那些中国人都没有再出现。康诺弗把空罐子远远地扔到火光照不到的黑暗处，开始收拾餐具和口粮盒，把它们放到挂车的油布下。梅瑞迪斯看着他忙活，说，"等等，先把那些果条给我行吗？然后你再收拾这些。"康诺弗脸上装出一副绝望的表情，朝梅瑞迪斯扔过去两根透明包装纸裹着的果条，梅瑞迪斯将它们揣在衬衫口袋里。

"我要撒尿，"他说，"得出去一下。"

走到门边，他停住脚，仔细打量四周。夜色给人一种近乎丝般温柔的奇怪感觉。太阳已消失在群山后面，而光线，或者

[①]《战争的灾难》系列的第 61 幅作品。

说由于缺少光线，显得灰惨惨的，使夜晚不像夜晚，尽管天上还有稀稀拉拉的几颗星星，河对岸的山脊边上挂着一轮模糊苍白的月亮。河床附近夜色更暗，一些身影似乎在缓慢移动，他凝神细看时，发现在附近房子之间的巷子里，在客栈对面沙场的远处，还有其他黑影在动。这些影子动作很慢，而且并无明确的目的：他们来来去去，就像风中的幽灵，靠近、经过、后退、消失在黑暗中。梅瑞迪斯走出来，靠着墙边方便。他憋着慢慢尿在干燥翘起的木板上，这样尿液就会顺着板子流下来，而不会在地上发出声音。然后他回到了屋里。

"外面的大世界什么情况？"康诺弗轻快地说。

"很安静，他们走开了。"

"我们去门廊里坐一会儿怎么样？"康诺弗说，"出去抽根烟。这里热死了，兄弟，咱们需要烟囱！我的眼睛熏得难受！天啊！"他说。

他们坐在堆满沙的门槛上，点燃香烟，康诺弗揉了一阵眼睛，然后说，"那边有些人，小河边也有人。"

"是的，没事，他们没有向我们靠近。"那些影子都保持着之前的距离，没有再向他们靠近。

"我们要看好吉普车。整个晚上，我们至少要有一个人看车。我们可以轮班。"

梅瑞迪斯咕哝了一声。他希望战争早点结束。战争进行了这么多年，他已经受够了这种情况——点根香烟，在夜里枯坐着，眼神茫然，在黑暗中注视着某种似有似无、若有还无的东西,坐等天明。

"你可以想象一下,"康诺弗说,"处在那种情况下的人什么事都干得出来,甚至可能只是为了得到一听番茄汁或一盘豆子,甚至一根香烟,"他说,"一根劣质香烟。"

"我在意大利做报道的时候有过这样的经历,"梅瑞迪斯说,"在罗马刚解放没多久的时候,有些在西斯蒂娜街①晃荡的小孩,给他们一小罐番茄汁,他们就能让自己的妈妈和你上床。还有在巴贝里尼广场②附近的男人,只要给他们一包切尔斯菲尔德③,他们就会让你和他们的妻子,甚至和他们的女儿睡上一觉。"

"为什么说'甚至'和他们的女儿?在道德的等级上难道妻子不如女儿?"

"有时候是这样,我想。我不知道为什么我会这么说,我没有特别的意思。"

"你把这些写进你的报道了吗?"康诺弗饶有兴致地问。他喜欢听梅瑞迪斯讲他的报道经历,因为可以从中学习到一些东西。珍珠港事件为康诺弗提供了来中国的机遇,但梅瑞迪斯很久以前就从事这一行了,康诺弗非常羡慕他的博闻广识。梅瑞迪斯在澳大利亚出生,但和很多从事报业的同胞一样,他早就变成了一个跨国的专业人士。康诺弗认为正是因为他们澳大

---

① 罗马市中心的一条街道。
② 罗马市中心一个始建于16世纪的大型广场,有著名的海神喷泉和蜜蜂喷泉。
③ 流行于20世纪初期到中叶的一个美国香烟品牌。

利亚人在远离风云变幻的世界舞台中心的环境中长大,他们才变成了这样一群报业的流浪雇佣兵,四处兜售自己的才华——而他们大多数人,包括梅瑞迪斯在内,都是才华横溢的——哪里报酬丰厚、任务有趣,他们就去哪里。加入纽约杂志社前,梅瑞迪斯曾先后在澳大利亚和英国的报社工作过。他报道过马德里①、格尔尼卡②、德奥合并③、敦刻尔克、不列颠空战④、与隆美尔在北非沙漠对决的正义战争,还乘着木筏从克里特岛⑤死里逃生。他一般不甚提及他的这些经历——过去的事都已经成为"过去",这是真正的报人姿态——但当他提起的时候,绝对值得一听。"你把这些写进你的报道里了吗?"康诺弗重复问道。

梅瑞迪斯还是没有回答。

康诺弗低声轻笑,"我想我不该问,"他说,"也许在这种事上,你的确投机过。"

"你有时候会通过性来获得你想要的东西,对吗?"梅瑞迪斯说,语气平静。

"感兴趣而已。毕竟性就是性。在那种事上没有固定的兑

---

①西班牙首都。1936年7月至1939年4月,西班牙爆发内战,因各方国际势力干涉其中,西班牙内战被认为是第二次世界大战的前奏。
②西班牙的一个城镇,在西班牙内战中,纳粹德国轰炸了该地。
③1938年3月,纳粹德国强行吞并奥地利。
④指1940年至1941年,纳粹德国空袭英国。
⑤地中海东部属于希腊的一个岛屿。二战中,1941年5月至6月,德军进攻并占领克里特岛,史称克里特岛之战。

换率，不管有没有战争。战争只不过让人更放得开，和烈酒一个道理。你结婚了，是吧？"

"是的，我结婚了。"

"幸福吗？"

"不太幸福。我离家在外的时候还是挺幸福的。至少在这一点上我是感激这场战争的。战争让你避开了家庭责任，不会感到那么不幸福。相比而言，写胜利邮件①更容易些。"

"也许这也是你的幸运。如果你很快乐，为她而着迷，你就不想离开她了。这样你就会错过很多东西。"

"你是指像现在这样的？这种事？"

"嗯，当然。但不仅如此，你会错过很多。"

"人总是会错过很多，要么这样，要么那样。"

"你说得对。"康诺弗打了个哈欠，伸了伸腰。"不过，跟你说吧，我压根没有想结婚的念头。从来没有。没错，我是喜欢女孩，但那是另一码事。我对女性没有任何意见。但是对我来说，自由是个大问题，对我来说，分担责任似乎总是一件困难的事。"

"的确很难。"梅瑞迪斯表示同意。他感到没有必要再说下去了。康诺弗不懂，而且很可能永远都不会懂。他从来没有

---

①二战胜利邮件（Victory Mail），缩写为 V-mail，也称航空缩微摄影邮件，是美英军队战时邮政通信的传递方式。军人书信通过缩微摄影后通过航空运输方式运递其底片，到达目的地后再将底片进行冲洗和放大，然后寄递到收件人手中，向亲人报平安，因此被称为"胜利邮件"。

在一个阴沉的周日下午,和妻子躺在床上,看着杂志,彼此漫不经心地说话,两人躺在那里,相敬如宾,但是心里很清楚也很害怕彼此之间的任何激情都已荡然无存。这种可怕的沉闷和无聊,康诺弗从来没有体验过。还有很多别的。无法消除的隔阂,对问题听之任之,最后积重难返。是什么时候开始出问题的呢?梅瑞迪斯还记得那段日子,他和她坐着,他心情低落,他会看着她,试图从她的表情里读出来点什么,能让他知道她对他的情绪有怎样的反应,但她总是一成不变地什么都没注意到,什么都没看到,她要么在阅读,或者在大多数情况下,她扭头看着别处,沉浸在自己的世界里。多年以后,他才明白她一直活在自己的世界里,这个世界对他完全封闭。从那时候起,她在他的脑海里就不再是"可怜的海伦"了。他看着康诺弗,说:"按我的理解,你指的是对你自己的责任,而不是对另一个人的责任。"

"不,对其他所有人。"

"相信所有人,不一定非得相信某一个人,你可以讨厌或者憎恨某一个人,但仍然热爱人类。"

"你是这么看待人类的吗?"

"我?我觉得人类糟透了。"梅瑞迪斯说。

"我正好相反,"康诺弗轻轻地笑出声来,"嘿,我们应该找个机会辩论一下。"他说,凝视着黑暗,然后压低声音,"那些家伙又来了!看——来了很多!"

"你以为呢?他们一直看着我们的烟头,吆喝几声吓一吓他们,他们就又散了。他们不是人,他们只是鬼怪、幽灵、夜里的影子。"他的嘴角露出一丝微弱的笑。"别搞错了,"他说,"误以为他们是人。他们不过是一幅戈雅创作的版画。"

"我的老天,戈雅表现的就是人类,不是吗?"

"我不是这个意思。我的意思是,当你表现一个东西的时候,它就不必再是真实的了。此时,象征意义占据更重要的地位。它有了超越现实的、它自身的生命。就像看一张某个可怕的灾难的照片,或这样的一部电影。一旦去表现它,你就割断了它和它存在的环境和意义之间的联系。你可以为之胆寒、震惊甚至恐惧,但你不必感到内疚。如果面对的是真实的东西,很难使良心不受煎熬。"

"这和良心有什么关系?该死的,我为外面那帮家伙感到悲哀,因为他们快饿死了,难道我也得心怀愧疚吗?不是我把他们害成这样的,对吗?而且我没有办法能帮他们。在路上的时候你说过的——我们什么也干不了。"

自从到了桂林,梅瑞迪斯自忖,他和康诺弗都没有打开过相机套,在某种程度上这很奇怪。他们也都从未提起过拍照:似乎他们对此已心照不宣。比如,总是在看不见尸体的地方停车。他俩是不是都害怕对方会提起这件事?

"我们什么也干不了。"康诺弗追问,"你自己说过的,是吗?"

"对,除了报道这惨烈的盛况,"梅瑞迪斯说,"我想戈雅就是这么做的,真的。而且我想如果有足够多的人这么做,并且坚持足够长的时间,总有一天会带来改变。只是现在还不是时候。"

"现在还不是时候,"康诺弗说,"因为总有像费边·凌这种家伙。"

"是的。"

"他才是那个良心应该受到煎熬的人。"

"说得对。"

"看,现在应该来了四五十个人了,"康诺弗说,"另一伙人也在从河边上来。"

"你为什么不朝他们吼一下?"

"为什么要吼?他们刚才没制造麻烦,如果我们淡定一点,我想他们不会怎么样的。毕竟,这是他们的村子。"

"心在哪,家就在哪。如果你认为他们不会怎么样,那你烦什么呢?"

"我不知道,"康诺弗的语气承认了自己的不安,"我不介意他们走来走去,但当他们靠近我们,就站在那,一动不动,只看着我们,这个时候我就开始害怕了。如果他们做些什么……说说话……"

"你认为他们会说什么?"

康诺弗耸耸肩膀。

"他们可以问我们要些吃的,对吧?"梅瑞迪斯说,"或者求我们让他们搭个顺风车到柳州,或者向我们借把点45,好一枪崩了自己的脑袋,或许他们会问你要脚上的靴子,或者我的衬衫,甚至要一根香烟。"

康诺弗谨慎地看着他,"我们搭不了这么多人,"他说,"你很清楚,我们不能只捎上一两个人而把其他的都留下来。我们要是这么做,一定脱不了身。"

"谁说我们应该把他们全捎上的!"

"我只是把话说清楚,食物也是,"康诺弗说,"如果我们给其中一个人一盒口粮,会怎么样?这些人会恨我们恨得牙痒痒,他们会把我们撕成碎片。"

"对。在罗马,人们更有礼貌一点。孩子们问别人对他们的妈妈感不感兴趣,他们甚至还记得说声'请'。丈夫们特别客气地推销着他们的妻子,几乎低声下气。这是个冷漠的国家,中国人不会那么客气的。他们会把我们撕成碎片。但此刻他们并没有这么做,对吗?他们只是站在外面,在黑暗中站着,盯着我们。"

"就好像——"康诺弗明显停顿了一下,"就好像他们在等待什么。"

"是的,他们在等着这辈子最严峻的时刻,他们在等死。等待死亡,没别的。"这个想法一说出来,他突然对康诺弗感到一阵更强烈的不耐烦,他自己的内疚感也被重新唤醒,再也无法平复。"而且,"他说,"要是他们都死了,我们不会感到更好过一点的。今天,每次停车的时候,只要有选择,我们都会停在看不见死人的地方。我们受不了被死人盯着看的感觉,现在面对这些活人,我们也是这种感觉。这么说起来,我们真是难搞,对吗?"他僵直地站了起来,"我累了,"他说,"我打算进屋整理一下铺盖卷,你呢?"

"我也来。"康诺弗说。

他们在炕上收拾好了睡觉的地方。他们的炕分别在吉普挂车的两侧,从那里,他们能清楚地看到大门和窗户。等到他们都整理好,每个昏暗的板缝中又重新填满了沉默的影子。

梅瑞迪斯爬下来,捡了一大堆柴火生起火来,直至火光熊熊,噼啪作响。屋里热不可耐,浓烟呛鼻,吓人的光影在墙壁上跳跃。正是在火光跳跃中他看到那个女孩从门口走了进来。

她慢慢地挪进来,疲态尽显,并无鬼祟的感觉,靠着门板俯身坐下。她盘坐在地,手肘放在膝盖上,小臂松垮垮地吊着,头低垂,一缕长长的、参差的黑发垂到脸上,就像没有光泽的乌鸦翅膀,使他看不清她的脸。她瘦骨嶙峋,似乎是个高个儿,或许因为瘦才显得高,身穿一袭破破烂烂的灰色袍子,袍子一直开衩到大腿中部,下摆全是破窟窿。

"你看到了吗?"康诺弗手撑起来,在对面低声对他说。"他们开始进来了。"

"那个女孩?她没事。她进来坐坐而已,说不定是病了,其他人都没在动。"

"是没错,但一旦他们开始动……"康诺弗说。

"你睡一会儿,"梅瑞迪斯挪到炕边,"我先观察一下。别担心,我会看好东西。"

康诺弗咕哝了一声,复又躺下。梅瑞迪斯坐起来,在炕沿垂着脚,卡宾枪横着放在大腿上。在摇曳的火光下,他从这个角度能依稀辨认出一点女孩被枯直头发挡住的低垂的脸庞:看上去肤色黝黑、线条柔和、满是泥污,就像麻雀的翅膀。他一直盯着她,火焰在噼啪爆燃之后逐渐减弱,最后变成一堆发光通红的炭。女孩一动不动。门口和窗边的影子也没有丝毫动静。屋子里暗了下来,黑暗从炕的后面一点一点朝他包围过来,越来越浓。他几乎看不清躺在睡铺上的康诺弗的轮廓。炭堆外围的一圈已变成灰色,中心通红的炭也逐渐暗淡下去,暗点越来越多。在他看的功夫,那些暗点面积越来越大,越来越黑,逐渐连成片,最后几乎吞噬了整个炭堆。

靠着门的女孩现在只是一个模糊的影子,没有形状,没有轮廓。四周漆黑一片,大门和窗缝边的黑色最浅,变成了一种淡紫色,站在那里的影子越来越大、越来越浓、越来越强。

他跳下炕,脚轻轻触地,尽管如此,康诺弗还是马上坐了起来,问道:"怎么了?"

"没什么,"梅瑞迪斯说,"我想去生火而已。"康诺弗的紧张不安让他颇为欣慰。"我的老天,快睡吧,"他说,"什么都没发生。"

他生好了火,然后去破长凳堆那边拿了些木柴回来,靠着火堆放着。他来回走了几趟,又花了点时间把柴一根根摞好。这些琐碎的杂活使他产生一种满足感,于是他又取了些,把柴火堆摞得越来越大。做完这些,他才朝女孩那边看过去。

她仍然一动不动。在火光的映照下,门口一双双盯着的眼睛在闪着微光。那只是些最细小的光点，却产生了一种效果，让那些注视着屋内的人影变得晦暗不明，隐入门外的夜色。而这些小小的亮点似乎会自己微微闪动。就像萤火虫，梅瑞迪斯心想。他也说不清自己更愿意看到的是黑压压的、一动不动的人影，还是这些虚无缥缈的闪动。

他在火边坐了良久，火光发出的热使他的脸感到紧绷，他汗如雨下，衬衫粘在身上。尽管如此，每当火光暗下去，他都会把一根柴火扔到火堆里。他一直直勾勾地盯着火光的中心，仿佛那里可以指引他思绪的方向。

除了令人不安的寂静之外，在眼前转移的景物、上下颠簸的车子、在他手中跳动的方向盘、一望无际的土路、轮胎发出的尖锐刺耳的声音、尘土的味道，这一系列的问题已不再支配着他头脑的意识层面。眼前的压力一放松，他感到他需要为自己的思绪下达一个新的指示。有太多东西可想，他忍不住想，却又不忍去想。

他不愿思及桂林，也不愿想起从桂林南下的这一路发生的事情。今天一整天，他几乎都在有意识地避免思考：炎热、疲惫、无情的环境、路上的危险和艰辛，眼前巨大的灾难和不幸使他的情感变得麻木，帮助他逃避思考。这样一来，他就能把眼前所见的景象挡在海市蜃楼的幻影里，把它们看作一种总会逝去的存在。甚至没有必要故作冷漠。毕竟，他并未陷入苦难，只是目睹了苦难；而一旦头脑麻木到能够毫不质疑地接受一场已经发生了的灾难——不管怎么说，如此规模的灾难几乎已经超越了人的理性能接受的程度——就有可能去忍受这样的旅途了。

此刻同样重要的，是不去想蜷在门边的女孩，和在门外黑暗中注视着、等待着的沉默人群。他们在注视什么？在等待什么？康诺弗接受了他给出的答案，但是他自己并不感到满意。此刻并不容易为这一切找到答案——但在找到答案前，他又该如何面对这其中隐含的道德问题？

不如顺着康诺弗刚才在门边上提出的话题继续想下去。婚姻，幸福，得到的，失去的，责任的分配和逃避，因无所作为和袖手旁观而耗尽的感情。战争不可避免地总有结束的一天，那一天也不可避免地是他不得不回归家庭、重新调整婚姻关系的时候。这是多么困难的一件事啊！哪怕只是想想……未来无法预料。他每一天、每一个小时的阅历都在拉大过去与未来之间的鸿沟。此刻，尽管他努力尝试，但已经彻底无法想起海伦的样子，他们之间这段令人伤感、死气沉沉的婚姻关系也在他的脑海中变得非常模糊。两人在时空和阅历上存在着巨大差距，这样的婚姻有什么意义呢？更不用说有任何愉悦了。即使假设这段婚姻很重要——它在未来某个不确定的时间肯定会很重要，那完全是另外一回事了——那么他该如何处理它呢？尤其是现在，他深刻而沮丧地意识到在当下的他和未来的他之间横亘着一些重大的阻隔。未来位于他们到达柳州之路尽头之后的某个地方。而他们离柳州之路的尽头还有很长的一段距离。

他意识到自己的思绪在绕圈子，最后落到了他极力想回避的点上。他又往火堆里扔了些柴火,然后沮丧地站起身,从吉普车旁边走过,走到火光照不到的地方。

过了片刻,他被火光照花了的眼睛才重新适应了黑暗。就在这一小会儿功夫,他心里生出一种希望和幻觉,似乎门口的女孩不见了,外面的人影也消失在夜色中。但女孩还在那里,影子也没走。除了他的呼吸声和火堆传出的噼啪声,没有任何声响打破夜的静寂。不闻鸟鸣,也不见动物踪迹。有的只是黑暗、火光和烟,还有在铺盖上四肢大张、睡得死死的康诺弗和站在阴影里被很多眼睛盯着的大卫·梅瑞迪斯。

在走到女孩身边之前,他拿起卡宾枪,将它放进吉普车旁边的枪带里,并反复确认保险栓已拉上,枪带也已牢牢扣好。他认为这么做很重要,因为它解决了片刻之前他所面临的窘境。坐在炕沿时,他把枪横放在大腿上,自然而然地保持警觉。如果那个女孩进到屋里来,外面的人群也跟着进来,他会怎么做?举起枪,朝他们开火?因为他们快成饿殍、需要食物而把他们射死?即便他们涌进来,冲向吉普车,并像康诺弗说过的那样,威胁要将他俩撕成碎片,到了那个时候,朝他们开枪横扫在道德上就站得住脚了?是出于自卫?还是为了维护自己的利益?在那种情况下,如何能按康诺弗所说的准确而客观地去审视、分析一场大屠杀?

在离开桂林后的十二或十三个小时里,他们目睹了成千上万具尸体,在那些死去的人中,没有一个能有半点机会去选择自己的死亡时刻和死亡方式。手指放在扳机上的大卫·梅瑞迪斯有权去决定这些人的死亡时刻和死亡方式吗?如果他扣下了扳机——或者以后扣下扳机——那么就有一个重要的问题有待富有良知的康诺弗去解决。他会把这件事写进报道里吗?会把梅瑞迪斯杀死的人加入他统计的死亡人数吗?他会不会拿另一幅戈雅的版画来进行类比?不,他无法想象布鲁斯·康诺弗和审查员争论如实报道的权利的画面。不,即使是康诺弗也不行⋯⋯

火光依然明亮,他走过去,来到女孩身边。从大门进来之后,她一直没有改变过姿势。但现在,当他走近、站在她身旁时,她慢慢地往后仰了仰头,想把遮在脸上的头发甩到一边,然后伸直腿,在泥地上形成一个皮包骨头的倒 V 字,胳膊突然失去膝盖的支撑,一下子无力地在肩膀处垂吊着。

她很年轻,或许正是因为年轻,她看上去情况没有他黄昏时看到的人群那么糟糕。但尽管如此,她的状况也已相当差了。脸和头发肮脏不堪,蜡黄的脸色、干枯的头发,无不昭示着她现在的身体状况:两颊深陷,双眼无神,骨瘦如柴、轻飘飘的四肢却显然成了她行动的负担,褴褛的灰布袍子勉强遮住枯瘦的身体,坐姿透着漠然。所有这一切都突出了她所处的残酷窘境。但与外面的饥民相比,她的生存水平要稍高一筹。她的身体还能动,似乎在受意志力驱使——向后仰头、把挡住眼睛的长发甩到一边,这个下意识的动作同时又充满了女人味,显得楚楚可怜。乌黑的眸子黯淡无神,眼梢上吊,但在眼睛后面仍然低燃着闪烁的生命之火。她不漂亮,但曾经漂亮过,梅瑞迪斯想,是那些漂亮活泼的桂林女孩中的一个。她身上有一种无法言喻的东西,让他觉得她以前是个妓女,可能是双眸后偶尔闪现的残余的欢愉,也可能是破烂灰袍底下肉体呼吸的感觉和故意摊开的双腿,还有那头若换张脸就好似在卖弄风情的垂坠长发。一个烟花女子,他沉思着,总是有可资交换的商品,以换取生存。他低头看着她,她朝他伸出胳膊,手窝成杯状,做出一个乞丐惯用的乞求手势。梅瑞迪斯慢慢俯下身,在她身边跪下。

他静静地端详了她良久,一边在自己有限的中文词汇里东拼西凑。"喝水吗?"他最后说,吐出一个问题。

她不语,只看着他的眼睛,什么都没流露。窝成杯状的手仍然朝他举着。在他的左边,不到两步之遥,他能感觉到那些在黑暗中站着的影子,那些盯着他的眼睛。他能闻到他们脚边尘土的气息和他们身上散发的恶臭。他的耳朵里飘进轻声的不安的低语。口干舌燥的他又觉得嘴里有一股尘土的味道,他心里渴望着唾液湿润舌头,这样他就能舔舔嘴唇,赶跑双唇干燥的、刺痛的、烧灼的感觉。

不自觉地,他把手伸向衬衫口袋,掏出一根果条,拇指指甲抠进玻璃包装纸,开始撕掉包装。

"出什么事了?"耳边响起康诺弗不知从哪里发出的声音。

"没什么,"他说,"什么事都没有,去睡吧。"

一片玻璃纸粘在了黑色的黏糊糊的果条上,他开始小心翼翼地刮掉它。被刮掉的玻璃纸却又粘住了他的指尖,他只好在裤子上把它蹭掉。

"该死的,你在那边干什么?"康诺弗大声说。

梅瑞迪斯一心想撕掉最后一片包装纸,没有回答。他隐约听到康诺弗一脚踏在炕沿的泥地上。当他把果条递过去,放在女孩伸出的手上时,他还能闻到指尖残留的果条的微微酸味。他深深地、强烈地感觉到了自己的悲哀和无力。

他感到康诺弗猛地在他的肩膀上一拉,他被扭到一旁,摔倒在地。康诺弗的另一只手随即啪的一声拍过来,他的手腕感到一阵疼。果条从他的指间落下,映着火光,他看到康诺弗的中筒靴划了个弧线,果条掠过地面,掉出了门外。他看见,或似乎看见一个小孩的身影扑在果条上,一把拾起来,然后穿过人群,飞奔而逃。门外夜黑如墨,那些影子也隐在其中,因此或许这一切只是他的想象。他似有还无地听见人群中的低语变得越来越沙哑、刺耳,几乎带着威胁。或许这也不过只是他的想象。

"你疯了!我的老天!"康诺弗的声音非常紧张和愤怒。"你疯了吗?你想干什么?"

"我想给她一根果条,仅此而已。"梅瑞迪斯简单地说,"有什么不对吗?"

"我的天!"康诺弗轻蔑地说道。

"我问这有什么不对?"梅瑞迪斯慢慢地、一字一顿地重复道。他感到自己怒气攻心,却又不知所措。康诺弗的攻击使他大吃一惊并且吓了一跳。他低头看向女孩,仿佛想寻找些慰藕，但一切似乎回到了原来的样子。她的手跌在地上，低着头，原来那缕脏兮兮的黑发落下来，遮住了脸。梅瑞迪斯有一种古怪的感觉，就像什么都没发生过。

"你居然干出这种该死的蠢事！"康诺弗满是怒气地指责道。

"我说过了，我只是想给她一根果条，仅此而已。"梅瑞迪斯小心翼翼地说，仿佛重复说同样的话能使一切回归理性。"我的口袋里有一些，我不想吃了，就这么简单，不是吗？"

"可这是为什么？我的天！"康诺弗的声音一点都不理性。梅瑞迪斯感到刚才被他的拳头击中的手腕处隐隐作痛。

"可是，又为什么不呢？"他说，"你总是把那些讨厌的果条扔掉。"

康诺弗愤怒地用力揉搓自己的指关节。"这该死的跟那有什么关系？"他说，"老天，我们聊过的！这么做太愚蠢了！"

"别提了。"梅瑞迪斯感到疲惫不堪。

"什么别提！你想干什么？你想睡那个女孩，对不对？"

"胡扯！"

"胡扯？这话从你嘴里说出来，天啊！"康诺弗冷哼了一声，怒视着女孩蜷缩的身影。他能感觉到他对梅瑞迪斯愈加不耐烦，他怒火中烧、喘不过气来，但仍然竭力控制住了自己。"听我说，"他的声音低沉而紧张，"你给这里的这个人东西吃，你知道会发生什么吗？他们全都想要！外面站着的每一个王八蛋都会想要一份！他们有成百上千人！一旦他们知道我们有一整车吃的,你认为我们的下场会怎么样?"

"他们知道我们有吃的,"梅瑞迪斯说,"你把果条踢出去,踢到他们那里了,不是吗?"

"外面黑,他们不一定能看到,他们不一定知道那是什么。"

"又有什么区别?"

"噢,我的天!"康诺弗嫌恶地说。

"又有什么区别?"

康诺弗深深吸了一口气,试图保持镇定。

"我们说的不是一整车吃的,"梅瑞迪斯平静地坚持道,"我们说的是一根难吃的果条,如果这——"

"一根难吃的果条!"康诺弗终于忍不住暴怒,激烈地重复着梅瑞迪斯的话。"是啊,一根难吃的果条!没别的意思,对吧?我总扔东西。你不想吃,她很饿。是啊,我都知道。这就是为什么我把东西从你手上踢掉!这样外面开大会的村民就不会看到这个女孩坐在这里背靠着门嚼东西。能吃的东西!嚼着它!我的天,我说得够简单了!还需要我重新说一遍我们没有这么多可以分给他们吗?"

"果条?"

"所有吃的,天啊!也包括果条!所以我们不冒这个险,懂吗?除非我们有足够多可分的,否则我们什么都做不了。我们又不是什么军需处……"他耸耸肩。

梅瑞迪斯记得衬衫口袋里还装着一根果条。他只需要把它拿出来,递给女孩。

但康诺弗的声音突然温和起来,说话理智多了。

"听着,戴夫,"他说,"我们别为了这个,别为了一根讨厌的果条争来争去了。你累坏了,我们都累坏了。今天真是糟透了。我们都别提了,我的天。况且,这对她也无济于事。一根难吃的果条就能救她?能吗,能吗,戴夫?"

梅瑞迪斯知道一定有答案,但他疲惫不堪,恶心得想吐,说不出来。

康诺弗等待着,看着他,语气突然关切起来,"要不,你上去睡一会儿?"他建议道,"我刚才睡了一会儿,感觉不错。我来守着东西。"

梅瑞迪斯试图弄清自己刚才想说什么,那些话他一定要说,但他却语拙词穷,无从开口。他知道他想说的是一些很重要的事情,但他无法正视康诺弗,也无法正视坐在门边的女孩,他只能眼光朝内、审视他自己的软弱。所以他只点了点头,一语不发。他转过身时,康诺弗同情地说:"我能理解你的感受,兄弟。但一百年后一切还会是一样的。"

梅瑞迪斯顺从地点点头,往炕那边走去。他能感到硬硬的果条抵着他的胸口。

"我会把卡宾枪放在炕上,就在你手边。"康诺弗朝他喊道。"应该不会有什么麻烦,可是谁也说不准。"

梅瑞迪斯走到车旁,解开带子取出卡宾枪,爬到炕上后,把枪小心地放在了自己睡铺旁边触手可及的地方。他躺下来,手指轻轻地摩挲着光滑的木头枪柄,试图感受康诺弗用拇指指甲划的划痕。

头顶上方的竹子屋顶映着摇曳的火光和不断变幻的影子,他盯着看了片刻,然后转过身来侧躺着,闭上了眼睛。他再也不用去控制或者理清自己的思绪了:若影若现的脸庞,似熟非熟的景象,一知半解的活动——头脑这个神秘世界里的隐秘之事,在半梦半醒间的朦胧世界里迷糊地、随意地飘荡着。这是片陌生的领土,到处是奇怪的脸庞,让人费解的行为,但所有这一切,都是他自身的一部分,存在于他的身体里面,是他自己颤动的神经和活跃的细胞的产物。在他这个接近意识表层的古怪世界里,依然存在着边界与分隔,有着分明的界限,无法随意穿越。因为当他翻身转到另一侧时,一切都消失了,转而出现一幅全新的梦境。不管怎么努力,他还是记不住刚才在想的是什么,那些脸庞和景象也没有重现。在昏昏欲睡的大脑两个半球之间,所有记忆已荡然无存。疲倦的他竭力想恢复与他自身另一部分的连接,却毫无抵抗地沉沉睡去……

康诺弗盘着腿坐在火边,听见梅瑞迪斯的呼吸声越来越重,最后变得有节奏起来。他暗自笑了笑,掏出了烟盒。

坚实的手枪套抵着他的大腿,这使他感到安心。门边的女孩似乎已经睡着了,外面的人群和以前一样沉默和无动于衷。荒谬可笑的果条风波悄无声息地过去了,没有造成任何不良后果。一种令人愉悦的成就感让他感到暖暖的。他对他们的处境做出了明智的判断，考虑周详，反应迅速。多亏了他的警觉，他们才避免陷入真正危险的境地。就像一个在四周无人的镜子前自恋地做出各种姿势的人一样，康诺弗心满意足地用一个很花哨的动作按下了打火机的轮子。

然而，先前的直言不讳给他带来的近乎愉悦的感觉并没有持续多久，因为他还需要仔细考虑和分析其他几点。首先需要考虑的是梅瑞迪斯。康诺弗试图保持公正客观的态度，他甚至甘愿把果条风波排除在外——身体的困乏和漫长、紧张、充满戏剧性的一天可能影响了梅瑞迪斯的判断力，这一点他已经认定了——但一旦开始审视梅瑞迪斯对事件的整体态度，就会有更多令人不安的因素浮出水面。

自从梅瑞迪斯来到中缅印战区，康诺弗就一直很崇拜他、敬重他，这次是他们二人第一次共同对一桩大新闻进行独立采访。当他们一起离开昆明的时候，他对这趟旅程感到莫名兴奋，在一开始的三天，他们开车从高原一路南下，旅途非常愉快。事实上，他们的旅途一直很愉快，但当梅瑞迪斯接触到所要报道的真实情况的时候，情况改变了。从那一刻起，梅瑞迪斯的态度就变得越来越古怪，越来越难以解释。仿佛——康诺弗估摸着这个想法，在火光摇曳的黑暗中皱起了眉头——仿佛梅瑞迪斯原本一直在寻找别的东西，当所要报道的事情与他的期待不符时，他便丧失了兴趣。

居然有新闻记者对眼前这种如此重大、如此诡异的事件不感兴趣或感到腻烦，光想到这一点，康诺弗就震惊不已。然而，一旦你开始这么想,就会发现梅瑞迪斯的行为里的确有许多不寻常之处。

他在桂林的街道上几近崩溃,他对那个想喝水的老人出尔反尔,开车从城门出去,再也没回到老人那里——康诺弗思忖着,梅瑞迪斯说看见了还有其他人在附近东游西荡,他是不是在故意编造?——他说过自己愿意在报道里进行编造,这样他就可以摆脱这件事。他拒绝回到桂林城查探其他情况,他对踏上这条南下之路充满怨愤和愠怒……

真是非同寻常!对于梅瑞迪斯这样一个德高望重的老记者而言,这的确太不一般了!在南下这一路,情况亦是如此。他对死尸无动于衷——仿佛它们只是一堆堆脏衣服。他对统计死亡人数漫不经心,仿佛不过是在统计一场棒球比赛的人群规模。他看起来似乎一心只想尽早完成这次采访调查。再到今天晚上,他太傻了,竟然要把果条给那个女孩。或许他一时气愤所说的一番戏言,比他所意识到的更接近真相?要是梅瑞迪斯真的只是想讨那女孩的欢心,然后和她睡上一觉呢?

康诺弗若有所思地凝视着火光,思绪开始顺着这个念头走下去。他尽量让自己的思考不受偏见所累:即便不在这个小小的假设上谴责他,也已有足够多的事实对梅瑞迪斯不利了。他只听到梅瑞迪斯对女孩说——语气犹豫,带着他特有的痛苦口音——"喝水吗"。这充其量只能证明梅瑞迪斯对丢下桂林那个老人那件事还抱有愧疚之心。除非他还悄声对她说了些什么,不让人听到……

直到此刻，他还没有给予那女孩本人任何特别的考虑。刚才和梅瑞迪斯短暂争吵时，他几乎看都没看她一眼。但是，他能强烈地感受到她的存在和她的容貌，让他有点隐隐的不安。摊开的手脚、乱蓬蓬的头发、瘦弱的身体、乌黑的眼眸，她的眼窝陷得比大多数中国人深，黝黑的大腿仍是血肉之躯，从破烂的袍子开衩处露出来。她抬起头的时候，那一双非同寻常的乌黑深邃的眼睛尤其摄人心魄。康诺弗大吃了一惊，自己竟如此清晰地记住了她的眼睛：有趣的是，他能记住这双眼睛，不是因为这双眼睛里流露出的、柳江这一带的人普遍都有的漠然和无动于衷，而是因为在她漠然的黑眼睛后面潜藏着的某种难以捉摸的东西……带着一丝淫荡和轻率的意味……他思索着要给它定性，他断定这是属于妓女的某种气质……那些温顺的、在暮色中如兽群般聚集在一起的人身上没有这种东西，它属于某一类女人特有的气质。一个普通的小妓女，他几乎可以肯定。这解释了为什么她会大胆地从人群中挤出来，径直走进屋里。这甚至可以解释为什么他本能地认为她和梅瑞迪斯有可能在进行性交易。

无论如何，对于她，他的主要看法是——康诺弗坚定认真地考虑着这个女孩的问题——即便梅瑞迪斯没有做出那种不负责任的、会令他们的处境更加艰难的举动，她的闯入对他们而言也显然意味着一种危险。她只是一个开头，接下来会一发不可收拾。如果她没进来，其他人现在可能已经失去兴趣、四下散开了。而只要她还待在那里，显然他们也会想留下来。他们把她当作……当作什么呢？他沉思着，摸了摸自己的下巴。诱饵？圈套？他们寄希望于她，希望她主动出击，做盲目的试探？但想出这种点子需要经过深思熟虑并具有聪颖的头脑，从门外这群乌合之众茫然绝望的态度看来，目前还没有丝毫迹象表明他们有这种能力。但是梅瑞迪斯给女孩果条这个疯狂的举动依然是关键。如果她因为大胆而获得了生存的机会，不管他们多么迟钝麻木，也会知道在客栈里能得到拯救。或许这一点正在渗进他们神志不清的头脑里。或许随着夜色渐深，会有其他人步她后尘，偷偷溜进来，初时鬼鬼祟祟，然后越来越有恃无恐。在这样的绝境中，任何力量无疑都可能成为他们的推动力，哪怕仅仅是一种原始而疯狂的渴望——渴望庇护，渴望容身之地的小小慰藉。

显然，现在应该做的，是赶走她。

他揣摩着看向门边那个黑黑的、模糊的身影。她看起来毫无攻击性。嗯，他会表现得安静、轻柔、友善。跟她说说话，拉起她的胳膊，带她出门。他会把握好分寸，态度宽厚，绝不粗暴。一旦让她出去，他就能向他们理智平和地解释清楚这里什么都没有，他们应该回家。他们先前表现出来的怯懦和顺服使他非常有把握能让他们像刚才那样乖乖地接受他的指示。他有点庆幸梅瑞迪斯睡着了。没有梅瑞迪斯在那里大喊大叫把他们吓得魂不附体，他能做得更好。

第一步是让女孩走开。这一步一旦完成，其他人就会顺从地走开，正如他们现在顺从地站在外面看着她，等待着一样。

一旦心意已决，康诺弗绝不拖泥带水。他朝火里扔了两块柴火，故意用力拉了拉挂着点45手枪的腰带，径直往门边的女孩走去，唇边漾出一丝不易察觉的友好的微笑。

他知道门外面挤着其他模糊的身影，他特意用一种沉着镇定、泰然自若的眼神朝他们看去，一边弯下腰，蹲在女孩那瘫坐着的瘦弱身体旁边。他感到一切尽在掌握中：尽管什么都没说，但他此时的感觉，和演说家知道听众已完全为自己的雄辩而倾倒的感觉一模一样。

多年前，康诺弗就练习过土著印度人那种放松而持久的蹲姿：他可以舒服地蹲坐着并坚持至少一个小时，前臂放在膝盖上，高大健壮的身体的全部重量由大腿支撑。用这种姿势蹲好后，他在膝盖前面十指交叉，然后把注意力转到女孩身上。她双眼紧闭，被垂下来的头发遮住了脸。

"你叫什么名字？"他轻声问道，在他通常情况下无可挑剔的中文里添加了广西方言特有的含混发音，语调亲切、温和、友好。

他重复了一遍这个问题，女孩才有了回应，但声音微弱得几乎听不清。听起来像秀丽，或者是朱玲，他拿不准。没关系，眼下，名字并不重要。这不是正式的介绍……而是一个问题，目的是让她放松下来。

"你是桂林人？"他接着问。听到这个问题，女孩睁开了眼睛，眼眸乌黑深邃，但一片漠然。她仰了仰头，是表示肯定？还是只想把挡住脸的头发甩开？康诺弗无法确定。"桂林？"

他小心翼翼地重复着问题。

她慢慢地、有气无力地从地上抬起手，伸向他，脏兮兮的小手掌和僵直瘦削的手指一起握成杯状，其中两个指甲仍然又弯又尖，别的都折断了。她慢慢地上下移动着手，仿佛在掂量某个东西的重量。这是一个盲人、路边乞丐、胡搅蛮缠之徒常用的手势。他没有理会她的手，又把注意力集中在她的脸上，注视着她的脸。

"桂林人？"他再次问道。这一次，她的头部动作给出了清楚的答案，而且令他惊讶的是，她朝他笑了，笑容稍纵即逝、似有还无，带着一丝嘲弄或疲惫。在这个短暂的笑容间，他注意到她的牙齿洁白而小巧，而且女孩身上有一种挥之不去的美，意识到这一点后，他感到浑身不自在。他马上告诉自己，并不是她真的美，这只不过是以前回忆的残留，就好像早先的一些记忆暂时影响了当下的情景，正如一朵枯萎的花仍然能让人想起它含苞欲放、花蕾初开时的美。

"我是桂林人。"她张嘴说道，使他又吃了一惊。她小心翼翼、一字一顿地说，几乎惜字如金，好像每说一个字都需要付出痛苦的努力，虚弱的声调更显出话里的紧张。接着，停顿良久，"我是怡红院的，"她又加了一句，"秀灵街，在东门附近。"

"歌女？"他笨拙地问。他记不起怡红院了，但他知道秀灵街是妓院扎堆的一条街。按照中式的诗意反讽，他们称这条街为"书香街"。那么，她是一个妓女。"歌女"这个名字通常是"妓女"半遮半掩的委婉说法,虽然并非总是如此。

"是的,"她承认了。"在怡红院。"她重复了一遍这个名字,几乎有一丝伤感,仿佛在回忆逝去的快乐童年时光。康诺弗想起来了,士兵们烧毁的那个大妓院叫鹂馆。她是从那里逃出来的。他眼前突然闪现出妓院大堂镶着金边的镜子,在窗边飘动的厚重的红色窗帘,似乎闻到了那个地方的那种气味——房间里樟木箱的气味,住在房间里那些身材娇小、身体柔软的女孩子的味道……

那只窝成杯状的手仍然朝他伸过来,手指张开,继续茫然、机械地上下移动着。这个动作似乎不受她的意志的驱使,他也搞不明白这个动作的意图,它就这样移动着,像火光中飞起又落下的灰烬,与他们二人毫不相干。她的腿也在动,他能听见大腿和灰布袍子磨蹭地面发出的声响。他没有低头看她的身体。他知道她那因饥饿和疲惫而黯淡无光的眼睛正在忧郁地看着他,知道她披垂的头发间流露的风情万种,知道她上扬的嘴角隐含着一丝浪荡。尽管现在已经无法从她身上看出真正"歌女"的样子了,但不把她想象成妓女简直不可能!

意识到这一点,他大吃了一惊。这突如其来的、深深的震惊和愤怒一下子使他不知所措,而他却找不出原因,也不知如何解释。他所受的教养、他的核心道德观和所有有关体面和正派的基本准则似乎在狠狠地敲打着他的头脑,想让他回过神来。他想弄明白为什么会这样。仿佛某种从小就有的潜藏的成见再次显现,夹杂着他当童子军时许下的誓言、古板严厉的父母的训诫、从未完全被扼杀的对正义价值的信念。这种鄙视和反感竟如此强烈，他甚至想一把抓住女孩的肩膀，粗暴地把她拖起来，扔出门外。他不得不竭力克制住自己。头脑发出的警告、逐渐恢复的公平和体谅之心最终抑制住了他的这股冲动。

他迟疑地看着女孩。他很肯定，自己这种突如其来的强烈反感是再自然不过的反应。无论谁看到她这么悲惨可怜，都会认为她应该带着羞耻和自责去忏悔自己从事过的低俗行当——而不是为过去感到惆怅，为自己做过的那种事感到自豪。任何一个正派的男人看到眼前这样的堕落女子、看到可作为堕落明证的不堪外表时，都可能会像他这样感到厌恶和抵触——污秽的皮肤和头发、破布袍子衣不蔽体……很有可能浑身是病，不知她为了生存曾怎样出卖肉体！然而，另一方面，他对自己的深深厌恶有一种不安的羞耻感。他发现很难把自己激烈的感受和他平时对待别人时的宽容和同情协调起来。还是让大卫·梅瑞迪斯去鄙视全人类吧……

或许，正是因为想到了梅瑞迪斯，康诺弗的复杂思绪又变得清晰起来，他又变得很坚决。怜悯、同情、仁慈，他想——这些东西一文不值。他低下头，意识到就在门外的沉默身影，不太确定自己是否还能让他们听他的。他得非常仔细地考虑一下这件事。

他低下头，又看见了女孩的手，他正盯着看的时候，女孩的手势改变了。那只手仍然朝他伸出来，但手指握紧拳头又张开，缓慢地，有节奏地，仿佛在挤压东西。过了一小会儿，他想起来这是昆明的低级妓女用来招徕生意的一种下流手势。在夜晚的街道上，在稻田边，在停泊着许多运干草的舢板的盘龙江沿岸的桉树树荫下，都能看到。这些妓女会用七种不同的手势——这是梅瑞迪斯以前告诉他的，天啊！——他迅速警觉起来，看着一张一合的手指，等着手势改变。然而，这只手一直在做相同的动作，张开、闭合，张开、闭合。他判断这或许是女孩无意识做出的动作，因此他飞快地抬头瞥了她一眼，希望能从她的脸部表情上看出她是什么意思。她的眼睛根本没有聚焦在他身上，而似乎是在盯着远处的某个东西。

　　虽然她没有在看他，他却发现她的脸有一种独特的美。额头很高，蛾眉淡扫——淡淡的眉毛仿佛是投下的影子，而不是人的毛发。深眼窝，吊梢眼，眼距很宽，眼睛嵌在突出的颧骨上方。鼻子短而直，只在鼻尖有一点点粗大——看起来仿佛没有骨头，只有软骨，被晒成如浓稠的蜂蜜一般的颜色——斜斜的鼻孔下是微微凸起的上唇。她的嘴巴现在放松下来了，显得很柔软，很饱满。是的，他意识到，她曾经很漂亮，非常漂亮，应该是桂林远近闻名的美女之一。这个想法使他伤感起来。以漂亮、友善、无拘无束而闻名的桂林女孩，总是笑意盈盈，眼神妩媚，待人亲切。他们来到桂林之前，他一直在心里惦记着她们。天啊，她们如今都在哪里？一半被一伙疯狂的士兵烧死了，剩下的则在乡下各处流离，沦落到这种境地！她们是漂亮的姑娘，有着修长的、柔软的、健美的、好看的大腿，平坦结实的小腹，洁白的牙齿……而现在呢？他竭力想不看她、不去回忆。一种对现在的感知似乎在他周围升起,缓慢地、强烈地包围着他,就像令人厌恶的瘴气。

女孩的手轻轻落在他的大腿上,虚弱地在那儿停留了片刻——小小的、黝黑的、肮脏的手,就像一件从泥里挖出来供人赏玩的东西——然后下滑到他的膝盖处,同时用一根还留着尖尖指甲的手指慢慢地刮着他的裤子的纹理。这样的接触使他轻颤了一下,正当他打算走开、摆脱她时,手从他的大腿上无力地垂了下来,打到地上。女孩微微一笑,但并不是朝他,然后又低下了头。

"你很饿?"他说,压低声音。"饿。"他轻声重复。

她的手在地上动了动,做了个模糊的拒绝手势。

"我可以给你食物。"他说,声音透着温柔、焦虑和真诚。"但我们得小心,我们只有一点点可分的,必须非常小心。其他所有人都想要,明白吧。我们分不了那么多。"他的声音有些哑。"那样我们就会有麻烦,"他说,"我们不想惹麻烦。"

他俯下身,仔细端详着她光影斑驳的脸。"明天,"他说,停顿了一下,咽了一下口水,让嘴巴不那么干涩。"明天我们其他人就会来。士兵,美国大兵会来。到时候所有人都会有吃的。"他低声撒了个谎,说得很慢,仿佛这句话说得越清楚,就越显得真实,或能使它变成真实。"现在你必须让我带你到那边去,"他说,"到那边,我们不会被看见的地方。不能让其他人看到我们。"他悄悄地、小心翼翼地指了一下门口和门外在黑暗中站着的那些人影,接着把手递给她,"来吧,"他轻声说,"我帮你。"

他弯腰扶着她站起来,她没有反抗。她的身体很轻,但没有他想象中那么轻。胳膊和手的触碰让他感受到了肌肤的温暖,他心里为之一动。她任由他扶着,但她走得很稳,没有显出特别的虚弱,并不像他先前见过的饥民那样有气无力地拖着脚走,仿佛她和他们并不是一伙的。

康诺弗带她走过吉普车,沿着炕上梅瑞迪斯睡觉的一边,来到屋子的后部。墙边漆黑一片,几乎没有火光的映照。在炕和墙的连接处有一堆松软的土,上面散着些谷壳,有一种木浆和氨水的干涩气味。他扶她坐下,低头看了她片刻,眉头紧皱,然后往回走到挂车,在油布下翻找了一通,找到一盒K口粮。

他带着口粮回来时,女孩已经在土堆上躺下,四肢张开,头发散在干草上,看起来就像在头下放了个垫子。她靠着土堆的斜坡,身体呈现出倾斜的姿态,大腿和胳膊漫不经心地摊开,似乎已筋疲力尽。她的袍子撩起来了,很大一部分被压在了瘦削扁平的臀部下面,袍子的开衩被扯到了黝黑的、小巧的、圆圆的膝盖上方,露出了一大截大腿,几乎能看到腿根。

这是无意的?康诺弗感到有点诧异。还是故意为之?他叹了口气,在她旁边半跪了下来。

"你得先喝掉这个,"他从水罐里倒了些水到行军杯里,"水,"他说着,把杯子举到她的嘴边。他俯身靠近她,氨水的味道更浓了。看她喝下去一点后,他把水罐放到一边,拆开口粮盒,用手指划开外包装的蜡纸,拿出了里面的饼干,并撕掉玻璃纸。"吃掉这些,"他说,"我去给你装一罐吃的。"

他想起来不能一下子给一个饥肠辘辘的人太多食物,所以当她用力嚼着饼干的时候,他一眼不眨地看着她。她显然已经饿得不行了,但并没有狼吞虎咽。饼干特有的藏茴香味①被陈年稻壳难闻的气味盖住,几乎难以察觉。她吃完饼干后,他用刀子切下一小块压制的午餐肉,放在锡盘里,递给她。这次她吃得狼吞虎咽多了,吃完还把拿过肉的手指舔了一遍。

"喝水,"他说,"我这里还有,过一会儿再吃,现在不能吃。不能一下子吃完。吃得太快会伤身体。"

她似乎接受了他的建议,微微笑了笑,头又躺回谷壳上。康诺弗走到挂车旁,又拿回来两盒口粮。他把口粮举起来给她看,然后放在已经打开的那盒口粮旁边。做完这些,他迟疑地看着她。她一动不动地躺在那儿,闭着眼睛。他低头凝视着她,在黑暗中,只见她瘦削的身影躺在浅色的谷壳上。过了一小会儿,她的手又开始动了,还是先前那个动作——纤细的手指向内握紧又松开,和之前同样缓慢的、有节奏的、令人生厌的挤压动作,就像在玩慢动作的中式手指游戏。康诺弗想移开视线。他感觉自己的眼睛快要充血了,脸颊骨周围的皮肤紧绷起来。他希望火完全熄灭,这样屋子里除了黑暗就什么都没有了,他就不会看到她。但此刻他能闻到她,那是中国人的气味、女人

---

① 藏茴香的种子是一种味道浓烈、形似孜然的调味料,经常用于制作面包和饼干。

的气味、樟木箱的气味，其中又纠缠着黑暗、柴烟、藏茴香、氨水和午餐肉的气息，还有荒弃客栈中干燥的尘土味道。

康诺弗知道他自己现在想做什么，这种事还是发生了，他感到恶心。然后他说："天亮之后，明天，我们会继续赶路，去柳州。我们会带上你，车上还有地方。"他的手放在了衣服扣子上。"车上还有地方，"他重复着，仿佛在祈祷。"我们会带你去柳州，你会在那里得到安置。但我们这么做的时候可得小心。"他说得越来越急促，喘着粗气，"还有这么多人，我们得小心……"

他的另一只手已经朝她摸去，在单薄的棉布袍子下她什么都没穿。她的胸部是小小的两团突起，在温暖瘦削的肋骨上方，如杏子般柔软、小巧。他的手一直往下，移向结实的、圆形下凹的小腹，来到那更狭窄、更温暖的、在光滑的耻骨间微微隆起的三角地带；旧袍子发出老鼠叫声般的撕裂声。他触碰到一撮很小的茸毛，像麻雀胸脯般柔软细小的阴毛，他的手停住了。她向他伸出双手，大腿张开，似乎发出了轻轻的呻吟声。康诺弗覆在她的身上，他感觉自己正淹没在黑色的泪潮中，他自己的眼泪，通过骨髓在他体内倾注而下的眼泪。

梅瑞迪斯蹲伏在炕上，低头盯着黑暗中的影子，他感到身体一阵哆嗦，然后扭过头去，闭上了眼睛。

他知道他还能阻止这一切。但强烈的厌恶令他战栗不已，就像一阵可怕的性高潮一样，冲走了他的意志。而尽管有一种冰冷的愤怒紧紧攫住了他，但这种愤怒似乎仅存在于他凝固的身体组织里，在他痉挛的肌肉里，在他僵硬的骨头里，而不在他唯一能有所反应和回应的头脑中。而且，他不知道自己的愤怒和厌恶应该往何处发泄。而且，无论如何，做决定的时刻已经过去了。一切为时已晚。两具交缠在一起的身体在他下方的泥土和谷壳上碰撞着，发出的声响仿佛在叹息、颤抖、轻语，和先前客栈外面的人们拖着脚走在干燥的尘土里的声音一样。似乎一团尘土被搅了起来，闻起来有一股灾难般的腐朽气息。正当他开始爬回睡铺上的时候，他听到下方的两人达到了高潮。康诺弗喘着粗气，低低地呻吟；一声奇怪的喊叫从女孩的嘴边溢出，就像夜鸟鸣叫，浅浅的尖叫，渐弱的喘息，在黑暗的空气中依稀可闻。

或许他的脑袋仍是一团乱麻，因为女孩的叫声似乎和他看到的在尘土中起伏纠缠的两具身体并没有真正的联系，反倒像是从某个遥远的现实边缘传来的一声警告式的呼喊……而那些越过火光向前行进的影子只不过是影子而已，穿行在闪烁的火光和参差的小小火舌之中……但这些影子不停地从长方形门外的暗处涌现，越来越多，并以一种缓慢的、固定的节奏行进着，似乎是在回应某种黑暗的、温暖的、秘密的性活动。梅瑞迪斯张开四肢趴着，试图凝神将所有这些事情聚焦到完整的、合乎情理的一处——火光后面不停变换着的影子、同时意味着性高潮和别的东西的奇怪叫声，与那些越来越多的影子具有可怕联系的别的东西……

"康诺弗!"他突然意识到了什么,发疯似的喊道,他身后的某处低声回响着这个名字。他在黑暗中跌跌撞撞地往前爬,心中既愤怒又恐慌。

"康诺弗!"他又大喊。这次,他听见身后传来声响,是靴子在疏松的土里溜着跑的声音。"吉普车!"他大叫,"去吉普车那儿!"

他爬过炕沿,嘴里咒骂着。"我的天!你在哪儿?"他疯狂地喊道,"他们全进来了!屋里全是人!"

他朝驾驶座跑去,一路摸索着吉普车坚硬的钢铁车体,同时笨手笨脚地在口袋里找车钥匙。那些影子,谢天谢地,还在火的另一边。吉普车是倒进来的,车头正对着拥挤的门口。他牢牢地抓住这些重要的事实,或许这样他就可以让他内心感到的窒息般的恐惧远离自己。他双手紧紧地握着方向盘,上车时膝盖撞到仪表盘的地方在隐隐地抽痛。他能听见穿着靴子的康诺弗蹬蹬蹬地越跑越近,上气不接下气。

"上车!"梅瑞迪斯简短地说,"这该死的地方现在全是那些人。"

"是的,可……"

"闭嘴!上车!我们要冲出去!"

"怎么……"

"别问了!上车吧!那个该死的女孩,他们当然是跟着她进来了。"

"装备,"康诺弗说,"我们的铺盖。"

"去你的铺盖!"梅瑞迪斯转动车钥匙,按下启动装置,啪的一声打开了车头灯。

在突如其来的白色亮光中,破旧的客栈似乎在无声的爆炸中被劈开了。刺眼的光线穿破黑暗,照亮了油亮的蜘蛛网。尘土像薄薄的面纱一样漂浮在黄色的竹条间。墙壁是一种惨淡的白色,到处都是补丁,墙皮掉落,四处都是霉点,就像早先的世界地图,墙上四处都是破洞,洞里长出干干的、毛茸茸的霉点,覆盖住了灰墙,墙上露出板条的地方也到处都是霉斑。地面的黑土闪着一层灰绿色的浮渣,像一池死水的表面。地上的那堆火就像一处暗淡的陈年旧渍。

中国人站在火的那边,密密麻麻的人群,在身后投下密密麻麻的影子,映在被照亮的墙上,影子瘦高瘦高的,怪诞扭曲,轻轻地左右摇摆。

有人往后缩在墙根下,有的几乎走到了火边,但大部分人都挤在敞开的门边,衣衫褴褛,僵在那里,被车头灯突然射出的亮光吓住了。时不时有人茫然地眨眨眼,除此之外,别无动静。

梅瑞迪斯用拇指使劲地按下喇叭,尖锐的喇叭声响彻客栈。中国人终于动了,身体犹豫地往后晃,了无生气的眼睛因为确确实实的恐惧而惊醒。踩下离合器踏板的那一刻,他看到他们都要往狭窄的、漏斗嘴一样的门口退去,他闭上眼睛片刻,嘴唇无意识地嗫嚅着,像在祈祷,然后挂上挡,松开了离合器。

梅瑞迪斯挂上一挡朝他们开过去,然后猛踩离合。发动机轰鸣,喇叭声依旧刺耳。吉普车车身一抖,动了起来,挂钩连着的挂车咔嗒一声。枯瘦、受惊的脸在白光的照射下在他眼前越来越大,然后似乎往两边抛去,发出无声的、悲恐的哀号。墙上跳跃着他们巨大的影子。

他缓缓往前开,没有停下来,一阵奇怪的、呻吟般的嘈杂声变得真切起来。被车头分开的人群紧紧挤在一起,稠密黏滞、无法移动,他两边的影子浮起又消失,他能感觉到他们,闻到他们的味道,听到他们的呼吸。门口的黑影在车头灯前面越升越高。在手术灯般的白色灯光下,他现在能看到扭曲变形、瞠目结舌的脸上的一道道皱纹,皮肤上的汗水、眼睛里的闪光、裸露在棕色牙龈上的牙齿、头发茬儿、破衣烂衫,呼号的嘴如同黑洞洞的窝巢,里面的舌头像是巢中粉红色的蛋,还有在空中乱抓的扭曲的手。梅瑞迪斯估计人群已基本退开,他紧闭双眼,将眼前的一切挡在视线之外。

开出门时,吉普车的左侧撞上门框,擦碰而过,一阵干燥刺鼻的粉尘落在他的前臂上。他睁开眼睛,知道自己已经出来了,只见眼前的车头灯的灯光像塌陷的墙一样,在地面上往前倾泻,照亮着地面上因为踩踏而形成纹路的尘土,像是照亮了一片被潮水冲刷的沙滩。一处墙角上的灯光就像打翻了的乳黄色油漆。零落点缀着几颗星星的夜空下出现了一块红色的岩石,瓦屋顶的一个金黄色檐角刺向虚空,仿佛一块散落在天空上的楔子。灯光继续掠过前方,破开茫茫黑暗,打在河另一边的崖壁上,仿佛两个淡褐色的圆盘在移动。

穿过大门的时候,他什么都没看见。只听挂车的右侧传来两声闷响,像主持者敲下木槌,突兀而断然,感觉两侧的没有实体的阴影都斜着飘开。除了吉普车驶过门边时因为碾压而嘎吱作响的沙子,他感到车轮下什么东西都没有。他知道,如果有什么东西在轮子底下,他会感觉到的。

他们顺利地往浅滩方向行进。前面的两个光影圆盘不停地跳跃,车子的减震器在石块的碰撞下猛烈地震颤着。他们一路上上下下,颠簸得厉害,连车头灯都似乎已不再是车子的一部分而有了自己的邪恶的生命,在他们周围疯狂地旋转。跳跃着的褐色光影圆盘已经完全消失了。灯光扫过之处,时而闪现一池黑水,池边飘着白色的浮渣或蛙卵;岩石上一块块鲜活的绿苔就像溅上的化学染料;参差的悬崖边缘在夜空下高耸;岩石裂缝里灌木丛生;圆形大石块在他们前面快速闪过,像马车上掉落的甜瓜,又像一条落入颠簸的车轮之下的车辙分明的小路。有一次,一条断桥的豁口赫然闯入梅瑞迪斯的眼帘,就像一个巨大的绞刑架。

通常,除了深邃静止的夜空和隐入黑暗中的两道微弱灯柱,什么都看不到。梅瑞迪斯紧紧地握着方向盘,他的后背紧紧地靠着吉普车驾驶座椅的钢管,肩膀隐隐作痛。遇到石块和荆棘丛时,车身一颠,车头光束猛然朝下,减震器又发出咕咚咕咚的声音。这一路上,两个人都没有作声。梅瑞迪斯内心惊魂未定,仍在努力地让自己不那么惊恐。康诺弗则在试图恢复冷静。

梅瑞迪斯疯狂地换着挡,轮胎在碎石路上摩擦时发出尖利刺耳的声音，鹅卵石如冰雹般四处飞溅。他使劲地扭着方向盘，竭力使吉普车爬上坡但又不至于侧翻，他感到了手指的阵阵疼痛，除了这些之外，他还意识到了很多别的事情——很多很多的事情，甚至让他忘却了内心的恐惧。他非常清醒地意识到他现在要做什么，以及其中的各种危险。他甚至很清楚此刻已无须惶惧，他可以降低车速，如果他愿意的话，他完全可以小心翼翼地开车。然而，他头脑中还有另一部分——昏昏欲睡的另一半大脑，已经不受他控制地进入了睡眠状态，它还在不知疲倦、不知餍足地在梦境中活动着？——使他的眼前又浮现出一幅幅别的影像。他看见裹着玻璃纸的另一根果条藏在自己温暖而黑暗的口袋里；他看见那个桂林女孩被遗弃在建筑用的砂堆上；他看见有着黑毡布似的翅膀的绿背大苍蝇在上下翻飞；还有在深黑色的泥地里痛苦扭曲着的黑色人影；他看见衣衫褴褛的尸体没完没了地从眼前掠过；他看见一个女孩伸出一只肮脏的小手，握成杯状，像乞丐在苦苦哀求，瘦小的手仿佛是一个幼童的手；他看见单薄的黝黑身体上裹着的灰布在风中飘动。而在他旁边，在颠簸的汽车座位上，他看见康诺弗强壮的、覆着金色汗毛的手，手指正在数着火柴棒。然后，在他昏昏欲睡的头脑中的神秘世界里突然闪进了现实的影像，从眼角的余光中，他看见康诺弗在笨手笨脚地扣着裤子的纽扣。

　　他们终于到了河南岸上方的悬崖最高处。梅瑞迪斯停下车，让过热的发动机冷却一下。他俩转过身去，看向下方有如鬼魅般的斑驳的河床。村子就在他们的下面，听不见任何声音，没有动静,也没有光。只有被包围在阴影与寂静中的暗淡的立方体形状的物体。他们无法在这些立方体中分辨出客栈来。

"哈!"康诺弗深吸了一口气,然后轻轻地吹了声口哨。"嘿!"他钦佩地说道:"真是死里逃生啊!"

梅瑞迪斯嘟哝了一声,转开身去。

康诺弗咧嘴一笑。"你刚才是横冲直撞着出来的,老兄。"他说,"我觉得你撞上了几个家伙,出门的时候。"

"至少我们出门了。"梅瑞迪斯疲惫地看着他。"我们最好看看挂车上的东西怎么样了。"他说。查看完毕之后,梅瑞迪斯说:"现在还没到十二点,有一点月光,你想继续赶路吗?还是在这里歇歇脚?"

"我们可以多赶些路,"在尾灯微弱的红光下,康诺弗的脸在梅瑞迪斯看来显得很古怪。"我们没铺盖了,不是吗?"康诺弗说。

"我们还丢了卡宾枪。"梅瑞迪斯平静地看着他。

康诺弗猛地抬头一看,"你是说你——"

"我把它落在炕上了。要不是你让我拿上它睡觉,它现在还系在带子上。"

"抱歉。"康诺弗抿着嘴,"那就是说我们得向发给我们枪的军官解释一番发生了什么破事儿。"

梅瑞迪斯耸耸肩。他并不在乎那把卡宾枪,甚至有点高兴把它给弄丢了。对了,康诺弗也有东西没带!"这有什么关系,"他说,"至少这为几个想打爆自己脑袋的家伙提供了机会。"

他想起他们留在客栈里的那个女孩，躺在谷壳土堆上，袍子被撕破，衣衫不整。或许他们现在已经把她杀了。看到她那副模样，他们很有可能会杀了她，并且为旁边的口粮盒子争抢一番。他们会杀了她，却茫然不知自己在干什么。或许他们杀死另一个女孩——那个在桂林躺在砂堆上的女孩时也是这样的，他们不知道他们到底在干什么。当然，康诺弗知道自己在做什么，正如在桂林的那个对女孩首先施暴的人肯定知道自己在做什么……但在那之后，这或许就完全变成了另一回事。

即使现在掉头回去，看是否能帮那个女孩一把，是不是已为时已晚？他们开着吉普车逃离的时候必定已经使人群惊恐四散，肯定要过相当长一段时间，他们才会鼓起勇气返回客栈。他迅速转向康诺弗，但康诺弗的脸在月光的映照下依然显得很陌生。梅瑞迪斯犹豫片刻，说："这样吧，不管怎么样，我们再往前开一个小时左右。到时再看。"

河南面的路宽多了，表面更平坦坚实，没有那么多尘土。在斑驳的月光下，眼前的乡村和他们先前所见到的一样干旱荒凉。平原四处无一处灯火，在月光下，似乎一切都显得古怪、遥远。这种无穷无尽的、空荡荡、诡异的萧条景象让梅瑞迪斯想起了基里科[①]的早期画作。开了大概十五分钟后，他才又开始注意到路边和地里那些黑乎乎、不成形的死尸。

[①] 乔治·德·基里科（Giorgio de Chirico），20世纪意大利画家，他的早期作品具有形而上的主题和风格。20世纪初期曾发起"形而上艺术"运动，深刻地影响了后来的超现实主义艺术家。

"拿出你的火柴吧，"他对康诺弗说，"又看见死尸了。"先前每看到一千具尸体就会在卡宾枪的枪柄上画一个记号，一共有二十二个记号，但现在这支卡宾枪已经留给了那些在客栈等待的人们——意外情况。他看了旁边的康诺弗一眼，此刻，那双覆着金黄色汗毛的手交叉握着，一动不动。康诺弗的眼睛直直地盯着前方，月光下笔直的路宛如一条黄色的绳索。

那些黑影无声地在他们两旁掠过，被他们远远抛在后面，被笼罩在扬起的尘土中。似乎不是吉普车在往前疾驶，而是他们两边无穷尽的黑色物体在悄无声息地变换。黑色的影子、黑色的田野、黑色的静寂、黑色的夜幕……他感到黑色的念头一点一点地拨弄着他的大脑，就像洪水泛滥的河流缓慢地向外漫延。这是一次黑夜之旅，他思忖着，禁不住想到康诺弗。坐在他旁边的康诺弗沉默不语，双手交叉握着，如同一个逆来顺受的温顺的女人。康诺弗心里发生了什么变化？男人在旅途中总会发生转变。在路上，他们俩曾经是多么欢快啊！沿着贵阳的路开出来，云贵高原灰尘滚滚，高高的云彩在山间飘荡。他们一路南下，来到这个犹如出自宋代山水画家笔下的山水世界……他们聊得多么尽兴……他们一起分享了那么多好玩的笑话……

但自那之后他们的世界就摇摇晃晃地进入了另一个轨道。他俩曾经享有的欢乐时光似乎是很久以前发生的事，已经褪去颜色、变得模糊，缩小、滑落到大脑里的幽暗之处，等待在未来的某个时刻，与水晶折射后扭曲的童年回忆一起苏醒复活。在某种程度上，他们已经成为两个迥异的人——对此他十分肯定,而且他们之间的区别显著而惊人。这种区别不仅存在于他们二人的关系之间,甚至更强烈地存在于他们自己重塑的个体自我——从彼时到此刻,他们身上已经发生了巨大的变化,这种变化发生得极其微妙,同时又怪诞而残酷。甚至,他们变化后的现在的形象还伴随着他们以前的其他样子,既熟悉又不熟悉,如影随形。他们在黑夜里每前进一步,那些样子就跟随一步,有待辨认。梅瑞迪斯如此这般地想了一会儿,然后故意放慢速度,在路旁停下车来。路边一排干枯的杜鹃花在田野上投下一篱月影。

"你怎么看?"虽然他向康诺弗提出问题,但眼睛还是继续盯着前方的路,奇怪的是,路边的景物不再迅速猛烈地出现又消逝。在他眼前的路一动不动,被车灯照亮,就像电影放映机暂时停止之后的一个电影画面,显得非常突兀,醒目又不真实。

康诺弗微微吃惊地抬起头,"为什么停在这儿?"他说。

"为什么不呢?"他又沉默了好一会儿,让康诺弗有足够的时间看清对面那块地里随处可见的黑影,还有前方路面上的尸体。它们就像随机打翻的墨渍一样散布在穿透黑暗的车头灯灯束所及之处。然后,他小心翼翼地伸出手,把灯关了。他特意选择的景物瞬间陷入冰冷、静止、灰色的深渊里。

"当然,这个地方还可以。"康诺弗故意表现得漫不经心。"就是地面光秃秃的什么都没有,除非我们把帆布扯下来。"

梅瑞迪斯低头看向洒满月光的平坦路面。

"今晚不错,适合打地铺。"他说,"现在很多人正是这么睡在地上的。"他等待着康诺弗开口说些什么。

康诺弗沉默了一会儿。在短暂的停顿中，许多事情已在他们之间不言而喻。

"你说这话是什么意思，戴夫？"康诺弗漫不经心地问道。

"什么意思？"

"是的。"

"我觉得是时候摘下我们的有色眼镜了。我们戴着有色眼镜的时间太长，似乎看得不够清楚。"

"我明白了，你认为我们来点儿自虐式的忏悔会对我们的灵魂有好处。"

"你是这么觉得的？是的……在某种程度上或许是吧。"梅瑞迪斯微微一笑，"我觉得我们本该回去的。"他说。

"是吗？"康诺弗谨慎地看着他，"不过现在想这个已经有点儿晚了，对吧？继续往前开是你提出的，你为什么非要在这里停？"他说。

"晚上不容易选对地方。周围没有乌鸦，东西在车灯下模糊一片，你没法确定。有一次我在曼德勒①的时候，"梅瑞迪斯说，"那时还是春天。一天晚上，我睡在伊洛瓦底江②沿岸的一个沙滩上，他们在那儿打过辛古滩头堡战役。我翻了个身，侧躺着，结果手肘正好碰到了一个死去的日本兵的肚子，整具尸体就在

---

①缅甸中南部一个古城。
②缅甸的第一大河。

我身下暴露出来。他们在那儿埋了好几百个日本兵……往他们身上撒了沙子,刚好盖住。那天晚上和今晚很像……看不清东西……四周一片模糊。"

"现在开始怀旧了哈。"康诺弗试图降低音量,但语调却开始变得尖锐起来。

"没错。"梅瑞迪斯的一头短发在月光下僵硬地支棱着,像稻草人的头。"就当我是在体验一种病态的风格,这个氛围正好。周围的一切勾起了我的回忆。我再告诉你点别的。完成辛古的报道任务两天后,我站在僧院的护墙上俯瞰英军进攻达弗林要塞。我有一个廓尔喀族①小卫兵,我俩肩并肩地站着,我的胳膊搭在他的肩膀上。我们看到旁遮普步枪团②的步兵跟在坦克后面进攻。突然,躲在僧院花园角落的一个日本狙击手抬头看到了我们,然后,砰的一枪,子弹正好穿透了廓尔喀族小卫兵前额中心。他一点声音都没发出,我也不记得他动了没有,反正这个廓尔喀族小伙就这样死了。我的胳膊还扶着他的肩膀,撑着他。你想想,这太奇怪了。为什么那个日本兵会正好抬头然后朝我们开火?"

"别问我,兄弟。是你在回忆这些病态的事情,不是我。哎,你到底想说什么?"康诺弗的声音听起来几乎有点不满。

两人沉默了一小会儿。梅瑞迪斯似乎在暗自发笑,"我宁

---

① 廓尔喀族是尼泊尔的主要民族。英国的印度军团中有廓尔喀族士兵。
② 旁遮普步兵团(边境部队)是二战期间英国印度军团的步兵部队。

愿你问我有没有报道过那个廓尔喀族小伙。"他说。

"好吧,我问。"康诺弗说,"你报道过那个廓尔喀族小伙吗?"

"没,没有,我没报道。我写了篇很精彩的描述性报道,写庙宇被烧毁,锡袍王①那座偷工减料的老皇宫塌了,在大火里倒下的时候,庙堂的小铃铛叮当作响。我引用了吉卜林②的诗作为导语,那是篇很棒的导语。我就要说到正题了。"他故意咳嗽了一下,清了清嗓子,引得康诺弗更恼怒了。"在通往曼德勒的路上,一路都是日本兵的尸体,"梅瑞迪斯说,"尸体身上覆盖着厚厚的粉笔灰似的白灰,是坦克经过时扬起来的。它们看起来就像石膏模型,但都胖胖的,很滑稽,因为它们在被灰尘覆盖以前已经在炎热的天气里肿起来了。它们看上去不像是人,完全不像,一点人样都没有,像石膏模型,很滑稽。"

"嘿,你真的越说越来劲了。"康诺弗不安地说。在惨淡的光线下,梅瑞迪斯满是沟壑的脸上的一层细汗尤为明显,让人不快:汗珠泛着银光,在神经间歇抽动的肌肉上蜿蜒。仿佛在嚼着什么东西,康诺弗心想。他突然想起来那根该死的、坏事的果条,而他希望自己根本什么都没想起过。

---

①缅甸末代国王,于1878年—1885年在位。1885年,英国发动第三次英缅战争,锡袍王被俘,贡榜王朝灭亡,缅甸并入英属印度。
②约瑟夫·鲁德亚德·吉卜林(Joseph Rudyard Kipling),19世纪末20世纪初英国小说家。

"和我们前面那些裹着破布衫的一堆堆尸体一样,它们看起来没有一点人样。"梅瑞迪斯仍然语气平平。

"行了,行了。"康诺弗有点不耐烦。

"你想知道我为什么没写那个廓尔喀人吗?"梅瑞迪斯突然问道。

"不管我想不想知道,你会告诉我的,你正说得兴起。"

"没错,我正说得兴起。那我还是说吧。我没写,因为我顿悟了,就是这个原因。"

康诺弗轻轻地咕哝了一声。

"我在一瞬间看到了真相。"梅瑞迪斯补充道。在停车后,这是第一次,他转过头来,看着康诺弗,悲凉诚恳地说:"我清楚地看到了我们都是一群混蛋骗子。"

"我们?"康诺弗僵硬地重复了一遍这个词。

"我们都是。"梅瑞迪斯说。从梅瑞迪斯转过头来后,康诺弗唯一能在他脸上看到的就是投在他眉骨、颧骨上的一道道平淡无奇的夜的黑影,还有在月色下泛着银光的汗珠。"我们是少数几个人,"梅瑞迪斯说,"幸运的少数几个人,我们是一支兄弟的队伍①,在所有演出中坐在免费媒体席上的家伙们。我没有写那个廓尔喀族小伙被杀的事,因为这件事无关紧要,写这件事唯一的意义是突出我们记者所冒的风险。他的前额中

---

① 小说原文为 We few, we happy few, we band of brothers,语出莎士比亚的《亨利五世》。

心离我的前额中心只有十二英寸①。十二英寸啊！天啊！"

"这的确发生了，该死的！这是真事，对吧？"

"你怎么知道？也可能是我杜撰的，用来凑字数。"他不怀好意地说。

"我的老天，别开玩笑了！"康诺弗感到很疲惫。

"你有没有想过中午时分我们就到柳州了？"

"当然想过，伙计！中午正好能到！"

"我们到了柳州，然后就结束了。把稿子写出来，这事就结束了。我们只需要用两张纸把它打出来，加上导语，用优惠价发到报馆，然后坐等国际新闻部发来表扬电报。或许我们回去的时候还有奖金可领。"梅瑞迪斯谨慎地说，"这次任务了结以后，我们一起去报道腾越的瘟疫，你觉得怎么样？瞧瞧这些记者得冒多大的险！我们可别忘了在报道里的某处随便加一句，说明一下我们甚至没有打疫苗。"

康诺弗伸手在衬衫口袋上拍找香烟，然后不慌不忙地点了一根，非常享受地深吸了一口，设法控制住自己的怒气。灰色的烟在月光下灰白静止的世界里袅袅上升后消失不见。他一直对梅瑞迪斯很有耐心，但现在他需要花很大的力气才能让自己不对他发火。显然，他的心理受到了冲击，从柳江侥幸逃脱之后的后遗症。他说的那些不合逻辑的胡话和他的样子，都清楚地表明——他现在不是他自己了。"听着，戴

---

①一英寸为2.54厘米，十二英寸为30.48厘米。

夫,"他小心翼翼地说,"那里发生的事已经过去了……我们无能为力……没必要让它折磨我们,好像我们应该感到内疚似的。我不知道你想说什么——我想我可能无法理解你想表达的——但我真的觉得你话里有话。"他顿了顿,但梅瑞迪斯没有说话,只盯着黑漆漆的路。"我是这么感觉的,"他轻声说,"可我不想你把自己的内疚弄到我的身上,戴夫。你的良心是你的良心,你的内疚是你的内疚。不是我的,老兄,不是我的。"

"我觉得你没听明白。"梅瑞迪斯陷入了沉思,他的话没有说完,但他认为再说下去已经没有意义了。他沉默了一会儿,然后身体前倾,用一种奇特而急切的口吻说:"我们拿上手电筒,沿路往前走走,或者走到田地里,就一次,好吗?让我们看看,真正看看,好好看看,仔细看看。"

"你为什么要这么做,戴夫?"康诺弗的声音低沉缓慢,近乎严肃——这是理性战胜茫然的声音。

"我想……我不知道,但为了我自己的心能安定下来,我想……把事情搞清楚一点。你也是。"他唐突地说,"我们应该一起去看看。"

康诺弗又深吸了一口烟,他很享受这种感觉,感到一种奇妙的解脱。"不,"他说,慢慢地摇了摇头,"不,谢谢。我不明白,我还是不懂你的意思。我不知道你想找什么。"

"死亡,仅此而已。"梅瑞迪斯的声音里仍然带着奇特的恳求语气,"我想说的就是死亡。当然,你能看见死亡,我们这一路眼前全是死亡——我们是幸运的少数几个人①。"他在引用这句话的时候已经不再夹带着愤恨。"我们对死亡人数进行估计,我们对它进行大肆渲染,就好像人类的鲜血不过是一种染料,把布浸在里面,就可以得到漂亮的图案。我们创造了一整套关于死亡的陈词滥调——那些词,那些短语,就像干硬的外皮。'伤亡总数','死亡人数',还有'严重的损失'。我的天,损失了什么?我们并没有停下来问问自己这个问题,对吗?天啊,我们对这种说法已经很熟悉,有时甚至特别喜欢用它们,但我们肯定不会有任何情感上的介入。又或许——"他的语调一转——"我们应该去那边转转,看看是否还有人活着……随便什么人……也许有一个……"

"开什么玩笑!"康诺弗心情沉重地喃喃自语。

"这有可能,我觉得。"梅瑞迪斯若有所思地说,眼睛顺着前方黑暗平坦的路看向茫茫夜里那些乱七八糟、七零八落的愈发黝黯的黑影。"总有这样的概率。这种事一直都有,百万分之一的机会……你总能从新闻里读到,有人从坠毁的飞机里安然脱身,或者遇到海难,靠木筏飘到了岸边,活了下来……还有日本人轰炸过后,上海一节火车残骸里的那个号啕大哭的婴儿。生存是一件有趣的事。总有人从残骸里爬出来,爬到日光中。"河边的那些人们还活着,客栈里那个女孩还活着,还有躺在外面长凳上、双眼像剥了壳的虾一样的老人也活着……

---

①语出莎士比亚的《亨利五世》。

"你尽管去,"康诺弗平静地说,"如果你想四处看看,我不反对。你什么都不会找到。"

"其实我觉得别人的死也关乎我们的生死。"梅瑞迪斯继续说道,仿佛没有听见同伴的话。"所有人的死亡都是我们的一部分,和我们走向死亡的过程以及最终的死亡息息相关,死亡是我们的归宿。"他似乎在看着自己的话,仿佛这些话是一块供检视和评判的布料样板。"你记得多恩①的布道文吧,"他急忙说道,试图抓住更深奥的论据来支持自己的观点,语调又像刚才那样奇特而急切。"任何人的死亡都是我的损失,因为我是人类的一员。"他缓缓地、一字一顿地念出这句话,然后沉默不语。过了一会儿,"就是这个意思,"他说,"跟这差不多的意思。"

"哈,当然。"康诺弗说,"没有人是一座孤岛……"他回应着,嗓音温暖、年轻、充满自信。"海明威写过。"他说。

"多恩先写的。"梅瑞迪斯把手电筒从夹子上取下来。"我沿路走走,"他说,"你不来吗?"

"我不去。"康诺弗说。

"回来后我会告诉你我的客观评价。"

"需不需要我把车头灯打开?这样你能看清方向。"

"没事,我有这个。"梅瑞迪斯没有回头,晃了晃手电筒,

---

① 约翰·多恩,英国詹姆斯一世时期的诗人、牧师,这段引用的诗句出自他写的《没有人是一座孤岛》。

走开了。

康诺弗注视着那个瘦削、高挑的身影沿路慢慢前行。梅瑞迪斯一只手插在裤兜里，另一只手缓慢、轻快而规矩地晃着手电筒，仿佛手电筒是他的手杖。他看上去就像是个晚饭后出来散步的人，如果你走在他身后应该会闻到雪茄的味道，还应该看见一只猎犬跟在他的脚后小跑。他的一头乱发支棱着，就像一顶皇冠歪歪扭扭地罩在了头上。他用他那特有的缓慢、懒散的姿势向前走，躬着背，矫健而随意，像一个美国牛仔。

但是，天哪，他可是全身大汗淋漓啊！康诺弗想。

在吉普车五十码[①]开外，他的身影融入了昏暗之中，很难看清，不一会儿又出现了，在手电筒晃动的金色光环的映衬下，那个细小单薄的剪影显得越发不真实，就像一个火柴人。梅瑞迪斯的身影在遇到的第一堆尸体旁站立了很久——手电筒的光打在地上，仿佛裁剪出一个僵硬的黄色三角形——然后往远处走去，继续俯身查看其他的一堆堆尸体。片刻之后，光束改变了形状，沿着路面薄薄铺了一层。康诺弗猜测梅瑞迪斯把手电筒放在地上了，但向上反射的光足以让他看清楚梅瑞迪斯单薄的身影跪下去，又站起来，然后俯身，把黑乎乎的一团东西拉到路边，接着继续往前走。到后来，康诺弗只能通过远处渐行渐弱的、手电筒一闪一闪的光才能辨认出他的行迹。亮光漫无目的地闪来闪去，消失在夜色中，又刺破黑暗，发出经久的刺

[①]五十码约46米。

眼光芒,像某种栖息在沼泽地上的发光昆虫。有时,亮光很明显是在路上,有时又在这边或那边的田野里,就这样游荡着,最终完全消失不见。

康诺弗看着那光,心里感到焦躁不安。他本来想沿路赶上梅瑞迪斯,但他知道如果他这么做的话,他的同伴会把这视作是一种屈服,而康诺弗却并不太明白自己是在向什么屈服。当他再也看不见亮光时,本来坐立不安的他变得愤愤不平,继而变得愤怒起来。

总之,梅瑞迪斯开始激怒他了。他的那些嘲讽的话语、他的虚伪,还有他理所当然地认为自己高人一等……然后现在又这么干。梅瑞迪斯想要占据道德高地。他还真是了不起!

康诺弗从车里爬出来,很暴躁地去解防水帆布。梅瑞迪斯是一个彻头彻尾的两面派王八蛋,他装模作样地做这些夸张的事情是想回避他没有勇气直面的东西。康诺弗知道梅瑞迪斯看见他和客栈的女孩在一起:他们从客栈逃脱的时候他提起过她。但这跟梅瑞迪斯有什么关系?如果他是为了此事而心烦,为什么不直接说出来?而且梅瑞迪斯的所作所为,说到底,并不是什么值得书上一笔的表现。这个人本该是个久经沙场的老兵,结果却因为一群羸弱不堪、连手都抬不起来的中国"僵尸"盯着他而吓出一身臭汗、临阵退缩!这个了不起的人离开得太匆忙,连铺盖都落下了,毯子也没了,一半的餐具也没了,还有卡宾枪……他走得太急,连跟女孩说句话或者扔给她几块钱的时间都没有,更别说跟那些僵尸般的家伙说说理了!

他踢了踢地上的一堆隆起的尘土，把帆布掷在地上，将四角拉直铺平。不安的感觉又涌上了他的心头。他挺起身子，越过杜鹃花篱看过去。在可怕的茫茫黑暗中，不见丝毫梅瑞迪斯的踪影，也没有亮光闪烁。他突然变得没有信心起来，独自一人使他感到心神不宁。他的骨头变得僵硬，喉咙发干；空空如也的胃一阵痉挛，可笑的是，这让他脸颊的神经开始抽动，而潮湿肮脏的私处也开始阵阵疼痛，这显然不是生理上的原因引起的。他转身走回吉普车，拿出他的野战包和一罐温水。至少他可以脱光衣服冲一冲，清洁一下自己，作为某种净化。但当触及温暖的金属水罐时，他的手止住了，扭过头又看向黑暗，眼光在不断搜寻。此刻，不安的感觉越发清晰……仿佛他错过了什么……仿佛他被邀请享用什么东西但他拒绝了。这个念头并没有变得更清晰，它又变得模糊不清，从他的脑海中溜走了。他扔下野战包和水罐，极为缓慢地沿着满是尸体的路向前走去。

走出一百多码后，他找到了梅瑞迪斯。看到对方的那一刻，他突然感到松了一口气，但也被吓了一跳，因为这个岁数比他大的人似乎是从树篱的黑影下突然冒了出来。他坐在一个土堆上，茫然地盯着前方，手电筒灭了。

"呃……你找到什么了吗？"康诺弗问道，尽量让自己的声音显得随意。

"没有。"梅瑞迪斯摇了摇头，没有抬眼。"你说得对，他们都死了。"

"我把帆布拿下来了。"康诺弗说。

梅瑞迪斯点点头。

"土很软,"康诺弗说,"但很容易渗到东西里去。睡觉的时候衬衫里钻满土可不是什么好事。"他舔了舔干燥的嘴唇。"你这一趟走得不错吧?"他故意问道,心里明白他无法回避这个问题。

"我不会用'好'这个字来形容。我走了一趟,挺有意思的。这一带的尸体比河对岸的多。估计有三四百具在这附近……嗯,在大概四分之一英里①范围内。大部分仍然都是老人,没有人活着。"意料之外的情况没有发生。他极度渴望奇迹,哪怕只有一束奇迹之光,也有可能照亮其他的可能性,但这种渴望没有唤起任何奇迹。灾难之下,无一人能幸免,到处都是裹着破衣烂衫的尸体,到处都是腐烂的血肉。瞪着的眼睛,失去了人样的面孔,有的肿胀,有的被啃噬。灰尘堵塞的毛孔,如断枝般弯曲发硬的手指,嘴唇上翻,露出干得像皮革一样的牙龈,这是死亡的蹂躏。然而,在四处走来走去时,他甚至渐渐感觉自己和这些被死神打败的人是休戚与共的……仿佛他独自一人走的这一趟缓慢、悲伤、独特的路程使他意识到在每一场灾难中,有必要将自己与受害者联系起来……仿佛穿行在他们经历灾难之后留下的尸骸中,就能体会他们所经历的一切。而站在他们的旁边,在某种程度上就是为了减轻灾难的严重程度。"大部分都是老人。"他重复道,语气平缓单调。"我拖了一个老

---

① 一英里为 1.609344 千米。

人到路边,就在那边。他一点重量都没有。"

"我看见了,"康诺弗说,"我以为你正陶醉于刚刚找到的病态嗜好里。"

"不是的,路变窄了,两边的沟很深。他正好在路中央,不挪开他,我们开过去时会从他身上碾过去,不然你或我就得下车把他拖到一边。反正我已经走到那儿了,我想不如就先解决了这事。他的样子可不怎么样,最好现在就处理,比在大白天干要强。"

"你这是什么意思?你的意思是反正得你来做,我不会碰他,对吗?"

梅瑞迪斯慢慢地抬起头。"早上轮到你开车,不是吗?你向来是轮第一班。下车的人会是我,不是吗?"

"你暗示的可不止这个意思,对吧?"

"暗示?噢,我的天啊,我没在暗示什么!我们回去吧,睡会儿觉。"

他们安静地并排躺在帆布上,身下是松软的沙子。两人都没有睡着,没有说话,也不怎么动,彼此都希望对方以为自己睡着了。时不时地,康诺弗和梅瑞迪斯都会想起四周那些在尘土中一动不动的身影。但这些身影也只不过是他们思绪中的起始。在这些身影之外,柳江的影像在脑海里来来去去,来来去去,不知疲倦地绕着圈,就像在营地里无声徘徊的野兽,掠过死寂的、灰蒙蒙的大地,既无威胁,也捉摸不透。

群星渐渐隐退,夜空开始显现瓦灰色。康诺弗起身,点上炉子煮咖啡。他已不再心烦意乱。他还年轻,他感到越来越兴奋,这让他轻而易举地摆脱了不安的情绪:实际上,让他很意外的是,他有种心旷神怡的感觉,并且意识到了那种往往在一夜无眠之后出现的敏锐而清晰的思维。这确切无疑是崭新的一天,它本身就很重要——不是昨日的延续,而是一个一尘不染的轮廓,展示着新的确定性。今天,旅程就会走到终点,冒险就会结束。在柳江发生的一切已经融汇成强大的、充满戏剧性的记忆,成为一场完整经历的一部分,待所有事情都尘埃落定,这段经历也许会在恰当的时候被明确定义并深深地印刻在人们的回忆中。

他脱光衣服,拿起水罐冲洗身体,然后开始享用咖啡。

此刻,对于这场经历,康诺弗有一种强烈的身在其中的感觉,一种参与到一件大事中的参与感,与他远赴海外后所经历的事情相比,从很多方面而言,这件事都更为重要、更有意义。他知道他正在报道的这桩新闻算得上是令人刻骨铭心的经历,而正是因为这样的经历,他一直以来对梅瑞迪斯崇拜不已:这个新闻可以划归为深入挖掘的重大罕见类新闻,这次经历可与梅瑞迪斯所经历的格尔尼卡大轰炸、敦刻尔克大撤退、萨夫基亚海滩劫后余生[①]相媲美。康诺弗很想和梅瑞迪斯讨论一下,但他的同伴正躬着身子坐着,看上去闷闷不乐地喝着咖啡。他知道现在还不是讨论的时机。于是,他拿出地图夹,用一根火柴

[①]格尔尼卡、敦刻尔克、萨夫基亚分别是西班牙、法国、希腊克里特岛地名。

棒测量地图上的距离,最后得出结论,在路况改善的情况下,他们能在下午两点到达柳州。他皱起眉头,突然想起一个严峻的问题,便对梅瑞迪斯说:"你记得我们有军队驻扎在柳州吗?"

"军队?"梅瑞迪斯看着他,"战斗部队吗?"

"任何部队,美国兵。"

"那儿应该有一支通信兵部队的小分队。别的就没有了,据我所知是这样。为什么问这个?"

"随口问问。"康诺弗话音未落,马上就为自己不解释询问的原因而感到困惑。原因非常简单,如果有美国部队驻扎在柳州,就会有随队军医,如果部队规模够大,甚至还会有预防站——医疗队总是被性病在中国的流行程度吓得魂飞魄散——康诺弗心想这种事不能拖,越早去让医生看看越好。那个女孩毕竟当过妓女,这就够危险的了,谁知道她在走到柳江的这一路上还经历了什么!在昆明的时候,他听军医们谈起过一种新型性病,一些部队在南方省份染上的——基本上也是在广西——他们说瓦塞尔曼反应测试①无法准确测出这个类型的性病,盘尼西林似乎也不起作用,而且这种病比梅毒更致命。康诺弗向来注重健康,在这种事上绝不会胡来。他并不害怕,但当他开始把帆布在挂车上系牢的时候,先前那种愉快的情绪多少消散了一些。

他们重新出发,轮到康诺弗开车。驶出大概五十码后,梅

---

① 德国细菌学家瓦塞尔曼于1907年发明的血液化验法,用于检验梅毒。

瑞迪斯说:"那就是我拖走的老人。"

"嗯,"康诺弗说,"挺好。"眼睛仍然盯着前面的路。

路面情况好了不少,他们平稳地向前开着,十点钟左右就已到达灾区。眼前的一切几乎超出了人类忍耐力的极限。周围堆满了尸体,其中有许多年轻人——就连康诺弗在开着车,也能看见尸体仰着的脸上一双双冰冷的、无法合上的眼睛——尸体往往聚集成堆,每堆都有二十具甚至更多,仿佛这些受苦的人意识到已经没有必要再走下去,因此聚到一起,相互做伴,共同做出最后的绝望努力,想要以此反抗死亡。

就算在这风沙中开得再快一些,恶臭也几乎让人难以忍受。鸦群随处可见,它们成了满目萧条的乡村的绝对统治者。

十点半,康诺弗开始笨拙地扭来扭去,试图缓解背部痉挛。看到康诺弗难受的样子,梅瑞迪斯说:"我们不停一会儿再走吗?"

"你愿意吗?"康诺弗无精打采地问。

"我的喉咙难受得就像树被割了一圈树皮,如果能喝点什么,我肯定不会拒绝。那个水罐已经空了。"

"对不起,"康诺弗咕哝道,"我用来冲洗了,忘了再续上。"

"别担心,我想喝的不是这个,我想喝一杯。"

康诺弗踩住刹车踏板,吉普车在路上滑到渠边,停住了。他们已经打消了择处而停的念头:到处都是死人,恶臭笼罩在炎热静止的空气上,就像色彩鲜艳的污渍。他们两人大口大口地喝着瓶子里的威士忌,几乎干呕起来。梅瑞迪斯洒了些酒到手帕上,把手帕系在头上,就像口罩一样捂住口鼻,又伸手到对面,从枪套里取出手枪。康诺弗朝他不自然地咧嘴一笑,说:"怎么?你要演西部牛仔?"

"虽然赶不跑恶臭,"梅瑞迪斯说,"但气味能改善一点。"他从腰带上取下弹夹,把子弹滑进枪膛。

"我说的不是口罩。你拿枪干什么?"

梅瑞迪斯看了看他,没说话。他跳下土沟,穿过一排灌木丛的豁口,慢慢地走在枯焦的田野里。在他的前面,三三两两的乌鸦不安地在地上踱着步,然后愤怒受惊地尖叫着飞开,黑色锯齿状的翅膀在发白的骨灰色天空上扑扇。

梅瑞迪斯叉开腿,仔细瞄准一处,扣下扳机。鸦群回旋过后,又回到他的头顶上方。成百上千的乌鸦被惊起,从泥土、灌木丛、路面和散落各处的尸体上飞到空中,刺耳的呱呱声响彻田野。梅瑞迪斯向乱糟糟盘旋着的黑色鸦群再次开火,射了两次,但没有乌鸦掉落。空中的乌鸦已有成千上万,目力所及,大地就像笼罩在发出刺耳声音的飘动着的黑雾里。

康诺弗跳下沟,穿过灌木丛,走到地里,大步走向梅瑞迪斯。"这是干什么?"他怒气冲冲地质问道,"你想做什么?"他感到盘旋的黑色鸦群向他脸上扑扇过来一阵臭烘烘的热空气,于是猛地低下头,挥舞着手臂保护自己。鸦群在他肩膀上一掠而过,他能看见它们那直勾勾如怒视般的黄色眼睛和褐色的喙,耳边充斥着它们刺耳的聒噪声和无数双翅膀扑棱发出的巨大声响。康诺弗大声喊叫,挥舞手臂。鸦群盘旋着飞开了。

"我想射下来一只,杀一只,"梅瑞迪斯说,低头看着手里的点45手枪，掂了掂。"就一只，"他说，"我只想杀一只。"

"该死！你用这个是射不中它们的，"康诺弗厉声说，"要是我们有卡宾枪……"

"我们没有卡宾枪。我还以为我能用这个家伙杀死一只的。这些混账东西，哪怕就一只。算了，"他垂下枪，"我们走吧。"他说。鸦群又落在地面上。

自那以后，他们再没想过要停下来。一连两小时，吉普车里的两个人皆一语不发。康诺弗早就放弃了估算死亡人数的念头：他知道在这条通往柳州的路上，死去的人们肯定已经接近十万。他不得不承认，在某种程度上，梅瑞迪斯是对的。死亡无法用分数计算均值，无法用小数点来表达，也无法客观地评估。死亡就是死亡。死亡在所有的东西上留下触目惊心的印记。死亡铺天盖地，它变成了大脑里一种麻木的感觉，既失去了让人惊惧的威力，也无法给人留下深刻印象。就好像对交通噪音习以为常，康诺弗心想：就像住在铁路边却从来听不到火车呼啸经过，又像在夏季的酷暑里无意识地拍打苍蝇。这种麻木冲淡了大脑所有其他的感觉，他现在已很难想起先前那种兴奋感和强烈的参与感。他甚至想不出来该从何种角度去写这篇报道。他们在桂林城经历的事他也记不起来了，甚至连柳江边的那些人和客栈里的女孩都退却到了一个幽暗的世界里，这个世界显然很难去追寻。他竭力想把那些记忆都带回现实，让它们清晰地呈现，但那些影像依然模糊、扭曲、虚假，从他的头脑中溜走了。

康诺弗紧紧盯着路面和昏暗起伏的天际线，后者在远处往南延伸,就像画在苍白空气里的一个记号。有时,用眼过度使他感到一阵眩晕,他不得不收回视线,看向眼前的小东西,比如嵌在后视镜圆盘底托四边的棕色粉笔灰般的沙粒,而后视镜的玻璃灰蒙蒙的,只能隐约看到车后尘土缓缓升起,似乎是要裂开现出炫目的、预示未来的启示;又或者看看挡风玻璃上黏糊糊的、被压扁了的虫子尸体;速度计刻度盘上的指针如催眠般在三十的标记附近轻缓摇摆;在积满了灰的橄榄色的仪表灯罩上,一颗干草籽嵌在金属罩的边缘,仿佛那里有重要之物需要通过记号来引起注意;微微颤动的油量表盘上面的字母 E 有一半在边缘颤动;梅瑞迪斯瘦削光洁的棕色的手一动不动地放在膝盖上,大拇指下面有一团模糊的油渍,仿佛他为这个污渍感到羞愧而竭力想掩盖住它,然而他的拇指指甲油腻腻脏兮兮,活像一把黑色的镰刀,他却从不伸过另一只手来遮挡。过了一会儿,康诺弗发现自己的注意力越来越集中在油量表上,现在整个字母 E 都露出来了。在字母的右边,油表黑色、无刻度的边缘时隐时现,康诺弗知道不管他们想不想停车,他们很快就必须停车加油了。淡淡的天际线和先前一样遥不可及。

"我想起来了,"梅瑞迪斯突然打破沉默,"我们在柳州的确有军队。几个星期前克兰西·格里尔跟我说过,那里有一个通信部队和雷达基地,我记得还有一支补给分队和一个气象站。"

"没关系。"康诺弗说,视线从油量表移开,把注意力集中在前面的路上。

过了片刻,梅瑞迪斯说:"为什么没关系?"他感觉很累,和鸦群之间发生的小插曲仍然使他心烦意乱。他努力不去思考的时候，则备受无聊的折磨，而脑子一旦动起来又很危险，那些想法念头让他倍感痛苦。他禁不住语带嘲讽："你很着急从地域性视角来给报道起标题吗？"他说，"《纽瓦克大兵赈济饥荒》，《来自辛辛那提的中缅印战区老兵比利·巴德救助中国难民》，《问询报》肯定喜欢这样的标题。"

"你还是念念不忘比利·巴德，"康诺弗疲惫地说，"我想这次我们不需要地域性视角。我在想一些别的东西。"

"冰啤酒？"梅瑞迪斯猜。

"不是。我想的是或许我可以去打一针。"康诺弗从容地说，眼睛盯着跳跃、颤动的车前盖。被扬起的沙尘往后翻滚，像张开的小扇子。

"你说什么？"梅瑞迪斯擦燃火柴，点上烟，慢悠悠地说。他盯着火柴的光看了一会儿之后，才把它吹灭。

"可能那儿有预防站，"康诺弗漫不经心地说，"反正肯定会有医生。"他语气极其平淡，但他知道自己不想回避这个问题。"那个女孩，你知道的，"他谨慎地说道，"昨晚，在客栈里。"油量表上的 E 已经完全显露出来，刻度的最边缘也是。整个刻度盘似乎凝固了，处于完全静止的状态。如果继续往前开，耗尽化油器里的汽油，他们会浪费更多时间。"你知道发生了什么，对吧？"他说。

"是的。"梅瑞迪斯说。

"你看见我们在做那事？你在看着？"

"是的，我看见你做了。"梅瑞迪斯深感疲惫和厌恶。

"这真是见了鬼了，真的！我的天！一定是！"

"对。"梅瑞迪斯说。

康诺弗感到体内的血一下子涌了上来，眼窝里全是汗，眼前似乎只看到油量表上的E。既然是他提起这件事，他想继续说下去，却因暴怒而一时喘不过气来。"也许这对你的报道来说是个不错的选材！"他语中带刺，"你可以像八卦专栏作家那样，写写性事，而我可以从地域角度写我的报道。"

"你这么说太愚蠢了，"梅瑞迪斯反应平静，"别拿我出气啊，"他说，"是你先说起来的。"

"的确是我先说的，我为什么不能提？这又不是什么秘密，对吧？这不是一件私事。"

"如果你想说，那就说吧。我只想知道你为什么这么做。"

"你到底在抱怨什么？"

"抱怨？我没在抱怨。要么告诉我你为什么这么做，要么结束这个话题。悉听尊便。"

"呵，也许我这么做是想先下手为强，"康诺弗故意说道。"也许我知道你在盘算什么，所以决定先下手。"

"你觉得我在盘算干那事？"

"我觉得？天哪，这是明摆着的——她长相好，又便宜，不费吹灰之力就能和她睡一觉。一看她就知道了。"

"是的，我的确看过她。我猜我的确想过你说的那事，有可能，我不知道。"

"我说嘛！你想事前结账，对吧？你把果条拿出来了。"

"我说有可能，仅此而已。"梅瑞迪斯想重拾自己的思绪和这一连串先后发生的事情。他感到不安和沮丧，他一直在想海伦，却什么都想不起来。出于强烈的怜悯，他被那个女孩吸引住了。但是，后来……他看见她和康诺弗走到了炕后头……

"我当时并没有这个打算，"他沉思着说，"我没有，真的。"他认真地看着康诺弗。"只是后来，我看到你和她在一起之后，我才想了想。我想是不是我也有过那种想法……是不是我一直有那种想法，我自己却从来没有意识到……"

"噢！得了吧！"康诺弗恨恨地说道。他气疯了，恨不得往梅瑞迪斯脸上啐一口。愤怒而不留情面的话差点冲口而出。但他也觉察到梅瑞迪斯很镇静，而且他知道如果他鲁莽地把愤怒表现出来，只会让自己同伴的立场更坚定。"那个女孩想这样的，不是吗？"他用一种理智的口吻说道，"她是个妓女。天啊，这是她的营生。"

"你怎么知道？她告诉你的？"

"这需要别人告诉吗？你只需要瞧她一眼就什么都知道了！"

"瞧她一眼？这能说明什么呢？你指望她在经历了这些之后会是什么样子？和童贞侍女在一起的圣厄休拉①？"

---

①圣厄休拉（St. Ursula）是基督教的圣徒之一，传说中她是一位公主，在父王的要求下带着一万一千名童贞侍女启航去和未婚夫会合，路上遭遇风暴，她决定在完婚前游历欧洲，结果被匈奴所掳，她和一万多名童贞侍女都遭到杀害。16世纪末17世纪初意大利画家卡拉瓦乔曾以此传说为蓝本创作名画《圣厄休拉之殉难》。

"她是秀灵街一个妓院的。"康诺弗说,"我知道你接下来要问什么——对,她亲口对我说的,这是她的原话,不是我说的。"

"这还是说明不了什么问题,她也许是那里的一个奴婢,也可能是掌柜的女儿,或者只是个歌女,也许。"

"你难道没想过她是个妓女吗?"康诺弗想起女孩那两只手上长长的指甲、晃动着的手和主动向他投怀送抱的样子。

"想过,"梅瑞迪斯轻声承认,"嗯……我觉得她有可能是。"

"噢!那到底是怎么回事!"康诺弗不耐烦了,"这是为什么,我的老天,你想证明什么?"

"我不想证明什么。不管怎么说,她是不是妓女并不重要。"

"那什么重要?"

"我跟你说过。我想知道你为什么这么做,仅此而已。"

"我这么做是因为她把她的意图表达得很清楚。就这么简单。她没有半点反抗,我的老兄!"

"言下之意就是'那个女人勾引我'。"梅瑞迪斯冷冰冰地说道。

康诺弗竭力控制住自己,一语不发。但梅瑞迪斯也似乎没什么可说的了。就这样,两人静默着过了一两分钟。康诺弗不安地看了他一眼,"我可没有在吹嘘,你那么想就错了。我一点儿都不觉得这事有什么可得意的。"

"我没觉得你在吹嘘。"

"没有吗?这事从你口中说出来,给人感觉就像我特别享受似的。"

"我有吗?"

梅瑞迪斯心不在焉地说,仿佛对谈话已经失去兴趣。但康诺弗不想让他逃避这个问题。

"对,我听起来就是这种感觉。"他顽固地坚持着,"你说得就好像我为此很得意一样,我的天!"他做了个厌恶的表情。"好吧,这是一桩腐烂、污秽、肮脏的交易,我知道。我跟你说过我并不感到得意。我从来也不是个爱逛妓院的人。那我现在该怎么办?把事情原原本本写下来,寄给《真实忏悔》杂志[①]?"他气得喘不过气来。

"噢,我们别提这件破事了,"梅瑞迪斯说,"你把这事越描越黑了!"

"是这样吗?我跟你说,你以为就你有道理吗?我不需要别人在旁边说三道四,然后横加指责,即使——"他没有把话说完。他本来就不想说,但梅瑞迪斯的态度激怒了他,他们之间的谈话对澄清他的困惑毫无帮助。现在仔细回想那件事——即便是现在——他也说不清它是怎么发生的,或者为什么会发生。仿佛整件事是他自己之外的一系列力量策划安排的,而他所得到的只是一个糟糕的回忆。如今回想起来,那一瞬间的堕落的兴奋感似乎与性丝毫无关,而只是他们整个旅程中那一段

[①]《True Confessions》是创刊于1922年的美国女性杂志,杂志所刊文章都宣称是"真实的忏悔",内容都是女青年自述如何误入歧途之后接受教训走上正道或者如何坚韧勇敢地克服人生逆境而熬出头的故事。

虚幻的梦魇般的经历给人带来的感受：他们在那气氛诡异、阴影绰绰的黄昏来到客栈，然后在刺破黑暗的亮光中夺路而逃……任何和那个女孩的身体接触所遗留下来的，不过是廉价、可耻、肮脏的回味和梅瑞迪斯毫不掩饰的责难。但这究竟是怎么回事！发生的这一切并不是他能控制的，甚至并非出于他的意愿。老天可鉴，他不想和那个女孩发生关系！第一次接近她的时候他连想都没想过这方面。他想让她走，仅此而已。他的厌恶在他的脑海里引起了一种正常反应，这种反应激发了他的人道本能。他没有用食物作为引诱来试探她、强迫她，那是纯粹出于同情的一种冲动。是那个女孩明确地表达了她想要什么！正是如此！假设梅瑞迪斯送果条的图谋有可能侥幸成功，而那个女孩又向他示好呢？天啊！那样的话，睡这个女孩的会是谁？

"你的感受是你的事，和我无关。"梅瑞迪斯平静的、几近温和的声音打断了康诺弗的思绪。"我知道这种事常有，很多时候我们没有办法解释为什么人们会做这样或那样的事。一旦牵扯到性，就更说不清了。我建议我们都别提了。我只是以为你想谈这件事。"

"是的，我想谈，我想搞清楚这件事有什么让你心神不宁的。你不会希望我娶那个女孩吧。"他嘲讽地加了一句。

梅瑞迪斯没有回答。

"所以只有一个现实问题需要考虑，"康诺弗继续愤愤地说，"我想知道我有没有被她传染。呵，我可以去检查一下，对不对?"他停下来,等着梅瑞迪斯的反应。"对吧?"他说。

梅瑞迪斯低头看着自己的手,说:"昨晚的事的确和我们两个人都有关系,不是吗?我们做得并不光彩,我俩都不光彩。自那以后我就很不安——为什么我们要这么做,为什么我们在可以回去的时候却没有回去。这就是为什么我昨晚想四处看看,为什么我那么迫切地想射下来一只该死的乌鸦,为什么我仍然想知道是什么驱使你按倒那个女孩,然后强奸了她。"

"强奸!你他妈到底在——"

"在某种程度上就是这样。"梅瑞迪斯平静地坚持道:"我很肯定,就是这样。"

"该死,她是个妓女!"

"嗯,她是不是妓女对我来说区别不大。哦,如果你真想找的话,可能会有些细微的差异。但在我看来,这是一种延续……在桂林发生的一切的延续。那个砂堆上的女孩。也许她也是个妓女,但这仍然是乘人之危……都是一样的,真的。"他顿了顿。那个桂林女孩仍然萦绕在他的心头,他眼前总是浮现出她的样子,他总想回去找她。

康诺弗怒气冲冲,张嘴要说话,但发动机突然突突地响了几声,然后噼啪作响。排气管回火了。行进中的吉普车猛地颤了一下后开始晃动起来。发动机又突突响起来。

"汽油用完了!"康诺弗愤然道,却又松了口气,"该死,没油了!老兄,我们最需要的就是汽油!"

"你可真会选地方。"梅瑞迪斯盯着车外到处都是尸体的干旱田野。吉普车越来越慢,发动机没有了声音。"我们死定了!"他说。

康诺弗目不转睛地盯着前方。清晰的白色 E 字像脚手架一样靠在他的眼睛上,遮住了整个世界。他觉得自己想哭。他把吉普车停下来,闭上了眼睛。

梅瑞迪斯爬出去,动手去解油布。手指下沙尘的触感就像桃子的皮,毛毛的。他能感觉到挂车一侧滚烫的金属透过衬衫在灼烧着他。衬衫口袋里的果条开始软化,在包装纸下变得又塌又潮。在挂车一侧轮子的上方,有两个挨得很近的深深凹痕。梅瑞迪斯很想知道"他们"受到的伤害有多严重以及"他们"是谁——是他开车从客栈门口出去时撞到的那些人吗?但是他明白这其实没什么关系。那个女孩也无足轻重。至少现在不重要。"现在"是另一回事。如果你不回到彼时彼刻,回到事情正在发生、尚未完成的那一刻,回到任何决定皆有可能的那一刻,那么这件事就永远不在你的掌控之中了。它成了某种飘过来又从你身后飘走然后又变得满是灰尘的东西。一旦你到了某个特定的思考阶段,就有可能将一切诸如此类的东西抛诸脑后,然后就一切都没有那么重要了……

他在拖着那根又硬又干的绳子穿过油布最后一个孔的时候,看到远处有一些细小的影子在移动。

那些仅仅是影子而已——在明晃晃的热浪中飘荡的细小影子。它们在一处低矮的山脊上移动,让人几乎难以察觉。山脊有时看起来并不太远,有时在炙热苍白的日光中仿佛又退到了天边。影子太小太模糊，无法辨认到底是人，还是动物，还是海市蜃楼中身体比例变形的乌鸦。正是这磨人的不确定感引得他凝视远方，久久沉默，竭力想弄清他眼前所见的到底是真实之物，还是从炽热的明晃晃的空气中产生的一种幻觉，还是只不过是他自身的精疲力竭造成的视野上的斑点。最后，他朝康诺弗大喊。喊了两声名字后，康诺弗才答应，从驾驶座上下来。

"前面那边有活着的东西，"梅瑞迪斯说，"是人？还是动物？我不知道。我看不太清。"

康诺弗看了看，说："在哪儿？"

"在那道低矮的山脊上。前面，稍偏右的地方。"

康诺弗摘下太阳镜，擦了擦汗，"是人。"过了半晌，他说，"我们把油加上吧。"

他们取出其中一个备用油罐，康诺弗扶着漏斗，梅瑞迪斯负责倒。油箱装满后康诺弗试着去打火，发动机突地响了一声，然后继续突突突地发出单调刺耳的声音。康诺弗猛踩油门，又尝试了一遍，结果还是一样。他绷着脸，熄了火。"化油器，"他说，"见鬼！"两个人又下了车，掀开发动机罩。

论开车，梅瑞迪斯比康诺弗开得好，但说到修车，康诺弗则更熟练。于是梅瑞迪斯把工具包递给他，从水罐里喝了一大口温水，然后走到渠边坐下，点上烟。极目望去，土沟里全是其他人的身影，或耷拉靠着，或栽在地上，或坐着，或手脚摊开躺着，或像孩子一样蜷缩着。他们看上去像是要躲避空袭的人,又像是在等待一辆被耽搁了的公共汽车。但他们全都死了。梅瑞迪斯盯着缭绕升腾的烟圈,还在想前方山脊上移动着的微小身影。他们是不是快到死亡之路的尽头了?还是就像他们停在柳江边那样,这仅仅是残酷现实的其中一段?

他看向对面的吉普车,说:"我决定了。"

"嗯?"康诺弗咕哝了一声,没有回头,手指摸索着调整扳手。

"我希望你听了会高兴。"梅瑞迪斯说,"你应该会高兴的。"

"啊哈。"康诺弗把头歪向一边,眼睛心不在焉地盯着,手指又摸索着找螺帽。

"我要遵循客观和准确的标准,我打算照实去报道。"

"加油,伙计,"康诺弗漫不经心地说,"不错!"

"分毫不差,"梅瑞迪斯说,"怎么发生的,我就怎么写。"

康诺弗用扳手拧紧两个螺帽,慢慢转过来。他的金发垂在额头上,下巴上有一道油渍。他看上去强壮英俊,阳刚气十足——却疲惫不堪。太阳镜遮挡的眼部周围是白色的圆圈,但灰尘从镜片下爬进来,填满了脸上所有的沟壑,这些脸上的皱纹是常年经受压力的痕迹。他看起来就像一个模样俊美的年轻演员化了妆,要扮演一个比他老得多的角色。蔚蓝的眼眸嵌在他黝黑的脸庞上。

"怎么发生怎么写。"他重复着,慢慢地点了点头。"太好了,"他说,"太好了,戴夫。分毫不差,是吗?我就喜欢这样。"他转过去,在工具包里一阵翻找。找到螺丝刀后,他握着尖尖的一头,出神地盯着红色的把手,仿佛在试图破译印在上面的金色商标。"报道一切适合报道的新闻①,"他说,"我建议你可以发到《泰晤士报》上,当然他们可能会淡化涉及性的部分。"

"我不会提到那个。"梅瑞迪斯说。

"可它发生了,不是吗?分毫不差,你说的。"康诺弗在握成杯状的手里轻轻掂着螺丝刀的把手,绷着脸。他这时看上去不再像是化了妆要演某个角色了,俊美的模样突然给人一种有点可疑的感觉。也许,梅瑞迪斯心想,他虽然化妆了,而你却能一下子看穿他的化妆。

"那就是一点不落了,"梅瑞迪斯说,"分毫不差是做不到的。不管怎么说,在这个行业,没什么是绝对的,你得承认这一点。但我想说的不是这个,不是吗?"

"那你说吧,"康诺弗感到很疲倦,"我洗耳恭听。"

梅瑞迪斯缓缓点了点头,想了一会儿。他敏锐地意识到此时此刻的挑战性,意识到这是他们旅途中的一个关键点——但这种意识却又伴随着一种失落和迷茫,让他深感不安。他知道所发生的一切已经深刻地影响和改变了自己,他渴望得到安慰。他不得不对自己的世界观做出微妙的调整,再加上目睹和经历各种暴行惨剧的痛苦经历,让他极其敏感地意识到他们两人的

---

①美国《纽约时报》的口号和新闻方针。原文为"All the news that's fit to print"。

心灵世界间横亘着的那堵墙，这堵墙显示了他和康诺弗在人格上的巨大差异。在各种事件的摩擦下，他们各自的人格现在就像剃刀刀锋一样互相冲击着。他很清楚，如果山脊上移动的微小身影是人，如果他们真的来到了死亡之路的尽头，那么现在就是他和康诺弗好好谈谈的恰当时机。对于他们二人而言，不会再有这样的机会了。他们不太可能再受到这样的影响，或者再像现在这样，在他们自身的恐惧、愧疚和背叛面前如此脆弱，即使是康诺弗。尤其是康诺弗，一旦他回到自己的同类中间，所有一切都会像水过鸭背般被抛诸脑后。二十四小时过后，这一连串的事件，包括在客栈里和之后发生的事，都只会变成一场刺激的、无畏的冒险，供他边喝着威士忌边说出来取悦他的朋友们。那个女孩也包括在内——是的，甚至那个女孩——或许会作为他的欢场战利品被他挂在嘴边，当他说起她时甚至带着一点感情和一丝悲悯。而在整个世界上——在整个盲目、熙攘、冷酷、健忘、乱七八糟的世界上！——没有一个活人会来讲述桂林城里那个被扔在砂堆上的女孩的故事，任何版本都不会有……

"我想做的是让费边·凌为他自己的酒买单。"梅瑞迪斯最后说道。

康诺弗的蔚蓝色眼睛在螺丝刀旁朝他眨了眨，脸上一道道夹杂着油脂、泥垢和汗水的污渍看起来就像某个部落的标志。"可我记得，账单是他付的。"他小心翼翼地说，感觉到他的同伴话中有话。"那些美妙的由种植园酿制然后装瓶的茴芹酒。"

他没话找话地补充道。

"是的，但我想让他也为其他人买单。"梅瑞迪斯说。他的脸上也有一道道泥污，汗水在阳光下闪着亮光。他上半身倚着膝盖，已经疲惫不堪。"我想让他为他所做的事情付出代价。换句话说，我想照实写报道。"

康诺弗现在知道梅瑞迪斯在想些什么，但他仍不想面对那个话题，便说："这很合我的心意，先生。我一直是这么打算的。"他本来可以就此打住，但他对同伴的恼怒已经深埋在心里。在经历了艰辛的旅途之后，将他们临时连接在一起的纽带已经被切断了。他们之间有太多未曾言明的怨恨。他烦透了梅瑞迪斯的态度和姿态——他将世事看得太透——他仍然为自己受到梅瑞迪斯的质问而感到愤怒。这个性格软弱的人老是把他当成稚嫩的新手，他已经受够了。天气炎热，空气中弥漫着恶臭，路上的沙土并不稳固，到处都是死人。他咧着嘴说道："是你想弄完报道就拍屁股走人，记得吗？是你说这些个人角度没有意义的。你还要给我复写纸，因为这些事情都千篇一律。"

"没错。"梅瑞迪斯点点头，竭力保持两个人之间的平静。他强烈地感觉到了眼前这个年轻人对他的敌意。他们一旦纠结于那些他们犯过的错误，就会完全偏离真正的问题。他们两个人都在不知不觉中暴露了自己的恼怒、愧疚、缺陷和弱点，还有不信任与怨恨——但他们二人之间真正重要的问题却与这些全然无关。这只是一个简单的涉及如何报道新闻的专业问题，仅此而已。然而，对于专业人士而言，面对一个纯粹的专业问题包含的所有复杂性，有时是多么困难！

"我要曝光费边·凌和他那一伙人，"他平静地说，"我想一不做二不休。"

"你真行，"康诺弗说，"你来躲一下太阳吧，你的脑子都晒糊涂了。"

"我想把他们该死的骗局暴露在光天化日之下。费边·凌和他那些银行家朋友，还有重庆那帮狡猾的杂种，他们狼狈为奸，简直是一帮混蛋！"

"这个题材不错，"康诺弗说，"你要做的就是让它站得住脚。"他讥讽地笑了笑。

"我已经掌握了十之八九的事实，我知道怎么能挖到其余部分并且加以证明。"

"你疯了！"康诺弗冷笑了一声。"听着，我们谈过的，不是吗？这是我们达成一致意见的少数几件该死的事情之一。这是个好题材，我说过了。没错，的确是个好题材。但糟糕的是我们一个字都不能提！"

"我们要提。"

"一个字都不能！"康诺弗语气坚决地重复了一遍。

"你是说你连试都不会试？"

"没错，我试都不会试。"

"为什么？"

康诺弗同情地端详着他。"听着，我是通讯社的，"康诺弗说，"我不是爱弥尔·左拉①。他们雇我不是让我当爱弥尔·左拉，而是发新闻。"

"这是新闻。"

"的确，这是个大新闻。即使照实写，这也是个大新闻。如果干得妥当，我们可能真的可以做成一件大事，但如果干得不妥——"他顿了顿——"他们会把在广西发生的一切捂得严严实实的，无论我们写什么，一个字都别想通过审查！一旦你旁敲侧击牵涉到中国大商家或中央政府，他们就会对桂林—柳州一带的新闻报道活动采取行动，也就是对这一切进行新闻封锁——"他往路上指了指——"……一切！"

"你是说在我们目睹了这一切之后，你打算让费边·凌逍遥法外？"

"他已经逍遥法外了。"康诺弗疲惫地说。"听着，如果你对老凌感到恼火，你回去以后可以朝他下巴狠狠来上几拳。你大可不必向他祝酒，或者说干杯。你甚至可以把那些该死的东西扔到他油腻腻的胖脸上。不是说这是个自由的国家吗？但是，哪怕你只是把他的角色写进稿子里，伙计，在你要对报道做删改之前，你的记者证就已经被吊销了，你还会被赶出这个国家。"

"那你可以在回到美国之后再把这一切曝光出来，美国没

---

① 爱弥尔·左拉（Emile Zola），法国自然主义小说家、理论家，19世纪后半期法国重要的批判现实主义作家。

有这种审查制度。"

"是吗？一些比你我有名的家伙已经这么干了，结果遇到麻烦了！为什么？因为风向不对，蒋政府政治腐败的恶臭还没能飘到华盛顿。"他把螺丝刀轻轻抛向空中，又接住。"对不起，戴夫，"他毫无歉意地说，"我对这么做不感兴趣。"

"但是，天啊，伙计，你一路上一直在数到底死了多少个可怜的家伙！"梅瑞迪斯提出抗议，"得有人替他们说话，我的老天！难道你看不出来吗？这就是我昨晚想说的。总有那么一个时候，你必须冒着这样的风险去写报道，必须运用自己作为记者的特权……换句话说，为自己的免费座席买单……"

"我已经有题材了。"康诺弗举起螺丝刀，全神贯注地盯着。"费边·凌是另一个题材，一个完全不同的题材。我以后再写他。你也该这么做，戴夫。"他快速地朝梅瑞迪斯看了一眼，"现在是你在自欺欺人，说什么客观和准确。我可以证明给你看……如果你想听的话。"他顿了顿，"你希望冤有头债有主，是吗？"

梅瑞迪斯看着螺丝刀，轻轻地点了点头。

"那好，嗯，假设我们把老凌和他那伙人曝光出来，就像你说的。然后呢？然后我们看看'本报记者'在这件无耻的交易中扮演了怎样的角色。我们会讲述大卫·梅瑞迪斯是怎么让一个想喝点水的老人活活渴死的。"他的声音听起来冷酷无情。"我们会讲述布鲁斯·康诺弗是怎么强奸一个又饿又累、根本无法自卫的中国弱女子的。我们会绘声绘色地描写慌不择路的梅瑞迪斯为了活命、开着吉普车撞倒了一群半死的中国人这件令人暖心的事件。我们就这样写这篇报道吗，戴夫？"

梅瑞迪斯盯着他，没有说话，心里感到厌恶。

康诺弗不耐烦地转过身去，把螺丝刀放回工具包，并开始收拾其他工具。梅瑞迪斯想过去帮忙，但四肢却不听使唤。

"我们现在试试吧。"康诺弗说，"我们得离开这个鬼地方，这儿的恶臭太让人受不了了。我们去看看那些人到底是谁。"

梅瑞迪斯努力站起身来，渠边的尘土簌簌往下滑。他走到吉普车旁，开始系油布的绳子时，他说："我们能开诚布公地把这些事说出来，我很高兴。可我还是想按我的方式去报道。如果我们联手报道，这个报道获得通过的机会就会大得多。"

"我跟你说过，我们不可能联手。我不感兴趣。如果在写点什么和什么都不写之间选择，嗯……"他耸耸肩，"我们是来报道新闻的，不是像堂吉诃德那样挑战风车的。"

梅瑞迪斯已无话可说。康诺弗爬上了驾驶座。发动机被启动起来，旁边几只昂首阔步的乌鸦扑棱着翅膀飞走了。梅瑞迪斯坐好后，康诺弗松开了离合。他们沿着被太阳炙烤得发硬的道路往前开，两边沟里挤在一起的一堆堆尸体睁着灰绿色的眼睛瞪着他们。死人的脸上不露一丝情感，僵硬的身体一动不动……仿佛这不是它们正在等待的那班车。十分钟后，康诺弗和梅瑞迪斯看到前面停了一辆运兵车，对面的地里支着一顶帐篷。

帐篷是土黄色的，是常见的军用尖顶钟形帐篷，已经非常老旧，打满了补丁，油渍斑斑。一边的钉子被拉了出来，帐篷看上去像漏了气的气球似的。运兵车停在路的一边,倾斜着横跨过土沟,摇摇欲坠,同样一副废弃的样子,给人的感觉就像经过很久的时间,这辆车已经嵌在了土里。和帐篷一样,车子非常破旧,已看不出原来的颜色,车身斑驳不堪。从绳头、线股和松松垮垮、锈迹斑斑的金属条可以看出车子曾经被东修西补过,看上去就像从第一次世界大战开始就被遗弃在此。不过,透过磨损老旧的车身上的一层灰,仍然能依稀辨认出一些能表明车子归属的标记——张扬的如标语般的文字写着"大中华民国",还有粗略描上去的番号——"X路军"、英文正体大写字母"A.S.C."和中英文标注的部队编号。很久以前有人在车子凹陷的尾部一笔一画地写上了:"右侧驾驶,不许用手势",但是现在一条长长的挫痕让上面的漆掉落了一些,这个标记已经失去了原来的意义。现在看到的字母只剩下"IGHT HA D RIVE O HAN IGNA S"①。国民党军队明亮的白日徽记绘在一块独立的马口铁片上,铁片此时已经松脱,仅靠一颗螺丝悬着,几乎挨着地面。铁片变形得厉害,看起来像是从差速器上脱落下来的东西。那个徽记看上去不像太阳,倒更像是被压碎的鸡蛋。

"中国军队。"梅瑞迪斯说,"到底是怎么回事?"

康诺弗放慢车速,在运兵车后面停了下来。正当这时,对

---

① 比磨损前少了一些字母,这行字的原文应是"RIGHT-HAND DRIVE NO HAND SIGNALS"。

面地里的帆布帐篷突然晃动起来。一个男人出现在视线里,他揉着眼睛,盯着吉普车看了好大一会儿,然后缓缓迈步朝他们走来。

他长得矮壮结实,穿着一身已经褪得没有半点颜色的棉质军装,腰间扎着皮腰带和半枪套,枪套里是一支硕大的鲁格尔手枪。他个子矮小,手枪对于他来说显得太大了。粗壮的小腿上裹着已经磨损了的绑腿,脚上蹬着一双黑色毛毡拖鞋,脚趾露在外面。他走近一些后,他们看到他的脸圆而扁平,显得很粗俗。乌黑的眼睛小小的,双眼眼梢斜向上吊着,看上去就像是一把锋利的小刀在柔软的皮肉上划出来两道划痕,目的是露出下面凹陷的黑色眼珠。厚嘴唇外翻,仿佛从来没在满嘴牙上合拢过。牙齿很大,在牙龈上呈45度角往外突,牙齿表面暗黄,像老骨头的颜色,牙缝明显。脸上的皮肤就像剥了皮的洋葱。高高的上衣领口上的长方形布片磨损得厉害,表示军衔的三角形徽章覆着一层硬邦邦的污泥。梅瑞迪斯不得不又瞧了一眼,才确定他是一个上尉,步兵上尉。

"啊,美国人。"他朝他们走过来,声音听起来很沉闷,一只脏手放在黑色大手枪的枪柄上。

"美国人,对。"梅瑞迪斯点点头。"你最好和他谈谈。"他低声对康诺弗说,又轻轻地补了一句:"这家伙的模样真可怕。"

康诺弗和他谈了几分钟。这名军官的回答大多是单调的单音节。只有两次,他用绝望、愤怒的粗暴语气说了些什么,其他时候,他都是漫不经心地听着康诺弗的问题,小细眼不停地朝他们眨，不露丝毫情感，那只脏手一直搁在鲁格尔手枪的枪柄上。他的嘴一直张着，呼哧呼哧地喘着气。穿着老旧毡拖鞋的脚来回在地上摩擦。他浑身散发着酸腐的臭气。

"呃……"康诺弗转向梅瑞迪斯，"我猜你大部分都听到了。"

"我刚才没在听，"梅瑞迪斯说，"我被他的长相倾倒了。"

康诺弗忍住笑。"他姓冯，冯上尉，似乎是第142步兵团的幸存军官。他们在这附近扎的营。其他人觅食去了，他说。不管是什么意思，反正他是这么说的。他身上穿的是四川的军装……老家是峨眉山附近的一个山村。"

"这是什么意思，觅食？他们到底在这里干什么？"

康诺弗转向这个中国人，问了些更仔细的问题，然后看上去开始变得饶有兴致起来，又继续追问下去。几分钟后，他再次转向梅瑞迪斯。

"这是个大动作的部署，"他说，"别看这里现在这样，这里可是柳州的前沿防御区！显然，他们深信日本人要打过来了，冯率领的是先遣部队！据他所说，他们这个军团已经整整战斗了两年，却没得到过任何救济。他们接到命令行进了一千二百英里，到达怒江前线，然后又一路行军回到这里。他说他们只剩三分之一的兵力了，而且已有十天粒米未进，也没有补给。所以他们正在外出觅食，希望能从地里找到吃的。"

"我什么军队都没看到。"

康诺弗挥了挥手臂，"他们就在那儿，在地里。我猜他们就是我们看到的在那边山脊上活动着的身影。他说，如果我们愿意,他会带我们去看看。他是唯一幸存的军官,上校和另外一个什么人都饿死了。至于其他部队……我不知道。我想他们肯定是回柳州或者去别的地方了。"

"这个人也饿吗?"梅瑞迪斯说。

"他看起来够胖的。"

"问问他。"

康诺弗转向中国人。

"是的,"他说,"他说他也饿。当然,他不得不这么说。他看起来很好,我敢打赌他把东西藏在那边的帐篷里了。"

"如果他们十天没有补给,两个军官又饿死了,而且还想从这穷乡僻壤找吃的,我不认为他会有很多食物。我们给他一箱 C 口粮,再给些 K 口粮。"

"这……"康诺弗疑惑地瞥了梅瑞迪斯一眼。

"为什么不行?我们又不需要。我的老天,我们几个小时之后就到柳州了。"

"当然,我们能有什么损失?不过,我还是不想给他。我们走的时候再说吧。先让他带我们去看看他的人——军团检阅,他似乎想这么做。"

康诺弗对中国人说了些什么,对方眨了眨眼睛,慢慢地点了点头,然后转过身去,手一直没有离开过手枪。他在前面拖着脚走到路对面,笨拙地爬过土沟,消失在高高的荆棘丛生的灌木丛之间狭窄的豁口处。梅瑞迪斯和康诺弗跟在后面。梅瑞迪斯先跳下土沟,沿着灌木丛穿过豁口,往地里走了两步,突然停了下来。

"哦,天啊,不!"他喃喃自语,"哦,不!"他说,仿佛在祷告一样,闭上了眼睛。

他听见康诺弗在他身后走了上来,康诺弗问道:"怎么回事?到底……"

"看!"梅瑞迪斯低声说。

荆棘丛后面的田野大概延伸了半英里,甚至更远,遍地都是他们熟悉的裹着破衣烂衫的尸体。但令梅瑞迪斯脸色煞白的,并不是这可怕的景象。地里还有数十名士兵,头戴破烂的布帽,身穿曾经是卡其色或者灰色但现在已经完全褪了色的破军服。梅瑞迪斯现在明白了为什么从大路上看不见荆棘丛遮掩下的士兵,因为他们每个人都四肢着地,手脚并用,像动物一样在地上爬着,而且每个人都低下脑袋,用鼻子和嘴蹭地,牙齿撕咬着干硬的泥土。离他们最近的士兵开始狂暴地用脸蹭着地,然后猛地一拉,抬起头,齿间紧紧咬住一条干枯扭曲的草根。他把头转向他们,冷冷地看着,慢慢地用力嚼着扭曲的草根。

"我的天啊!"康诺弗倒抽了一口气,声音低沉嘶哑,听起来很害怕。

冯上尉,那个中国人,用小刀划痕般的小黑眼睛不露声色地仔细打量了康诺弗一会儿,然后用手指示了示意,带他们穿过去,走到另一名四肢爬地在拱食的士兵跟前。上尉站在他的上方,过了一会儿,伸出穿着拖鞋的一只脚,放在士兵的肚子下方,并没有踢他,而是用脚把他抬起翻转,使他仰面朝天。

这个人仿若无骨地慢慢翻了过去，好像上尉脚下没有触及丝毫重量。他安静地躺在那里，眼睛瞪着白晃晃的天空，依然拳头紧握，膝盖还是僵硬地弯曲着，保持着爬行的姿势。他的衬衫和裤子已破烂不堪，膝盖和拳头的关节红肿破皮，嘴和下巴糊着一堆泥和血块。冯上尉用破拖鞋的后跟在土里挖着，然后弯下腰，扯出一根纤细的歪歪扭扭的草根，草根上连着了无生气晃来晃去的干枯草茎。他举起来给梅瑞迪斯和康诺弗看。

"当然，大多数植物的根都是可以吃的，"他谨慎地说，"但不是所有的根都是好的，只有少数是好的。这种就一文不值，太干，太细。有一些草根里面有汁，还有肉，这些人就是在找它们。"

"哦，天哪！"梅瑞迪斯自言自语，闭上了双眼。

"可为什么要这样？"康诺弗感到头昏眼花，提出抗议，"就像——就像动物！就像该死的羊，或者牛。他们就不能挖出来吗？"

小细眼茫然地看着他。

康诺弗用中文问了一遍，冯上尉的表情仍然一片空白，"这些人很虚弱，"他说，"非常虚弱。我们到这之前已经很饿了，十天前断了补给，又没有其他吃的，已经死了三百人了。三百？四百？"他的肩膀微微动了一下，这个动作和他面无表情的脸一样让人看不出来任何意思。"要想活着，没别的法子了，"他说，"他们在用牙齿来找草根。"他小心地解释着。

"是的。"康诺弗冷冷地答道，看着眼前缓慢爬行的身影。

有一些士兵已经离尸体很近,他正看着时,一个在地上蹭来蹭去的士兵一头撞上了死尸,又往另一个方向爬开了,连头都没抬。

"他们用牙来找草根是因为他们在看得见草茎的地方下嘴,就能辨别草根有没有汁,"冯上尉说,"他们已经学会了这一点。"他言语间似乎带着骄傲。

康诺弗盯着他,哑然失声。

梅瑞迪斯说:"你们的司令部呢?他们肯定知道这里的情况吧?"

冯上尉没有说话。

"或者,为什么不派人坐那边那辆车,"康诺弗说,"去报个信。"

"我们没汽油了,"上尉说,"他们没有给我们任何补给。已经十天了……"

"是的,是的,你说过了,"康诺弗不耐烦地打断他的话。"天哪!我从没听说过这样的事!"他突然粗暴地说道,狂野地挥动双臂,"你的意思是你们就这样被丢在这里等死?整个团就这样被活活饿死?而你什么办法也不想,除了……除了让他们这样?"

冯上尉平静地看着他。"他们不管我们,"他说,"他们把我们像牲口一样使,现在牺牲掉我们也不要紧了,我们是老兵,我们已经厌倦了战斗和行军。"他耸耸肩,"我们不是本省人,我们是从四川来的。"他粗暴地说着,声音低沉单调,丑陋野蛮的脸上没有丝毫表情——既无愤恨,也无恐惧,甚至连容忍都没有。

"在这里的这些人——你就剩下这些了?"梅瑞迪斯问。

"噢,不。还有别的,在旁边的地里,和那块地,还有那边。路的另一边更多。他们不得不四处觅食,草根不多,这片地区很干旱。去那边看看。"他伸出一根脏兮兮的手指指了一下,"如果你们站到那个小土坡上,就能看到周围的一切。"

他们木然乃至盲目地按照他所说的去做。走上坡顶后,他们看到了其他地里的情况。无论他们看向哪里,都有穿着破烂军服的身影在地上爬行,了无生气,就那样爬着,像蛆一样。终于,康诺弗生气地咕哝着说:"这是我见过的最令人作呕的事!太吓人了!……这应该是——"

"我们可以做点什么,"梅瑞迪斯急忙说,"我们可以去柳州的中国司令部。我们可以迫使他们采取行动。让冯告诉我们总司令的名字,或者他这个团所属的部队,问问他——"他突然停了下来,碰了碰康诺弗的手臂,"他在哪?"他说,"冯在哪里?"

除了爬行的身影和地里的死尸,还有站在干涸的山丘顶上的他们自己,四下空荡荡的。

"可——可我以为……"康诺弗茫然地摇摇头,"我以为他让我们过来的时候会跟着我们。他肯定已经回去了。噢,天啊!"他马上警觉地尖叫起来。

"吉普车?"梅瑞迪斯看着他。

"对。"康诺弗慢慢点了点头。

他们急忙朝着大路往回走，但走偏了一点，因为他们没有见到来时穿过的那个荆棘丛豁口。最后他们找到了可以穿过荆棘丛的另一条路，他们现在的位置在吉普车的后方，离吉普车大概有五十码远。他们可以看到冯上尉矮胖的身影正站在挂车旁，和他在一起的还有五个穿着褪色军装的士兵，肩膀上都挂着步枪。其中两个士兵正在解油布的绳子。冯上尉背对汽车站着，手里握着那支大大的黑色鲁格尔手枪。

康诺弗轻轻吹了声口哨。梅瑞迪斯感到太阳在炙烤他的后背，汗水刺痛了他的眼角。

在他们和吉普车之间，灰尘滚滚的路就像一条褐色的丝带，似乎已经扩展到整个围绕在他们四周的广袤而空旷的平原。一阵阵风吹起尘土，形成一个个舞动的小圆锥，四处飘荡，又散落在地上。梅瑞迪斯真希望自己没有把卡宾枪落在客栈里。

"有戏看了。"康诺弗低声说，"他把他那支该死的枪拿出来了。"

"我知道，"梅瑞迪斯伸出舌头舔了舔火烧火燎般的干燥嘴唇，"我们现在该怎么办？"

"怎么办？"康诺弗想了一会儿，然后皱起眉头，耸耸肩。"只有一件事可以做，"他平静地说，"你待在这里。我们本来可以用得上那支卡宾枪，不过……"他又耸了耸肩，"那又怎么样，他们有六个人，全都有枪。"他快速打开点 45 手枪枪套的钉扣，把枪抽了出来，拉开枪柄的弹夹，查看子弹是否满膛。他盯着最上面那颗子弹短粗的弹头看了好一会儿，然后把弹夹推回去,大拇指抵住保险栓。

"你打算怎么办?"梅瑞迪斯沙哑地说。

"怎么办?"康诺弗唇边现出一丝微微的笑意,"我要走过去,把那些我们用不着的口粮给他。我们说过他可以拿去,我们几个小时后就到柳州了。"他小心翼翼地穿过荆棘丛的豁口。

梅瑞迪斯想说些什么,但舌头发干。

"你留在这里,"康诺弗平静地说,"我能应付。"

他跳过土沟,开始慢慢沿着路中央朝吉普车走去。他的右臂僵硬地垂着,点45手枪轻轻扫过他的膝盖,枪口朝下对着地面。除了手臂的僵硬外,他故意装出一副满不在乎的样子往前走着。太阳几乎就在头顶上,没有给他的身体投下明显的阴影,他那闪闪发亮的头发被照得更亮了。他缓缓地走着,脚下扬起的一阵阵尘土绕着他的脚踝飘荡,给人一种仿佛他在慢慢涉过某种温和而浓稠的液体的错觉。

康诺弗从荆棘丛一出来,冯上尉就从挂车边走开了一点,仿佛在占据一个有利的位置。等康诺弗在路上走了大概十步或十五步的时候,他举起了鲁格尔手枪。康诺弗继续泰然地往前走,中国人伸直了手臂。在灼人的静寂中,梅瑞迪斯想象着自己能听到鲁格尔手枪被扣压扳机发出的微弱咔嗒声。

两个中国人继续笨拙地拉扯着挂车上没有解开绳索的油布,另外三个站在吉普车的后面,无动于衷地看着,等待着,大拇指勾着步枪的背带。

康诺弗稳步向前,握枪的手臂僵硬地垂在身体一侧,柯尔特手枪短短的黑色枪管对着他脚边扬起的尘土。

梅瑞迪斯透过荆棘丛凝神看着，他感觉自己的喉咙一阵窒息，也能听到自己的心脏在剧烈地怦怦直跳，灰尘凝结在他干燥的鼻孔里，还混杂着那个中国上尉身上散发的酸腐味。康诺弗此举令人钦佩，他知道，甚至勇敢得近乎愚蠢，但最重要的是，这样的举动他永远也做不到……但他脑海里翻涌的既不是康诺弗的勇敢，也不是康诺弗正面临死亡的威胁，因为他能看到鲁格尔手枪黑洞洞的枪口正瞄准着他自己的心脏，而且他知道，他们杀了康诺弗之后，肯定会杀他，而他手无寸铁无法自卫，漆面枪托上划有二十二条小记号的卡宾枪因为他的懦弱和恐慌，被落在了柳江边的客栈里……

现在康诺弗离上尉已不到十码远，他的步履依然谨慎从容，点45手枪从来没有从膝盖处举起来过。冯上尉刀痕般的小细眼看着他越过鲁格尔枪的视野，越走越近。康诺弗一直走到手枪枪口离他的胸口只有三英寸①的地方才停下来，然后，他举起左臂，轻轻地把手枪拨到了一边。他同样冷静从容地把自己的点45放在了吉普车的车盖上，然后转过身，背对上尉，朝挂车走去。他把那两个士兵推到一边，把油布的最后一个角拽了下来。

梅瑞迪斯跌跌撞撞地越过土沟，他喘着粗气，眼睛感到一阵火辣。只见康诺弗抬出一箱C口粮，扛着它穿过大路，放在

---

① 三英寸为7.62厘米。

了土沟旁的坡上，然后走回到挂车处。冯上尉走过去，坐在箱子上，叉开裹着绑腿的两条粗腿，手里还握着黑色的手枪。

梅瑞迪斯跌跌撞撞地走到挂车前。康诺弗转过身，微微一笑，脸上闪着汗水，额头上发黑的青筋突起，土黄色卡其布衬衫的肩膀处已湿透，呈现一片黑色，紧贴在他身上。

"我们给他两箱C口粮，"康诺弗说道，语调不慌不忙，不露声色，"再给一打K口粮，应该可以了。"梅瑞迪斯走过来帮他，"我来就行，"康诺弗的语调丝毫未变，"你拿起放在那边的柯尔特手枪，坐上驾驶室。别慌，表现得随意一点。把火打着，做好准备。我预感这事还没了结，我们得尽快离开这儿。"

那个中国上尉听到他们在一起说话，便从口粮箱上站起身，朝挂车走来。康诺弗咧嘴笑了笑，抬出一箱C口粮，准备递给对方，但上尉无动于衷地看着他，朝其中一个旁观的士兵打了个手势。"阶级有别，"康诺弗轻轻地说，把箱子递给了那个士兵，"我猜这个家伙是西点军校出身。"

梅瑞迪斯爬上车，坐在驾驶座上，一语不发。康诺弗开始搬K口粮盒子。他故意一盒一盒地往外拿，把它们抛到路对面放着第一箱C口粮的地方。其中一盒击中箱子，掉进沟里。冯上尉穿着拖鞋站起来，靠着挂车，用鲁格尔手枪的枪管轻轻地敲了敲其中一个备用油箱。

"满的，"康诺弗爽朗地说，"汽油，那个也是。"他指向另一个罐子。上尉往那边探了探身子。"打火，"康诺弗用同样爽朗随意的声音说,"好戏开始了!"

梅瑞迪斯按下启动按钮,康诺弗则用左手一把抓住上尉的上衣衣领,猛拽了一下,同时伸出右拳猛击那张粗野的圆脸。他能感觉到对方的破衣服在自己的手指下撕裂,然而那人的体重使他失去了平衡。他踉跄了几步,尘土在他身边扬了起来。他猛地抬起膝盖,左手狠狠挥拳,上尉滚翻在地。康诺弗扑上梅瑞迪斯旁边的副驾座位时,看见一个士兵把步枪从肩上卸了下来。

"走!"他大喊。"油门踩到底,兄弟!"

沙子从吉普车的轮子下弹出,像一铲尘土一样被撒向空中。吉普车沿着车辙颠簸着疾驶向前。梅瑞迪斯在运兵车的后面猛打方向,绕过了运兵车。这时,挡风玻璃碎了,在他眼前裂成黑色蛛网般复杂的形状。一颗子弹击中紧挨着他的金属车身,弹飞了出去,发出了悠长的呼啸声。

"低头!"康诺弗说,一边把头埋得低低的。

梅瑞迪斯把挡位猛推至最高挡,高高地抬着头,因为他已无法透过被子弹击碎了的玻璃看清前方。吉普车车速快得几乎在松垮的路面上失去了控制。他能听见后方的射击声越来越弱。有一下是大鲁格尔手枪发出的低响,有两次,子弹击中了挂车。他为轮胎祈祷着。

在两边的地里,他看见士兵们都在跑。一个个苍白、瘦弱、骨瘦如柴的身影,现在都站起来了,跌跌撞撞地朝大路跑来。他们的动作看起来就像醉汉一样,直着膝盖踉踉跄跄跑几步,不停跌倒，站起来，跑几步，又跌倒。在他们中的任何一个来到大路之前，吉普车已经绝尘而去。

"我好像得了个纪念品。"过了一会儿，康诺弗说。他小心翼翼地抬起头，又低头看了看。在他握着的左手手心里，有一片被撕扯下来的脏兮兮、褪了色的布，上面钉着一块肮脏的长方形金属徽章，带有表示中国步兵上尉的三个小三角形标志。他的嘴咧了一下，"这些记者冒了多大的险啊！"他说。

"你干得不错。"梅瑞迪斯说。

"确实。我很高兴是由你来开车，我肯定会搞错挡位，紧急关头我总是这样，总是。比如，每次要驾车离开一个很棒的夜总会或者饭馆的时候，如果身边是个漂亮的姑娘，我想给对方留下个好印象，就总会在倒车时撞上什么，或者搞错挡位，或者把发动机弄熄火了。"

"你用不着开车，你做的是最难的事情。"

康诺弗沉默了一会儿，点燃一支香烟，慢慢地吐出烟圈。"挡风玻璃碎得不成样子了，"他说，"我们停下来的时候最好把它弄下来一点，这样你能看得清楚些。"他吸了口烟，长长地呼出来。"伙计，我们绝对是进入了印第安人的领地啊！"他说，"谁会认为我们是在和友军打交道啊，对吧？这些可是中国人！我们勇敢的盟友！而且这边还有很多促进中美友谊的社团呢！照他们对待我们这两个冒险家的态度，我们倒像是在日本防线一百英里以内。"

"依我看，人快饿死的时候，眼里是没有朋友的。"

"当然，没错。"他放任自己的思绪飘远。对于已经发生的一切，他感到一种奇怪的愤恨，仿佛它并没有完全按它应该遵照的方式去得到解决。他们死里逃生，他很高兴，但即使是这种如释重负的感觉也让他有一点不满意：他感到自己被掏空了，筋疲力尽。他心中的钦佩之情让他感到有点兴奋与愉悦——这钦佩不仅是为他自己，也为梅瑞迪斯刚刚表现出的那一幕：梅瑞迪斯准确无误地快速换挡，风驰电掣地沿着大路疾驰，抬着头，下巴高高扬起，一丛丛直立的棕色头发被风吹得贴在头顶，子弹噼啪作响——但是在某个地方仍然有一个他无法完全填补的缺口。他疲惫不堪，已无力去分析那到底是什么，但它就像他脑海里晦暗的一块，等待着被识别。思忖中，他垂下视线，又看到了冯上尉那块脏兮兮的长方形金属军徽。他久久地凝视着它，仿佛看到了那人粗鄙的脸上一切野蛮的印记，闻到了他身上令人讨厌的动物般的恶臭，看到他那双眼睛透过鲁格尔手枪的准星看着他。然而这个形象似乎不那么重要了，他脑海里又浮现出那些衣衫褴褛、痛苦不堪的士兵，他们在他身后唯唯诺诺，毫无斗志；还有那些在地里跌跌撞撞的士兵，摔倒，抓住地面，又站起来，在土里蹒跚，在懵懵懂懂间似乎看到了一个短暂的、转瞬即逝的获得救赎的机会，但是在他们抓住这个机会之前，它已经沿着大路溜走，消失在汽车后升腾起的一团尘土中。

他们的冒险似乎突然变得廉价起来，整个冒险之旅的轮廓显得愈发模糊。他不愿意想起梅瑞迪斯说过的关于客栈那个女孩的话:"这是乘人之危……都是一样的,某种程度上……"康诺弗呆呆地盯着冯上尉的徽章,然后用力把它甩到车外的路上。

梅瑞迪斯看到他的举动,说:"不要纪念品了?"

"对,"康诺弗说,"不要纪念品了。"

梅瑞迪斯没有说话。过了几分钟,"你现在对我之前说的那件事有何感想?"他说,"我是说以我的方式去写报道那件事。"

康诺弗端详着他的手指,"你这是什么意思?你的方式?"他怒气冲冲地说,无法抑制自己的情绪,"你的方式,我的方式——和这有什么关系?"他握紧拳头,"该死的和这有什么关系?"

"这是事件的一部分,"梅瑞迪斯说,"这些都是整个事件的一部分。"

"那你构思框架去吧!我累了,你自己想吧。"

"我不是想——"

"你脑子里有个想法,就想把一切都往上套,"康诺弗激烈地说,"但是不是这样的。刚才发生的事和费边·凌有关系吗?他妈的没有!这样的事情一直在发生,该死!一直都是这样!费边·凌在银行当出纳员的时候就这样了,以后当费边·凌冷冰冰地躺在一个巨大昂贵的大理石墓穴里的时候,也还会是这样!"

"但这是同一个事件的一部分,"梅瑞迪斯坚持着,"我跟你说,都是同一件事的一部分。"

"你很聪明,你全都琢磨透了。你把所有的风车都竖起来了,一个接一个,世界上所有的风车。如果你愿意,你这辈子都可以去攻击它们。打倒一个,下一座山头又会有另一个立起来。我没意见。我不愿意破坏任何人的乐子。但我还有别的事要忙、要想。"

"它们都是同一件事的一部分,布鲁斯。"梅瑞迪斯耐心地说,"腐败一直都存在,这是最根本的,是一切变坏了的东西的核心。那些伪造的政府公告,费边·凌和当局勾结,他草菅人命然后逍遥法外,陕西部队在衡阳全军覆没,还有刚才那个兵团的那些死路一条的可怜家伙们,他们在干旱的地里饿得奄奄一息,就是因为有人——也许是像费边·凌这样的人——想把粮食和补给用来为他们盘算的其他用途服务。你不明白吗?如果核心不腐败,那这些事情都不可能发生。如果核心腐败了,那这些事都会发生——不止一次,而是一次又一次。如果没有人去挑战它们,它们会一直不断地发生。你必须要直捣核心,把问题揭发出来,然后一切就清楚了。"

康诺弗一言不发地看着他。梅瑞迪斯坐得笔直,后背挺起,透过挡风玻璃破碎部分的上方看向前方,他那双深陷的灰色眼睛盯着前面的路,双眼半闭,以免风沙入眼。僵硬的脖子姿势和他脸上的神情似乎使他的话有一种矫揉造作之感。他看上去有点一本正经,有点自命不凡。像一个政客,康诺弗心想,沐猴而冠。康诺弗感到自己的愤怒和不耐烦渐渐消散了,他知道自己曾经很喜欢梅瑞迪斯，也很钦佩他，他也知道自己现在很同情他。

当他一开始意识到自己是在同情梅瑞迪斯时，他还有点吃惊。然后当他停下来仔细思忖这个想法时，瞬间恍然大悟，欣喜不已，他明白了自己为什么会有这种感觉。

他意识到，在他迎着那个中国上尉的枪口走在尘土飞扬、炙热难耐的路上那漫长的几秒钟里，他已经占了梅瑞迪斯的上风。虽然梅瑞迪斯比他年长，但他再也无法扭转这种局面了——他们一起站在荆棘丛后面时，他就真真切切地感觉到了梅瑞迪斯的恐惧。而且，他知道，在某种微妙和难以捉摸的意义上，他已经差不多洗清了身上背负的罪孽，自他和客栈里那个女孩发生那样的事情后，他就一直背负着罪孽，至少梅瑞迪斯是这样想的。现在他已经和梅瑞迪斯建立了一种新的关系，在这个关系里，他无可争辩地处于绝对优势地位。

他现在也明白了，他对梅瑞迪斯的同情——这种同情在轻蔑中或许会更显而易见——其实一直都存在于他的脑海里。他的直觉告诉他：梅瑞迪斯正变得越来越可悲。正因如此，他夸他开吉普车夺路逃生干得很漂亮，想让他感觉好一点……当然，这种夸奖也是公平的：梅瑞迪斯表现出了足够的勇气，一种绝望的勇气，就那样昂首挺胸地把车开走了。或许这仅仅是情急之下产生的一种动力？他们像一对受惊的兔子一样从客栈夺路而逃，驱使他们的同样是那种盲目而慌乱的动力。但即便如此，梅瑞迪斯已经干成了这件事，他应该得到认可。康诺弗觉得自己心胸够开阔，没有忽视梅瑞迪斯所做的这件事，他感到很高兴。但当遇到危险情况，必须进行冷静而切实的分析，必须沉着而细致地直面应对时，可怜的老梅瑞迪斯就歇菜了。

当然，这种时候他总要彰显自己在思想上高人一头，以此来掩盖自己的弱点。他会说些玄之又玄的胡言乱语，假装自己看到了比现实意义更深刻、更黑暗、更微妙的一面，却回避摆在他眼前的现实，在比喻和象征的安全盾牌后面躲闪。老一辈的人非常喜欢这么做，他们总想用抽象来代替现实。这就是为什么西班牙内战会一片混乱——正因每个人都陷在自己糊里糊涂的理念和抽象的英雄主义里，像希特勒、斯大林和墨索里尼这样的现实主义者才有可乘之机，将他们踏在脚下。这就是为什么梅瑞迪斯出于自己迷乱而纠结的罪恶感而编造出某种奇怪的、扭曲的所谓"强奸"故事来。他看不见事实的真正样子——一个男人和一个妓女睡了一觉，这是很稀松平常的经历——他非要把这事和那个躺在砂堆上的桂林女孩捆绑在一起，这样一来他就能为自己所有背叛原则的行为找到借口……

这次采访任务让梅瑞迪斯变了一个人，康诺弗知道自己会因此一直牢记此次行程。看到像梅瑞迪斯这样一个心硬的人失控，挺有意思的。在某种程度上，也有点令人伤感，但真的很有意思。

可怜的梅瑞迪斯——他说起话来滔滔不绝，老是故作镇静，永远在自欺欺人，躲躲闪闪，这样他就无须面对真正的自己。他居然义正词严地宣称要勇敢地揭露真相。这个可怜人还真以为自己是爱弥尔·左拉①!要写一篇《我控诉》!但是事实是,梅瑞迪斯会回到昆明,以老牌资深外国记者的身份,迅速写出一篇引人注目、才华横溢的纪实性报道。费边·凌又会请他喝酒,梅瑞迪斯会露出更神秘莫测的微笑,边说着"干杯",边朝房间那头微微欠身。他会这么做,因为这样他就无须面对那个偷偷藏在荆棘丛后面、穿着靴子的双腿瑟瑟发抖的自己。可怜、可悲的家伙!

"你一直在想这件事?"梅瑞迪斯问。

"没有,"康诺弗说,"我在想别的。我们不会再经历这些了吧?"

梅瑞迪斯摇了摇头,继续开着车,默不作声。

死尸和以前一样多,但现在他几乎注意不到它们,除非它们出现在路上,他不得不减速绕过去。他没有提醒康诺弗该轮到他开车了,他宁愿全神贯注地开车,而不是无聊地坐着,任凭思绪折磨自己。接近一点的时候,他们爬上一座尖坡,从那里往下俯瞰,下面宽阔的山谷里似乎挤满了人。

前方有两条路,一条朝东,一条朝西,和他们驱车的路会合。从路口望去,山上黑压压全是树。三条路交会处附近,所有的田野里都有人,看上去似乎有一排排帐篷和停放的车辆。小路

---

①爱弥尔·左拉(Emile Zola)曾在著名的法国《震旦报》头版发表写给法国总统的公开信,名为"我要指控……"(J'accuse!),支持被错误宣判的法国犹太军官,指控法国政府的反犹太主义倾向,在法国和欧洲产生了广泛影响。

上挤满了微小的身影,像一排排有序地向巢穴移动的蚂蚁。

康诺弗打开地图夹仔细查看。"没错,就是这里。"他压抑着兴奋说道。"那是三条主路会合的地方,过了路口大概再有二十千米就到柳州了。下面好像有军队驻扎。"他说。

梅瑞迪斯驶下山谷,并没有兴高采烈的感觉。这一路,他们不断经过死人尸体,尸体似乎没那么多了,但又或许是在地里散得更开。

路口往北一百码,他们来到了一个方形帐篷和一个军事岗哨前。两名挎着步枪的士兵走到路中央,示意他们停下,步枪上固定着刺刀。士兵头戴美式头盔衬里,束着厚实的军腰带,着装整齐,还算干净。康诺弗爬出车外,在其中一名士兵的陪同下走到帐篷处。另一名士兵背对着梅瑞迪斯稍息站立,面朝路口。

梅瑞迪斯看到那边有许多战士,其中一队站在一辆军用卡车上,身上配有刺刀。他们似乎遇到了几近失控、无法解决的拥挤问题。成百上千的中国平民挤在卡车周围,挥舞手臂,大声喊叫,不停挣扎,你推我搡,摔倒在地,都竭力想爬上卡车的侧面,却又被警惕的士兵们推了下去。两边路上,其他平民缓慢前进,推推挤挤,争相抢占有利位置。尘土升腾,像一团团暗褐色的浓云。

康诺弗和一个年轻帅气、衣着整洁的中国副官走出帐篷,他们在一起谈了几分钟,然后中国人做了个无奈的手势,向康诺弗和那个带他去帐篷的警卫挥手作别。副官阴郁地盯着吉普车看了一会儿,耸了耸肩,回到帐篷里。

"没问题。"康诺弗走到梅瑞迪斯跟前,"我们得慢点儿开,一个中国人会和我们一起经过那个路口,他可以坐在车盖上。"

"怎么了?"梅瑞迪斯疑惑地说,"那边到底发生了什么事?看起来像是发生了暴动一样。"

"我想是和人数有关,如果你把一百个以上的中国人集中在一起,他们就全乱了。"

"为什么?"

"老一套。他们以为日本人要打过来,很害怕。"

"可是最近的日本人在四百英里以外。"

"只是可能。"康诺弗耸耸肩,"昨天早上,我们开出桂林的时候,你把卡宾枪拿出来了,也是以防万一。"

梅瑞迪斯什么都没说。难道这只是昨天早上才发生的事吗?

"没人说得准,这是关键。"康诺弗说,"我觉得也不能怪他们感到恐慌。政府公告怎么说,你是知道的。这是个很大的国家。没人知道桂林发生什么事,不是吗?看起来也没人和那边那个可怜的队伍有任何联系。我想日本人不需要采取明显的行动。"

"你的意思是这里的恐慌是由有关桂林的公告引起的?"

"有一部分原因吧,我想。不过不只是这样。山上的一些村子遭到了低空扫射,而且前天晚上柳州被轰炸了,日本人可能是要削弱中方的防御,接下来可能会有所动作。"

"但这些人肯定都想去柳州,不是吗?"

"是的,这样他们就可以坐火车走了。"

"这正是桂林人想要做的,可他们的运气不怎么好,对吧?"

"这里的情况好像有所不同。首先,这些地区的干旱并没有那么严重,据那个副官说,这里最大的问题是拥堵。"

"你可别跟我说这块地方能养活那一大群家伙!"梅瑞迪斯表示异议,"这里的干旱可能不如沿路那么严重,但你肯定不能把它称为'流着奶与蜜的土地'。"

"嗯,饿肚子的事是有的,我敢肯定。"康诺弗承认道,"但他们说最根本的问题仍然是拥堵,目前饿死人的事不是需要首要考虑的事。"

梅瑞迪斯用一种难以置信的表情看着他。让他感到匪夷所思的,不是他说了什么,而是他的说话方式,他的思维方式,他能把任何经历都轻描淡写地变成肤浅的、表面的范畴,变成像次要考虑、根本问题这样的陈词滥调。在过去的二十多个小时的时间里,康诺弗一直穿行在一个无情的死亡世界里,一个饥饿致死的世界,他卷入其中,能够触摸到它,闻到它散发的恶臭,甚至在泥堆上奸污了一个女孩……而现在,他就这样说着这些事,说着饥饿,说着饿死,就好像它们是可以从手册上读到的、有趣的统计事实!

"据帐篷里那个家伙说,"康诺弗接着说,"柳州难民为患,已经没有足够的粮食提供给他们,饿肚子是肯定会的,没错,危险在于他们会失控,那就糟了,但这是从北边南下到柳州唯一的路,一路往这来的其他难民也都聚集在这里,形成了瓶颈。这里有成千上万的人,所以他的师才被派到这里来。"

"来不让他们进城?"

"所有在城里没有正当职业的人。"

"你的意思是,想要求生,活着,这不正当?"

"我想他们就是这么认为的。他说到城里的这一路上他们都设了岗哨,离城里更近的地方,据他说还有一队坦克兵。"康诺弗不以为然地咧嘴笑了笑,"我之前不是说过这里像是印第安人的领地吗?老兄!"

"不让他们进城,他们就饿死在这里了!归根结底是一回事。去柳州还得一直往前走。"

"嗯,我明白他们的意思。他们想让他们从哪儿来回哪儿去,回到自己的村子和农庄。"

"他们回了吗?"

"应该没有,副官似乎不太高兴。他说他们先是坐着,到了晚上就设法偷偷溜过岗哨,按他说的,发生过几起'事件'。"

"'事件'是什么意思?用其他方法解决掉这个问题?不管从哪个角度看,这些可怜的家伙们都没多少胜算,对吧?"

"是的,但我们要公正看待这件事,毕竟我们还没见过柳州的情况。我想这些军人像其他人一样,需要恪尽职守。我能明白他们看问题的角度……他们面临的问题。"康诺弗耸耸肩,"嗯,要不我们去看看。"他提出建议。他朝在一旁等待着的士兵招了招手,然后爬上了汽车座椅。士兵坐在车前盖上。梅瑞迪斯启动了发动机。混蛋康诺弗,他狠狠地想。混蛋康诺弗和他的公正!

"朝他们使劲儿摁喇叭,"在他们离乱糟糟的路口越来越近时,康诺弗建议道,"如果你不这样的话,我们永远也过不去。"

梅瑞迪斯把大拇指放在喇叭按钮上。

"别慢下来,"康诺弗说,"朝他们冲过去。"

梅瑞迪斯把脚伸向油门,又犹豫了。

"别害怕,"康诺弗说,"他们会散开的,开过去,伙计!"

梅瑞迪斯踩在踏板上,疯狂地按着喇叭。他让康诺弗的意志占了上风,服从了他的指示,这让他有一种锥心的自卑感;他意识到务实主义名正言顺地战胜了自己的恻隐之心,这使他深感痛苦和厌恶。康诺弗就是那个务实的人。他用务实的手段来处理问题。当然,他这么做是完全正确的。而他,梅瑞迪斯,对此无能为力。而且他什么也不想做……

"看在老天的分上,伙计,继续前进!"康诺弗厉声说,"不然他们会把我们团团围住的。"

坐在车前盖上的士兵朝人群高声叫喊,挥舞着装有刺刀的步枪。康诺弗也在大喊。军用卡车上的士兵弯下腰,大声嚷嚷着。人群挤在吉普车的前面,围拢在它的周围,又填满了它的后方,所有人都在大喊大叫。一张张长满皱纹的脸和一双双绝望的眼睛组成的模糊形象似乎在他周围旋转,梅瑞迪斯退缩了,他伸出手,猛地一拉手刹。

"见鬼,你停下来干什么?"康诺弗愤怒地质问,"如果你一直往前走——"

"你说我该怎么办?碾过去?"

"他们会让开的,这你知道,你一开过去他们就会让路。现在我们就被困在这儿了,该死!我们得花一个小时才能脱身。"

"我们有的是时间,"梅瑞迪斯疲惫地说,"我们没有什么特别任务,至少我没有。"

人群挤在吉普车的周围,但已安静了下来,士兵们也默不作声,好奇地看着,等待事态的发展。梅瑞迪斯熄了火,身体往后一靠。他敏锐地感觉到了康诺弗的愤怒,这让他很高兴,因为他自己也很愤怒,并暗暗地为自己如此软弱地屈从于康诺弗的指挥而感到羞愧。

"记住,这就是你原来想看到的,"他尖刻地说,"你原来想看看和报道有关的另一个地方,不是吗?嗯,这就是了,为什么不看看呢?为什么要开过去?"

康诺弗转过脸来,怒气冲冲,脸色苍白,"别跟我来这一套,"他说,"你没资格这么说!老天!你不能这么说!"

梅瑞迪斯控制住自己的怒气,说:"这个士兵不是受命带我们过去吗?他跟我们来是干什么的?要不让他想想办法?"

康诺弗张嘴要说些什么,但又闭上嘴,转身对士兵说了几句。士兵专心地听着,然后傻傻地笑了,耸了耸肩。他试图从车盖上爬下来,但挤在车边的中国人太多了,他没能把腿放下来。他敷衍徒劳地挥了几下步枪,又把脚收了上来。梅瑞迪斯突然发现其他士兵都已经爬上了军用卡车,因为那里更安全。被困在缓慢移动、密密麻麻、互相推搡的人群里,他们已别无他法,除非亮出武器,但现在还不到迫不得已的时候。从这些人的脸上的表情看,他们的耐心是强装出来的,事态有恶化的可能性。但他们的眼里仍然流露出某种希望,而当希望还在,他们的意图就不会那么危险。梅瑞迪斯想知道,副官所说的"事件"到底是什么意思?

"呵,"康诺弗说,"也许你有办法?"

"我不知道,我们看情况吧。"

他撑着方向盘,在驾驶座上站起来。路口处的人群最稠密,但仍然能流动:只有吉普车周围的中国人挤得水泄不通、无法动弹。两边的路上,仍有数以百计的人涌来,男人,女人,孩子,但他们走得很慢,非常谨慎小心,时不时地停下来和等在路边的人说话,或三三两两焦虑不安地攀谈着。偶有肩上挎着步枪的士兵在他们中间漫不经心地走着。

在几条路相交处四周的田野里,成千上万的其他中国人搭起了临时的栖息地。他们用木柴烧火做饭,蓝色的烟从火堆上升腾而起,与大路上飘来的一团团尘土相遇,在天空的衬托下变成了绿色。在某些地方,这绿色就像一摊酸渍,在其他地方,又像远处树木的叶子,一片青色。烟在靠近地面处与飘在空中的尘土汇聚,像极了破旧褪色的布。田野里的人们一伙一伙地分散着蹲在能蹲的地方，互相离得很近——从他们的样子看，像是一个个家庭，又或许是同一个地方来的人聚集在了一起，因为他们面临着一个相同的困境，都面临着生存这个令人焦虑的问题。孩子们在其中玩耍，跑着、跳着，玩着棒击游戏，互相扔着土块。九个小女孩神色凝重，踮着脚围成一个圆圈在跳舞。一个男孩拉着风筝在奔跑。一个满脸痛苦的老妇人坐在一个小孩子旁边，不停地甩着指关节。如果没有前面那些盯着吉普车的面孔，如果大人们的眼睛也不总往南边的路瞟来瞟去，眼前的景象像极了农民们为了某个乡村大集而聚在一起的情形。梅瑞迪斯越过眼前人群的头顶，看到一伙伙分散在田野里的人们，突然痛苦地想起另外那些聚在一起的人们，在沿路的某个地方，就像这样，成群结队地死在了干旱的土沟里。

　　过了路口，在往南延伸的路上五十码处的地方，他为他刚才一直感到困惑的问题——路口的军事管控显然不堪一击，人们却如此顺从——找到了解释。那里有一个用汽油桶、带刺铁丝网和木条搭起的坚固的路障，路障那边站着一队步兵，苍白炽热的阳光在刺刀刀尖上闪烁，路两边各有一架老款的维克斯机枪指着路口。梅瑞迪斯能看到在粗大的凹槽枪管后面枪手那黝黑的、毫无表情的脸，子弹带从机枪后膛盘绕而出落到了打开的弹药箱里。每把机枪旁边都堆着墙一样高的备用弹药箱，每个箱子的末端都印着白蓝两色的中国军队的太阳徽记，这些徽记看上去像盯着人群的茫然冷漠的眼睛。

"另一边有一个大的军事岗哨,"梅瑞迪斯说,"如果我们能从这儿过去……"

"如果你刚才没停下来的话。"康诺弗不依不饶地咕哝着。

"行了,我确实停了。来,给我一包烟,你挪过来开车,我出去想办法清出一条路。"

他拿起那包香烟,从香烟盒的顶部撕开,朝人群咧开嘴笑了,打起手势,试图从吉普车里硬挤出来。

"挺好①!"他乐呵呵地大喊,"挺不好!"他知道自己听起来很蠢,但他明白人群会对他这个样子有所反应——这是外国人愚蠢的哑剧,令人捧腹的无知表现,而且对这些农民而言,他的古怪产生了一种惊人的魔力。他夸张地扭来扭去,双脚探地,大声嘟哝着,还向离他最近的中国人扮鬼脸。人群开始往后退。他感到脚下触到地面后,又做出胸部被挤、喘不过气的样子,人们给他让出了更多空间。他开始沿着吉普车的一侧往前挤,手里拿着那包香烟向人群伸去。一个戴黑头巾的男人抽出了一根,他旁边的那个人很明显吓得不敢伸手,一个老妇不自在地咯咯笑了起来。她的反应使另一个女人用响亮、尖利、粗俗的声音说了什么,人群突然爆发一阵哄笑。梅瑞迪斯装出一副心烦意乱的神情,假装在人群的压力下跪倒在地。他低下身去,直到人们只能看见他努力往上伸的、高高举起香烟的手臂。一个人伸出手来,偷偷拿了一根,人群又爆发一阵大笑。

---

①原文为"Ting hao"。

梅瑞迪斯站起身,慢慢走上前来,头发蓬乱,假装沮丧地翻着白眼:他用手指轻弹烟盒底部,一根香烟弹了出来,一只脏手伸出来把它抽走了。笑声传到了卡车上的士兵中间,一直传到了路口。梅瑞迪斯溜到吉普车前方,转身面对康诺弗,开始一边向后挪着脚,一边示意康诺弗往前。康诺弗按下启动器。梅瑞迪斯身后的人群开始让开路,互相推拥着,为吉普车清出一条路。梅瑞迪斯继续缓慢地往后挪,一边咧嘴笑一边打手势,并向人群大声说一些没有意义的戏谑的话。康诺弗紧紧抿着嘴,慢慢地向前开。来到往南延伸的路上时,康诺弗停下车,梅瑞迪斯爬了上来,坐到他身旁。梅瑞迪斯转向人群,大喊:"挺好!"并竖起大拇指,做了个欢快的致敬手势,人群里又是一阵大笑,"挺好!"的喊叫声一直伴随着他们到达路障前。

士兵从车前盖上爬下来,走到一个军官面前。过了一会儿,一队士兵开始把汽油桶搬到一边。

康诺弗身体往前倾,伏在方向盘上等待着,说:"伙计,你真是个喜剧天才!我从来没想过你还会这一手。"

梅瑞迪斯微微一笑,"我以前登过台,你不知道吧?而且,做一件事总有不止一个办法。"

"确实是,不过我的意思是我不会想到用这种办法。他们看上去太不好惹了,我可不敢戏弄他们。"

"那是因为我有哲学天赋,"梅瑞迪斯冷冷地说,"我知道人快要死的时候,对粗俗的滑稽戏是没有招架之力的。倒不是'皇帝万岁,将死之人向您致敬①'那种表演。真的,除非有大人物在场才能这么干。绝对不是那种。我刚才的表演更像巴苏斯。他是古罗马的角斗士,是我最喜欢的历史人物之一,他常在竞技场上拿着金尿壶招摇而行,然后用它当自卫武器对抗敌手,观众非常喜欢。"

康诺弗迟疑地瞥了他一眼。

"为博一笑。"他说。

"没错,"梅瑞迪斯点点头,"为博一笑。"

康诺弗看上去好像还有话要说,但路障中已经清出了一条路,一个面无表情的少校不耐烦地招着手,康诺弗只好挂挡,开动吉普车,从缺口中穿过去。他本想停在那里,但少校急躁地示意他继续往前。他们向前开时,只听见木条砰砰地又被扔到汽油桶上。

路障这边的路十分荒凉,穿过灌木丛往山上的松林延伸。路上空荡荡的,但仍时不时有一队队的士兵在灌木丛中巡逻。再也看不见死尸了。有一次,车开上一个狭窄的、两旁是泥沟的山嘴,他们又看见一把维克斯机枪被装在一座低矮的峭壁上,正对着通往山口的路。三个士兵在枪旁仰面朝天躺着,在太阳底下呼呼大睡。一只淡黄色和朱红色相间的蝴蝶落在黑色的凹槽枪管上,有节奏地拍打着翅膀。

---

① 原句是拉丁文,出自古罗马历史作家苏维托尼乌斯的《罗马十二帝王传》,是罪犯和俘虏向克劳狄乌斯喊出的一句话。

走了不到八千米后,他们来到第二个岗哨。曾经向它发起冲击的另一波难民现在四散在邻近的田野里,焦急而警惕,却并没有像十字路口的人群那样吵闹。在他们的静默中,甚至在他们似乎被吓住了的样子里,有一种更深层次的、令人不安的绝望,仿佛他们已经被逼到了疯狂的边缘。靠近路障的地方——路障和先前那个一模一样,甚至连汽油桶的牌子都一样——一条狭长地带的泥土被新近翻过,堆成一个个简陋的土丘,看上去就像坟墓。挎着刺刀步枪的士兵在路障外面站岗,没有一个士兵对平民有好脸色。他们被耽搁了十分钟,一个上了年纪的上校粗暴地盘问了他们一通。然后,路障竖了起来,他们得以继续前进。

过去之后,路上有一段空荡荡的,然后渐渐地又开始挤满了人。梅瑞迪斯只能认为他们是从别的地方来的,或者在松林的掩护下悄悄溜过了军事防线;毫无疑问,有些人会在夜幕中溜过路障,从更远的十字路口那边过来。他们起初看到他们在两侧的路边鬼鬼祟祟地穿行在灌木丛里,在斑驳的灰、白、绿色的光和黑乎乎的树影间时隐时现。再往前走,这些人似乎变得更加自信,一举一动不带丝毫掩饰:最后路上挤满了他们倔强的、步履沉重的身影。吉普车渐渐慢了下来,和步行的速度差不多。康诺弗开着车,大拇指几乎粘在了喇叭按钮上,一脸的不耐烦和恼怒。

听到汽车嘈杂的鸣笛声,女人和孩子通常会马上跳开,有时会分散开来,怯怯地躲在树丛或者土沟里,男人们则慢吞吞,让路让得很勉强,还会站在一侧,用怨恨和阴郁的目光注视着吉普车缓慢地经过。有的人会顽固地留在路中间,康诺弗只好慢慢逼近他们身后,直到吉普车的挡泥板撞上了他们的腿,他们才让开。吉普车经过时,这些顽固的人会生气地咕哝,或者大声骂人。有几次,有人朝吉普车扔石块,咔嗒一声打中了挂车的后部。

大多数男人都是穿着蓝色破旧衣裳的农民或苦力——身材矮小、长着扁平脸、身体强壮的山里汉子,他们的头上围着头巾一样的黑布,大腿粗壮有力。几乎每个男人和女人的身上都扛着些东西。康诺弗看着他们的身影缓慢走来,又看着充满敌意的脸缓慢地从两边经过。他想起了梅瑞迪斯在桂林城墙外说的所谓的"凑篇幅的废话",他意识到这些正是"凑篇幅的废话"的真实呈现。"他们的故事总是一样的……我可以编上二十条这样能让你的读者落泪的新闻……你拿去用……"而他们就在他眼前,所有人——苦力挑的筐里装着他的儿子;男人弯腰驮着胜家牌缝纫机;年轻姑娘领着一个瞎眼老汉,老汉拄着一根弯曲的拐杖,在尘土飞扬的路上不停地敲击。"不妨把他们当成俄狄浦斯和安提戈涅……给韦斯特切斯特县的读者一些典故……"一个年轻人,只穿了一条蓝色棉布长裤,其中一个裤管的膝盖处已破烂不堪,他步履沉重地往前走,后背上一个老巫婆似的干瘪老太婆紧紧圈住他的脸子;一个老人用患了关节炎的双手抱着一只黑色的猪崽;一个满脸憔悴的农民肩上扛着他的长柄割草镰刀和梨木耙子。许多人抱着婴儿,婴儿的脸蛋像洋娃娃一样,一双眼睛在挂着辟邪护身符的红色帽子下圆圆地瞪着。(康诺弗,你要注意你的思绪在走向何方,因为所有的思绪都是互相联结的链条,夹紧又松开,卡住又分离。客栈那个女孩黑乎乎的、指甲断了的干瘦手指握起来,松开,并没有抓住什么,只是握紧,又松开。盘龙江边桉树下的妓女会做这个动作,江边停泊着运干草的舢板。沿着盘龙江,人们把已经死去的婴儿卡在桉树的下部枝条上,那些婴儿和他眼前的这些婴儿很像,洋娃娃般的脸,戴着挂有辟邪护身符的红帽子。妓女们站在树下小声拉客。为了安抚恶灵,防止别的孩子死去,死婴被塞进树杈里,身上穿着漂亮的衣服,冰冷的小脚在修长弯曲、散发香气的叶子间晃来晃去,脚上亮红色缎面的小拖鞋闪闪发光。小脚晃啊晃。在阴森的夜风中,小脚晃啊晃,妓女揽客的手指热切地一张一合。)这些诡异的场景让康诺弗心里一惊,他把自己的思绪拉回到眼前经过的身影上,尽量不去看那些瞪着眼睛的孩子的病脸,转而去注意人们身上背负的重担,以此避免看任何人的脸。布包裹、水罐、一卷竹席、一捆发臭的毛皮、某个蓄着胡子的祖先的画像、樟木盒子、磨泵飞轮、皱巴巴的兔皮彩旗、装种子的袋子、一个小孩的摇篮、一把破椅子、一捆柳条、一束粗纺羊毛……康诺弗的视线中掠过一个男人的身影:在一个直径一米半的镶铁马车车轮的重压下,男人的腰几乎弯到了地上……

"他们是怎么想的,为什么要费劲带这些垃圾?"他突然愤怒地问道,"他们到底想用这些东西做什么?"他挪动吉普车,碰到了一个肩上扛着木犁的男人的腿。男人向前踉跄了几步，然后跳到一边站住，回过身来，怒目而视。"到底怎么回事？"

"它们是物品，"梅瑞迪斯说，"只是一些物品，他们能扛得动的物品。我想他们会在柳州卖掉它们，或者用来交换。可能是为了食物，也可能是为了栖身之所，或者为了买火车票。"他顿了顿，接着补充道："如果他们能到那里。"在他们的前方，他看到第三座军事岗哨就设在一个矮坡坡顶的下方，岗哨的路障横跨过路面。

负重的人们缓慢、固执地朝着路障行进，仿佛为了获得安慰而互相靠得更紧密。吉普车一顿一顿地缓缓跟在他们后面，但越来越难挤出路来。最后，发动机突然一颤，熄了火，完全停了下来。"该死！"康诺弗小声地抱怨，坐在那里，耷拉着脸。在他们的两边，他们刚才经过的人们拖着沉重的步子往前走，乌黑的眼睛焦急地盯着前面。但他们最终也停了下来。几分钟之内，吉普车彻底嵌在了四周的中国人中间，无法动弹，只能被动地等着。路障还在一百多码远的地方。

"又到你进行喜剧表演的时候了。"康诺弗疲惫地说。

"在那里可以，"梅瑞迪斯说，"在这里行不通。"

"那我们该怎么办？"

"我不知道。我想我们其中一个应该下车走到警卫那儿去。"他摸了摸粗糙的胡子茬，胡子很干，沾满了灰，感觉很脏。他的脑海里突然划过一个不怀好意的念头。他说："你可以在我们困在这里的时候做些采访，这是个机会。下车和他们谈谈，你原来就想这样。从个人视角做有人情味的采访，聊聊他们做出的牺牲和他们对未来的期望。"

"要去你去。"康诺弗说，但语气中没有愤怒，也没有怨恨。梅瑞迪斯感觉自己的嘲弄没有起效果，便侧过头来看康诺弗。对方长满金色绒毛的双手在方向盘上交叉着，整个人软弱无力地接受着眼前的处境。太阳镜被高高地推到额头上，一双蓝眼睛定定地看着，目光呆滞（不仅是因为疲劳，梅瑞迪斯想，还有某种潜藏的不确定性），英俊的脸上布满灰尘的纹路使他看上去比他们刚出发时年老了十岁。在他身后那些黝黑、冷漠、戴着头巾的面孔的映衬下，他显得陌生而孤独……有点奇怪的是，他甚至显得有点孤苦伶仃。

"我去岗哨看看他们能不能帮上忙。"梅瑞迪斯说。他正要动身，康诺弗伸出手制止他。

"你留在这儿，"康诺弗费劲地伸出腿，"继续往前开，我去看看怎么回事。"

他爬出车外，毫不客气地推开吉普车周围的人群，硬挤到路边。他沿着树林边缘走，避免了人群最稠密的地方，但仍然花了很长时间才走到士兵那里。

这里的路障更复杂，前后设了三排，每排都有一个钢门，可打开供运输车辆通过。路障和钢门顶部插有金属桩，连接着带刺铁丝网。两边的铁丝网都延伸到了树林里。机枪哨位建在木头掩体里，路边有几处，还有几处在树林的边缘和山顶上。

康诺弗感觉这应该是一个用以抵抗日本人的突袭的常规要

塞，因为在路障后面，他见到一个看上去很大的阅兵区，还有帐篷区和一排临时房屋。国民党的旗子无精打采地挂在高高的旗杆上。四下似乎有许多士兵，他们或成群结队地坐着，或漫无目的地闲逛。在路障后面的路边，有两辆布满灰尘、款式老旧的格兰特坦克和一辆伪装得很粗糙的装甲车。

康诺弗被带到第一排路障后的一个帐篷处。在门帘里一张可折叠的露营桌旁，坐着一个身材粗壮、面带笑容的中国少校，正从一个浅碗里大声地呷着绿茶。

他朝康诺弗粲然一笑，大声喊着上茶，并坚持说着康诺弗几乎听不懂的蹩脚英语。他一手把一堆麻将牌从钢制弹药箱箱面上扫下去，请康诺弗坐下。他似乎去过美国，有一个叔叔在旧金山——他把"叔叔"这个词说成了"露露"，康诺弗花了一两分钟才搞清楚——这就是他出色地掌握了"英句"的原因。在觉察到自己的访客对"英句"浑然不解后，他爆发出一阵大笑，转而用"英吕"取而代之，康诺弗终于明白了。少校钦佩地拍了拍他的后背。

康诺弗耐心地听了一大篇话，对意思却完全不懂，他又喝了一碗茶，最后终于逮到机会用中文告诉少校，他们的吉普车被困在了路上一百码外的人群中。

少校立刻一跃而起，夸张地皱起眉头，高声喊勤务兵让其把他的皮带拿来。那是一条武装带，被擦得锃亮。几分钟之后，腰带终于调整到了少校矮胖身材的最佳位置，而一个左轮手枪枪套——康诺弗注意到这又是一把黑色的大鲁格尔手枪，心里便突然感到一丝奇怪的不安——安然地搭在了他的臀部上。少校用一块镜子碎片简单照了照自己,摆出一副严阵以待的神情,招手让康诺弗跟上他,便从帐篷里大步走了出去。

他神气活现地在前面碎步快走,姿势甚是滑稽,但没有人嘲笑他。少校看都没看路障那边的那些拥挤不堪的黝黑阴郁的脸庞,便径直走到第一排木头掩体,大声地朝下士下了个命令,下士又对另一名靠在路障上的士兵大喊。这个士兵于是举起一面挂在竹竿上的红布方旗,将它竖在路障的缺口里。

挤在路上的人群产生了一阵奇怪的骚动。康诺弗看到人头攒动,人们的咽喉青筋紧绷如棕绳,乌黑的眼睛布满惊恐。少校僵直地举起右臂,吹了两声尖锐刺耳的口哨。路两边木头掩体里的机枪开火了。

一股巨大的战栗似乎从拥挤的人群中穿过,就像一阵狂风掠过树梢。战栗突然不可抑制地涌动起来,先是往左,然后往右。人们的脸扭曲起来,身体不停地扭动挣扎,手臂胡乱挥舞,双手在空中乱抓。示意升起红旗的低沉的喘息声带来了持续的恐怖哀号。康诺弗用颤抖的手指紧紧捂住额头,闭上了双眼。

四把机枪一起开火,到处是喧闹声——机枪低沉无情的突突声、人群中恐慌的哀号和疯狂的尖叫、子弹纷飞发出的呜呜声和嘶嘶声——过了好一会儿,树林里树枝断裂的咔嚓声和落地声,松针如雨般落下的轻柔声音,和那股他曾在俯瞰桂林的山上闻过的树林里浓烈的尘土味,才让康诺弗明白机枪正朝着人群的头顶上方开火。康诺弗心情沉重地慢慢抬起头,睁开了眼睛。

人们往树林里四下逃散，拍打着灌木丛，跌倒，踽踽，在地上摔作一团，身体痛苦地扭来扭去，彼此互相抓挠。土沟里，男人女人乱糟糟地疯狂挣扎着，不停地哭泣尖叫，在疏松的土上乱扒一气，竭力想爬起来，逃到树林里安全的地方。其中一些人被惊慌失措的人群踩在脚下，歪歪扭扭地躺在尘土中，一动不动，毫无声息。路面上到处散落着被丢弃的各色包裹、匣子和杂物。灌木丛中传来一个妇女尖利刺耳的痛哭声，她被带刺铁丝网卡住了。

康诺弗举目望去，道路和两边的土沟突然变得空荡荡的，只有几十个被踩踏在地、静止不动的身影分散地躺在迷离的尘土中。灌木丛里的喊叫声和响动渐渐弱了下去，最后完全消失。在杂乱的路面远处，康诺弗看到了吉普车死气沉沉的长方形车体，孤零零地，怪异莫名，看上去像被遗弃了一般。它就在那里，一个存在于无尽的时间、距离与意义之外的形状，一个在永无休止的后退中稍稍停留的幽暗实体。一刹那间，康诺弗瞥见了这趟旅途的现实，而当他摸索着去体会其真实含义时，真相却从他的指尖溜走、从他的脑海里消失了。吉普车开始缓慢地朝前开。康诺弗走下来，迎上前去。

梅瑞迪斯停下车，他爬了上去。梅瑞迪斯面如死灰，满脸刀刻般的皱纹愈加明显。

"到底怎么回事？"他低声问道。

康诺弗沉默了好一会儿。"我们拿到记者通行证了，"他最后开口道,声音低沉,像是在试探,"他们是在为我们扫清道路。门已经开了,你可以直接开过去。"

梅瑞迪斯点点头。他清楚地知道吉普车旁的尘土中躺着一个被挤死了的人,双腿被压在一个镶铁马车的车轮下,扭曲变形。又是一个可供康诺弗统计的死者,他愤愤地想,然后他看到了康诺弗的脸,意识到自己对此已无话可说,便推挡朝前开去。

他们穿过第一排路障后,那个矮小粗壮的少校大摇大摆地朝他们走来,放声大笑,嘴里嚷嚷着什么,满脸堆笑。

"他想要什么?"梅瑞迪斯说。

"没什么,"康诺弗说,"继续开,继续开就行。他也只是想逗笑而已。"

穿过第二排路障时,康诺弗用低沉、若有所思的声音说道,仿佛在自言自语:"他们竟然竖起了警示旗……天哪!你怎么看?我想他们每天都这么做,就是想驱散他们。相当于压力变得危险时的安全阀。到了晚上,我想他们会放低瞄准器,不停地开火。你怎么看?警示旗也是红色的——吉祥的颜色……"

"这是一个冷漠的国家。"梅瑞迪斯说道,声音很轻柔。

"我明白你说的那番关于我们记者的话了。"康诺弗说。"我们这样的人,在所有演出中都能坐上免费的媒体席位。先生,请出示您的记者证,请进。什么都不用担心,我们的服务员会出门迎客。这边请,先生……我们就在大厅里为您准备了一张桌子。"

"这是一个冷漠的国家。"梅瑞迪斯说。

康诺弗低下头,来回揉搓自己的指关节。"路那边有个笨蛋把脖子扭断了,"他说,"那个扛着木犁的暴躁家伙。我用挡泥板撞了他,记得吗?他们为什么要把这些垃圾背在身上?"

梅瑞迪斯什么也没说。他小心翼翼地驶过第三排路障,经过那两辆旧坦克和那辆装甲车,穿过阅兵场。角落上有一面印着太阳图案的旗帜悬挂在静止的、漂浮着灰尘的空气里,大部分士兵都停下来看着他们,有的咧嘴笑着向他们挥手。

他踩下油门,吉普车呼啸着冲向山顶,驶过木头掩体,到达山顶,然后沿着平坦的车辙,往远处的山脊驶去。从那里,他们可以看到柳州的城墙就在穿过山谷之后大概四英里处。

眼前的路蜿蜒而下,他们驱车穿过低矮的小山和果园,然后笔直穿过褐色的平原,抵达城边。城市上空弥漫着滚滚尘烟,但路上一辆车都没有。

"柳州。"梅瑞迪斯说。

康诺弗点点头,闭上了眼睛。

"这一趟可真不容易。"梅瑞迪斯低声说。

康诺弗低下头,来回揉搓着指关节。

一路无言。他们把车一直开到了北城墙下。

有的人身上是城里人的穿戴,有的穿着先生和学生的长袍,还有很多人穿着他们在沿路的人群中见过的蓝色农民装,戴着黑色的头巾。和沿路的人群不同的是，他们所有人，城里人也好，乡下人也好，都没有受惊的样子。他们似乎因为已经到达这座城市而流露出一种不安的傲慢神情。

身穿灰绿色制服的警察看上去一副心神不宁、焦虑疲惫的样子，在等待的人群中走来走去，检查排队进城的卡车和农用大车。他们焦躁易怒，就像长时间做着吃力不讨好的工作、已经厌烦透顶的人一样。一队全副武装的士兵紧靠着城门，对乱哄哄的人群视而不见。

梅瑞迪斯想起了困在军事路障后面那些沉默不语、耐心等待的人群，想起了他们压抑、绝望、警惕的眼神。这里，柳州城倾斜的高高城墙投下的影子给人以信心。他们很快就进到里面了。被城墙围住……有人保护……安全了。这是"里面"。这个词让人想起仁慈的庇护所。让人想起城墙，子宫，城堡，其他人的身体散发的温暖和亲近的感觉，以及这座城庄严的母性光辉。在这里，他们无须忍气吞声，可以伸张自己的权利。子宫，房子，壁炉，安全的象征，富有条理的生活，这些都是和"里面"有关的词……一个警官在一个骂骂咧咧的农妇面前不屑地走开，如释重负地朝吉普车走来。

梅瑞迪斯笃定他们的处境将会发生深刻的变化，而对于他自己和康诺弗而言，也是如此。

在经过这一趟可怕的死亡之旅、又在空荡荡的路上一路沉默走来之后，他们几乎被吞没在城市生活的喧嚣熙攘中。在一路经过乡村和小地方的漫长车程结束之后，柳州这个大都市显得异常庞大和嘈杂，侵扰了他的思绪。他知道这种侵扰会扭曲他的感知，而他突然对这种扭曲感到很害怕。城墙那边，一座高耸的工厂烟囱喷着煤黑色的烟。他能听到管制下的柳州城低沉的喧闹声。敞开的城门有士兵把守，从城门的圆拱看进去，在他眼前闪现的是来去匆匆、各自奔忙的人群和车辆。向他们走近的警察正摆出一副典型小官僚的样子，谨小慎微、毕恭毕敬。比起维克斯机枪或者鲁格尔手枪的枪口，这张脸更像一枚橡皮图章。

　　他和康诺弗进入城墙里面后——这个代表"里面"的人正小心翼翼地朝他们走来，长着一张像橡皮图章的脸——所有发生过的一切是否会像梦一样慢慢消逝，消失在坚实的城墙后面？……在微妙的持续涌现的"现在"面前，"那时"的任何一个真相还能保存下来吗？怀着一种令他感到厌恶的责任感，梅瑞迪斯知道，他和康诺弗应该保存好这些真相，这非常重要，非常非常重要。然而，它们已经在褪去了，扭曲成其他样子，歪曲变形。在这最后的十分钟，他们在车流中等待进城，为微不足道的一点小耽搁而发火，这个事实似乎比他们身后路上发生的任何事情都具有更深的个人意义。看着柳州城外这些大声叫喊、桀骜不驯的人们，那些朝着路障艰难行走的绝望人群是多么令人难以想象！不止于此，一个人还要竭尽全力才能留住那些变得越来越淡、越来越模糊的记忆，有关冯上尉手下那些在干旱田野里爬行的瘦骨嶙峋的士兵的记忆，有关柳江边那些幽灵般的人们的记忆，有关遍布路面的尸体和桂林城那些沉默的受害者的记忆。这一切都是正在消失的图像、淡去的梦境、在空中消散的幻影——像格林童话那样,已不可能引起什么反应,而从前它们曾多么真实,多么令人恐惧、挥之不去,那个用恐怖故事学习真理的孩童世界现在已经显得异常幽暗遥远,现在再也无法追溯,再也不可能回去。远处传来的火车汽笛声把他吓了一跳。他四周涌现的一切属于另一个世界,即将把他拉回现实。

那个警官在问问题,一张橡皮图章般循规蹈矩的脸彬彬有礼、毕恭毕敬,问的是些例行问题。不知从哪里传来一声哨响。梅瑞迪斯挂挡驶向城门。一个下士向他们敬了个礼。一个挎着装有干坚果的浅篮子的老妇向卫兵们挥舞拳头,大声叫骂。梅瑞迪斯驱车从城门拱顶下经过,穿过拥挤的市集,置身于柳州城的熙熙攘攘中。

他知道他现在只有几分钟,也许只有几秒钟的时间去想清楚……去重新思索他所经历的真相,为他所需履行的责任做好准备。他所要做的不再是发挥他作为新闻记者的聪明才智——或许,尽管他自己还没有意识到,他已经到了从这个行业全身而退、另作尝试的时候了,尝试那些有价值、且价值始终如一的东西——但他知道正是他作为新闻记者的老练使他保持着对康诺弗的影响力。康诺弗仍然将他看作是一名专业人士、一名经验丰富的专业人士而尊敬他。他现在会听他的一番高论。康诺弗的沉默表明在最后一个路障发生的事件对他影响极深。终于,他看清了这一切到底是怎么回事……

在前面，从巷子和小路涌出来的疯狂人群堵塞了街道，他们都在高声叫喊，整个市集被挤得满满当当。四周有许多士兵和警察，但他们似乎对人群束手无策。梅瑞迪斯熄了火。他们等了十分钟。人群似乎并无领头的人，他们的喊叫和愤怒也没有具体的对象。几个警察在徒劳地挥舞警棍。一排士兵挽着胳膊，涌向人群的边缘。过了一会儿，人们开始慢慢地朝城西走去，在那里，工厂喷出来的烟熏黑了天空。梅瑞迪斯启动发动机，缓慢地向前移动。因为路口堵塞着人群，吉普车又停了几次，这使他们花了将近半个小时才驶过两个街区，来到一个更大的广场。这个广场看起来是个重要的场所，有一座精巧的观音庙和两幢高大的水泥房子，房子看起来像是行政办公的地方。三辆美国军用卡车一辆接一辆地停在广场的那一头。一个晒得皮肤黝黑的美国大兵戴着尖顶工程师帽坐在最前面的卡车挡泥板上，和一个穿着工作服的高个窄臀的黑人二等兵说着话。

"就把车停在人行道上吧，"康诺弗急忙说，"比被挤在拥挤的人群中要好得多。我走过去和卡车旁的那些家伙聊几句，你最好待在车里。"

"我想跟你说件事。"梅瑞迪斯开口道，但康诺弗已经身在车外了。

"好的，戴夫，"他说，"没问题，但让我们先把情况弄清楚。"

梅瑞迪斯看着那个高大的背影在人群中挤来挤去，不安的情绪进一步加剧。这里的人群和那边市集的人几乎一样多。这座城市的混乱令他满心疲惫，他再也无法去想为什么了。

他的视线越过广场，他看到那个美国大兵在康诺弗走近时从挡泥板上站了起来，黑人想敬礼，但手举到一半便被阻止了。他们三个人似乎谈了很长一段时间。康诺弗似乎将自己的疲劳一扫而空，他兴高采烈地说着话，时不时大笑起来，还会自谦式地做鬼脸。他描述自己的经历时总会这样。康诺弗回到了以前的样子……梅瑞迪斯闷闷地想……经历出生入死的康诺弗，以后要写进自己回忆录里的英勇事迹……就像年轻的洛钦瓦骑士……美国兵和黑人看起来一脸钦佩，又有些不自在。士兵和记者谈话时经常如此，仿佛他们不太能拿得准记者的级别，所以在态度上介于愤恨和尊敬之间。最后，康诺弗亲切地拍了拍两个人的肩膀，走开了。回到车上时，他看上去颇有自信，志得意满。

"太走运了，"他说，"沿着那条路走两个街区就有一个医疗点，现在有一个医生在那里当值，我准备走过去。"

"这个不着急吧，难道不是吗？"

"不着急个屁！太阳一下山他们就要走了，他们要撤到另一个基地。"

"为什么？"

"一样的原因。他们怕中国人制造麻烦。从昨天早上到现在，整个地方都乱套了。他们不是告诉过我们他们阻挡沿途那些难民的原因吗？现在城里的人口是正常的两倍，现在所有进了城的人都想出城，他们都在设法去火车站。"

"那边?"梅瑞迪斯朝浓烟笼罩的西边天空点了点头。

"是的,他们说那边已经乱得不可收拾了。"

"不会比这里更糟吧。"

"不会?"康诺弗轻轻地笑了笑,"我们拭目以待吧。六点开出的火车是最后一班了,从柳州开出的最后一班。他们计划把桥炸掉,拆掉几处铁轨。那些人还不知道这件事,要是知道了——兄弟!"

"你是说他们相信日本人要来了这个疯狂的谣言?"

"那些美国兵?不。但显然中国人是相信的。这里的美国人没有发言权,他们只负责训练和装备维修。这是恐慌,没别的。这群疯子!"他装出一副绝望的样子。"啊,我最好现在去找医疗队,"他说,"走过去能节省点时间。要不你在这儿等着,然后……不——"他改变了主意——"这样吧,你先去火车站。我们的一个军队运输部就在铁道旁边,不管怎样,我们得加满汽油。我回来后坐上这些卡车去那儿找你。"

"我们应该设法找到中国陆军总部,"梅瑞迪斯说,"我们应该为冯上尉和那些可怜的嚼野草的家伙们做点什么。"

"我们该听谁的?这是场不是你死就是我活的竞争。再说,我们可没有义务去帮那个狗娘养的。"

"这不是重点,我们应该设法做点什么。"

"当然,当然。行,我们可以晚点再做这件事。我想军医能给我开点药。我们的部队和中国人之间一定有联系,别担心,交给我处理。"

梅瑞迪斯看着他，缓缓地点了点头。

康诺弗轻声笑道："先做最重要的事情，"他说，咧嘴笑了笑，"当务之急，是我去检查一下柳江那事有没有影响。你说呢？你不想让我在回昆明的路上还为这个烦恼吧？"他又笑了，像对那两个美国兵那样亲昵地拍了拍梅瑞迪斯的后背。"别紧张，戴夫。"他说着，走开了。他的脚步很轻快，近乎志得意满。他昂首挺胸的样子看上去还是以前那个英俊的、无忧无虑的康诺弗。

梅瑞迪斯默不作声地看着他走开，脑子一片空白。他启动发动机，开始一点一点地把吉普车从路边挪出来。

他挂上低挡，一顿一顿地缓慢向前移动。吉普车到了广场一角后响着喇叭拐进了右边的小路。在街道里拥挤不堪缓慢行进的人群上方，他看见黑烟染污了西边的天空，显现出和桂林空荡荡的大街上空那种如同干虫漆的色渍一样的颜色。他开着车，随着身穿棉布衫的人群朝西边慢慢蠕动。人群在前面、两边、后面将他紧紧围住，水泄不通，看上去就像是人群的合力在扛着车往前走。

他有一种奇怪的感觉，感觉他是他们中的一员，是一个不断向前的运动的组成部分。对于他们的愿望中那种可怕而被动的意志他不再感到疏离和隔绝。他成为和他们的痛苦、恐惧和绝望交织在一起、密不可分的一个小碎片。他也和他们所有人一样感到急切和焦虑。像他们一样，因可怕的预感和痛苦的不确定性而备受折磨。康诺弗——他知道——不会有这种感觉，也不可能会有这种感觉。然而康诺弗并不在他们其中：他去医疗站做检查去了。仿佛从针筒里喷射出来的石炭酸味的注射液能冲掉前一天晚上所有的感觉和物质，能把柳江的一切消解为像胶状物一样透明的虚无。那个逐渐消逝的梦——他紧紧地抓住它，摸索着寻找失去的真理——他自己、康诺弗、流淌着咸涩泪流的柳江边的幢幢人影、那个女孩哀求的手、尘土滚滚的路、这里街道上拥挤着的成千上万的人们……所有这一切都消失在他们无数双脚缓慢拖曳行走的低语中。这个漠然的城市像酸性物质一样把一切都溶解殆尽。明天——意识到这一点，让他的心如同坠入冰窖——明天，这一切便将毫无意义。明天就为时已晚，什么都看不到了。对康诺弗而言，现在就已经太晚……

　　梅瑞迪斯随着人群向前移动，五点过后才到达火车站。火车站里早已挤满了成千上万的中国人。他开着吉普车，又花了十分钟，才从人潮中挤过去，来到货运线附近围起来的运输大院。

　　电缆塔上有一个很小的铁路信号灯，刚刚刷过漆，像一个丁奇玩具模型[①]，让他觉得很荒唐，就像一个精心设计的玩笑。信号灯旁边有一辆调车机车，被遗弃在锈迹斑斑的铁轨上。枯黄的草在车轮和排障器间冒出来，看上去和院门上方绘着盾徽和文字的拱牌一样可笑。盾徽上是美国和美国陆军中缅印战区

[①] 由英国米卡诺玩具公司（Meccano Ltd.）生产的铝合金压铸模型汽车品牌。

的标志。拱牌上写着"K部队运输维修站，禁止通行，请出示通行证"。康诺弗懒洋洋地坐在门边，正在和一个白头盔白腰带的宪兵中士说话。

宪兵队在围起来的院子四周形成了一道警戒线——他们佩戴白头盔白腰带，身挎冲锋枪——在一排冷眼旁观、神情警觉的宪兵和高高的菱形网格围栏之间，有一整列由卡车、吉普车、指挥车和半履带车组成的车队。空气中飘着尘烟，被风吹起来的谷壳在空中旋转翻腾。到处弥漫着一股汽油和热燃油的味道——一股东西干透以后被吹走时散发的热乎乎的、令人窒息的恶臭。

梅瑞迪斯依然觉得自己还置身于那个人潮涌动、挤满了中国人的广场，依然置身于一大群喃喃低语的中国人中间。他感到自己完全不属于这个满是钢铁的气味、到处都是油渍的机械化的世界。门口站着一群一言不发、全神贯注的士兵，眼神显出他们训练有素，他们透过白色头盔平静地望着外面。他们背后的世界秩序井然、整齐划一、安全而高效。但是当他把车停在门口的时候，他的感觉又变了。仿佛之前所发生的一切只是一连串复杂的图像，它们在向一个真空聚拢——这个虚空本无一物，而现在只有他孑孑独立，无处可归，他既不属于拥挤混乱的广场，也不属于这个井井有条就像一片飞地的大院。他现在是一片无限虚空中的大卫·梅瑞迪斯，他唯一关心的是他自我的完成。

"我们一直在说你，"他从吉普车里下来的时候康诺弗对他说，"我们在考虑是不是应该派一个搜索队去找你。你可真是不急不忙。"

"我不是回来了吗，"梅瑞迪斯说。"路上碰到了大队人群，所以从你走了之后我就只能开低挡。"

"肯定是这样。"这位宪兵中士充满理解地点点头，语气中带着无比的疲惫。"就像开车穿过一大群绵羊一样。昨天他们就已经放弃了。他们现在连假装要维持秩序的样子都不想装。他们的宪兵懒洋洋地坐在那里挖鼻子。城里的警察现在都在睡大觉，大多数应该是待在番摊赌场里。逃难的人群完全是为所欲为。没有任何人组织他们撤离，这是个大麻烦。没有任何安排。要我说，就让他们见鬼去吧。"中士说这些的时候并无怨气。他的脸轮廓分明，相貌英俊，他的眼神很冷静，透着一点漫不经心。他不说话的时候，脸上带着一种静看世事变化的神情，舌头不停地舔着嘴巴后部的牙齿，仿佛有顽固的食物残渣卡在了那里。他的舌头不知疲倦地在牙齿间动来动去。他洞察世事，没有什么怨恨之心。

"你看医生看得怎么样？"梅瑞迪斯问。

"开了这些神药，"康诺弗言简意赅地说，咧嘴笑了起来。

"那是肯定的，"中士懒洋洋地说，"他们真应该给那个叫弗莱明①的家伙颁发国会勋章。过不了多久我们车队运送的盘

---

① 亚历山大·弗莱明，英国细菌学家，生物化学家，微生物学家，首先发现了青霉素，荣获诺贝尔生理学和医学奖。

尼西林就要比可口可乐多了。在这儿,你要染上性病比在街上捡到烟头还容易。"

"他可不是在这儿染上的,"梅瑞迪斯突然充满恶意地说。"他是从来的路上的一个小女孩那儿染上的。"梅瑞迪斯知道客栈里的那个女孩已经死了,但他很想知道她四脚朝天横尸在炕边的脏土堆上会是什么样子。

"那又有什么区别?"中士心平气和地说,舌头在牙齿间动来动去。"性病就是性病。"他说。

"没人说这是性病。"康诺弗说,脸上带着温和的笑容,"但搞清楚总比到时候后悔要好,仅此而已。"

"你可以说是从一根灯柱上染上的,"中士说,"或者是从马桶垫上染上的。我们部队有一个从阿肯色来的小伙染上了淋病,听了性病预防站的勤务兵下士一通胡说之后,他居然相信他的病是从上校指挥车的车座上染上的。你能相信吗,这脑子进水的小伙居然跑到指挥官那里去举报了!我的老天爷,不用说,这小伙当然被调到别的地方去了!"

康诺弗轻声地笑了,拍了拍大腿。梅瑞迪斯觉得非常恶心,头晕目眩。他的脑海中又浮现出那个女孩黯淡的脸庞,一缕黑发落下来盖住了她的眼睛,她瘦小的双腿在灰色的破烂衣服下颤动着。

"你们怎么会在路上找了一个小脏妓女,还和她搞上了?"中士问道。"天啊,伙计,你应该知道这些人是什么货色。"

"嗯,因为是在那种地方,"康诺弗随口而出,"她主动揽客,而我们又离家万里迢迢。你肯定能了解这种情况。"康诺弗笑了。

"兄弟,有人说应该这样,有人说是那样,但是有件事我特别能肯定,国防部有个聪明的家伙定了规矩,不允许在中印缅战区出现中国人带着孩子找美国士兵认父的情况。不然的话,我估计我们得把这破地方弄成美国第四十九个州了,那可就荒唐可笑了!拿破仑不是说过'士兵是靠肚子行军打仗'的吗?依我看啊,国防部这家伙领导的军队是靠裤裆里晃荡的那个玩意行军打仗的!"

"嗯,我们是一个年轻好色的民族,"康诺弗咧嘴笑着说,"我想我们也需要放纵享乐。"

他耸了耸肩,结束了这个话题,接着说:"我们把一支卡宾枪忘在那边的一个什么地方了。枪是军需仓库发的,我们还签了字。我们会有什么大麻烦吗?"

中士的神情变得严肃起来。"美国陆军发放的东西,还是一支枪。他们可不想让日本人拿到那种东西。如果是我们出这种事,那可就严重了。那是要上军事法庭的罪。你们出了这样的事……我就不知道了。这事会一直报到国防部。你们肯定要填数不清的表格。嗯,看在上帝的分上,你们可以编点故事胡诌一下。"

"你找到中国指挥部的信息了吗?"梅瑞迪斯对康诺弗说。

康诺弗用拳头打了一下另一只手掌。"我就知道我肯定忘了什么事情,"他转过身面对中士,"我们要联系一下中国指挥部,"他说,"军团或师指挥部,不管是什么,只要是指挥

142 步兵团的就行。他们是四川的部队。"

"你们疯了吗？"中士平静地说，"你还想去找那些蠢货，那些该死的家伙连电话都没有。这个破地方的这些人，下到下士，上到最高指挥官，个个都是什么都不知道！"

康诺弗转过身对着梅瑞迪斯，"我早跟你说了，"他说，脸上带着轻松而宽容的笑容，结束了这个话题。"戴夫，我们去车站看一下那里的情况，"他说，"那里人非常多，最后一班火车马上要开出了，我要去拍一些照片。"他走到吉普车那里，在仪表盘下面的储物箱里摸索着找他的照相机。

"你们在那边不要太紧张，"中士对梅瑞迪斯说，"那些可恶的家伙随时会找麻烦。"

"找麻烦？"梅瑞迪斯用惊异的眼神看着他，"他们不是已经深陷麻烦之中了吗？"

"他们绝对是有大麻烦了。"中士满不在意地说。

"怎么了？"康诺弗回来了，"他说什么？"

"我说让你们在车站别太紧张，"中士重复了刚才的话，"如果他们听到关于火车的消息，那些讨厌的家伙会完全失控。"

"我们能搞定。"康诺弗自信地说，"我们在这儿经历的事情也不少了。"

"吉普车放在这儿没问题吧？"康诺弗问。

"这可是美国政府的资产，对吧？"中士又撅了一下嘴唇，吐了一口唾沫，"你俩在车站那边别太紧张。"他说。

康诺弗和善地拍了拍他的肩膀。

梅瑞迪斯现在很恨他。这是他突然意识到的，他非常确信，这让他有点不寒而栗。他不想恨这个世界上的任何事、任何人，完全不想。他只想在爱、怜悯、痛苦和悔恨的黑色黏稠的污泥中窒息沉没。他想沉没到全然否定的无底泥沼。憎恨康诺弗或者鄙视他、厌恶他有什么意义呢？他的行为举止有什么要紧呢？他不需要对康诺弗的所思所为负责。像康诺弗这样的人也要归于尘土。他们的叽叽喳喳终会归于沉寂。他们吹嘘夸耀，但最终也和世间万物一样走向寂灭。

最好还是把这一切全忘了，不再努力想做些什么。不如毫不抵抗地沉沦到黑暗之中，那里什么都看不到，这样你就意识不到人类之爱有多么空洞，有多么难以实现，你就不用看到一直存在的各种自我欺骗和各种龌龊之事。那里是最后的"里面"，既没有爱也没有恨，所有一切都在一个无意义的漩涡中消失，这个漩涡在虚无而冷冰冰的空间中永久旋转。

只有在那里你才能摆脱康诺弗。因为像康诺弗这样的人无处不在。他们自信十足、能力出众、不会想得太多。康诺弗这样的人随处可见。因此你肯定会恨他。你之所以恨他，是因为他那英俊的脸庞、在风中扬起的金发、嘴角显出的微笑，因为他的勇敢和责任心，因为他友好地用手拍中士肩膀的样子，因为他身上那股清新的石炭酸的味道，因为在他胯部晃荡的照相机皮盒。从某种意义上说，恨他是必须的。因为如果你不恨他，你会再次背叛自己的原则，但总有一个时候你要停止背叛。另外，你要阻止事物滚滚向前的洪流，这样你就能搞清楚自己所处的位置。另外，恨康诺弗也是一个借口……

"噢，我的背都疼了！"康诺弗不耐烦地咕哝着，"嘿，考验我们的时候到了！"

他们被火车站广场里巨大的人流裹挟着往前走。一大群中国人堵在入口处，让人有点望而却步。但是康诺弗并不害怕。

他从门口人群的这边跑到那边，试图找一个地方通过，又转过身推开人群回到梅瑞迪斯站的地方，说："对付这些狗娘养的只有一个办法！来吧，给他们点颜色瞧瞧！"

二话不说，他用肩膀挤进了人群，在两个衣着破烂、身材壮实的苦力之间推挤着，又把小个子男人狠狠地推到了一边。他用这种粗暴的方法在人群中开辟了一条缝。他转过身来，宽阔的肩膀像楔子一样插在人群中间，这样梅瑞迪斯可以跟在他身后。"跟紧点，"他说，刚才的推搡让他有点气喘吁吁。"如果过不去，就用你的拳头开路，别犹豫。如果你不对他们动粗，这些人一英寸的路都不会给你让。"

他扭动着身子往前挤，用拳头捶打拦阻他的肩膀，把前面挡路的人拽开，挥动着胳膊肘，大声地喊着、咒骂着。

梅瑞迪斯感觉到他身后的人群涌了上来，他茫然地跟在康诺弗身后，意识不到自己是在向前走，只知道自己在做出跌跌撞撞、扭动身体、推挤这些动作。他的同伴用强力在前面开出了一条通道，而他就像置身于一个漩涡之中被裹挟着向前。他只模模糊糊地感到不停的碰撞在他身上留下了瘀伤，他被摩肩接踵的人群碰撞着，恍惚中闻到他们身上的汗臭味，触碰到他们坚硬的身体。恍惚中他感觉到人们用手推他，用手指抓挠他，听到周围到处都是他无法听懂的、沙哑而急促不清的说话声。

很快，他就意识到自己的内心已经被恐惧占据。当你极其艰难地挣扎着去往一个不曾见过的目的地时，自己徒步行进和被人群裹挟前行有着骇人的区别。他感觉到了包围着他的人群的身体、重量、推搡和压抑着的敌意。所有这一切都从四面八方紧紧地挤压着他，离他如此之近，让他心中顿生惊惧。他们是那些在桂林从百叶窗后注视他的人，是那些在空荡荡的街道尽头的幢幢人影，是在干涸河床上晃动的身影。他已经精疲力竭，无法掩饰他的恐惧。多日以来的紧张焦虑，昨夜的一夜无眠，长时间的艰辛驾驶，这些时日发生的一切所累积的精神紧张，他自己痛苦的穷思竭虑，这一切他都要忍受，而现在他突然置身于这极度混乱的人潮中，被推挤着，感到自己跟跟跄跄、头晕目眩、两腿发软。

他已经看不到康诺弗了。他跟前的人已经不是康诺弗，而是一个戴着黑色头巾、皮肤黝黑的山地人，这个人的鼻孔和眼睛周围凝结了很多干的血迹，眼神凶悍，带着怒气。梅瑞迪斯急切地想在所有晃动的黑色头发中看到康诺弗的金发，他想让自己站直，于是伸出手抓住了那个人的身体。那个戴头巾的人朝他蹦出了几个词，一把将他的手拽开了。

"康诺弗！"梅瑞迪斯充满绝望地呼唤这个名字，他感到很多手在推搡着他，人群在挤压着他。

"往前挤，快过来！"康诺弗的声音从前面不是很远的地方传来，他呼吸有点急促，但语气很欢快，听着让人振奋。"把那些挡路的人推到一边！他们不会吃了你的！如果他们找麻烦，你就用拳头！加把劲！我们马上就到了！"

梅瑞迪斯使劲向前冲，用拳头捶着前面那个戴头巾的人。他们穿过入口，进到了车站里面。康诺弗笑了。

"嗯，到现在为止，一切还挺顺利。"康诺弗欢快地说，他再一次拍了拍梅瑞迪斯的肩膀，以示鼓励。"兄弟！这儿离中央车站肯定是老远了！"

梅瑞迪斯看着眼前这张红扑扑充满兴奋之情的脸。对于这个比他年轻的人身上洋溢出的生命力，他急切地想做出回应，想抑制住内心那种令人窒息的惊恐。刚才在人群中，这种惊恐几乎让他寸步难行，但是他突然一下子觉得这一切让他难以忍受。此外，车站内展现在他眼前的又是一幅让人惊讶迷惑的场景。他一声不响地转过身去，避开了康诺弗的眼神。

车站内没有那么拥挤，人们可以走动，但是站台上人山人海。车站屋顶是用铁梁支撑的，高耸的屋顶的斜坡下弥漫着一股炙热而令人窒息的恶臭。火车停在站台上，缓缓喷出浓浓的烟和水蒸气，味道很好闻，同时又很黏湿，有一种松树或是外面路上松软的黑色柏油散发出的浓烈气味。客车、货车和敞车的车厢都被连接在一起。根本看不到车厢里面的乘客，因为车厢外面已经爬满了人。男男女女沿着车厢顶部密密麻麻地挤成一团。在连接两节车厢的缓冲器和挂钩上，人们在争夺一块立足之地。还有很多人挤在两个车轮之间的连杆上，非常危险，其中不乏一些老头和老年妇女,还有很多孩子。巨大、油腻的黑色机车已经几乎分辨不出来了,因为有人四肢张开躺在锅炉边上,有人蜷缩在排障器上,有人紧紧贴在司机室和汽笛外面,甚至有人抓着热烘烘的烟囱。偶尔,能从一扇窗户或门的一个缝隙里看到一张扭曲的脸或一只摸索着的手一闪而过,可以想见被挤压在令人窒息的车厢里面的成百上千的人有多么痛苦。

车站里的空气充满恶臭,让人窒息。梅瑞迪斯气喘吁吁,他觉得自己跨过了现实的门槛,已经脱离了自己的真实生活,落入一个深渊,似乎是坠入了无尽的黑暗,进入一个噩梦的世界,那个他曾在柳江江畔思考过的雕版画中的怪诞世界。只不过那时候那个名录并不完整。他忘了多雷。他眼前呈现的是古斯塔夫·多雷①的雕版画中的世界———一个荒凉而疯狂的背景、穿黑白衣服的人物、炼狱般的场景……似乎比这还更可怕,因为车站里有巨大的、没有任何装饰、被煤熏黑的屋顶和极粗的大梁,有丑陋的波纹铁、铁栏和起皮的混凝土,还有马上就要从墙上脱落的布告。

这真是"里面"吗?就是这个蓝色的蒸汽发出嘶嘶响声、被暗黄色的烟雾缭绕着的隧道?就是这个空气被火车发出的一阵又一阵的哀鸣穿透的地方?就是这个男人、女人和衣衫褴褛的孩子跌跌撞撞、在地上匍匐或是聚在他们微不足道少得可怜的物品旁边的地方?"里面"让人想到的是温暖、潮湿、黑暗

---

① 古斯塔夫·多雷(Gustave Doré),法国 19 世纪著名版画家。

的子宫,城堡的墙壁,家的庇护,这个词所包含的一切表示一种慈爱的安全感……老天!而这些人经过辛苦的跋涉,已经到达了这里!他费力地睁大双眼,他眼前这些人都是幸运、行动迅速、对局势有预见的精明之人。现在有许多保护把他们和"外面"的危险阻隔开来——这个巨大的黑色屋顶、车站的钢梁、拥挤的街道、穿着制服的警察、全副武装的士兵、城墙、通行证上的图章、路障和街垒、铁丝网和维克斯机枪。在外面,上百万的人在烟尘滚滚的大街小巷费力前行,就是为了来到这些人已经到达的这个目的地!

"老天爷!他们以为还有地方能上人吗?"康诺弗低沉而紧张的嗓音从他背后什么地方传来。"连一只麻雀都上不去了!"

梅瑞迪斯又看了一眼火车,他眯着眼睛,试图看清眼前的一切。

整个站台乱成一团,冲突和打斗不断爆发又很快平息,棍子和石头噼啪作响。

"你看看这些人还想着要爬上火车!"康诺弗感到不可思议。"你看看这些人,老天爷!他们都疯了!"

梅瑞迪斯想把他们看成一个个不同的个体。这些瘦弱的躯体挣扎着,拼命地往火车上攀爬,然后又被甩到站台上。有一个人摔到了站台上,躺在那里低声呻吟,而大多数人马上站了起来,冲到火车跟前,接着往上爬。火车头缓缓地、不忙不慌地哼哼着,不时发出低沉的呜咽声,车轮周围吐出一股白色蒸汽时，那些紧紧抓着火车头的身影就会暂时消失不见，当蒸汽退去，他们又重新显现，身体的姿势没有丝毫变化。梅瑞迪斯颇为惊奇，他觉得每一缕蒸汽就像电影中的渐隐镜头那样会把一群人抹去，这样，在他们下面挣扎着往上爬的人就有机会爬到他们原来所在的位置。但是那一群人一直在那里，他们苍白的瘦骨嶙峋的手紧紧地抓着车头上的铁杆和铁把手，每次蒸汽喷出，他们的脸就会痛苦地扭曲起来。

"我要把这个场景拍下来，"康诺弗压低了声音，似乎是在自言自语。他爬上一堆草垫，高大的身躯耸立在围绕着他的人群之上。他强壮的双腿被两个穿得破破烂烂、满脸沮丧的人夹在中间。他在看着测光表，全神贯注，眉头紧皱，又带着一丝不耐烦的神情。

梅瑞迪斯转过头去。他想闭上双眼，不想目睹眼前所发生的一切。他想逃离这里，却又无处可逃。如果他能跑回去，一路跑回去……他希望他跑着跑着，让他感到窒息的这一切都会消散。迅速地跑过这一切，跑回过去，让时间倒转，就像如果西藏转经轮倒着转，那么你在屋子里写下的那些祷告都将失效，就好像没有写过一样……他要沿着那条干旱蛮荒的公路一路向北，跑过路障后面注视着他的眼睛，跑过森林中潜行的身影，经过在十字路口放风筝的孩童……经过那些在干燥的土路上蹒跚而行的人群、惨白天空中的乌鸦、被遗忘的田野中尘土飞扬的土堆、发出吱吱响声的草鞋。但是他已经不可能回去了。而对车站里的大多数人而言，他们也没有办法继续前行。他突然有了一种疯狂的冲动，要爬上其中一个铁栏杆，朝着他们大喊，告诉他们真相。用尽全身力气用最大声音向他们尖叫。"这是最后一班火车了！从柳州发出的最后一班火车！"这总比让他们在这里痛苦无望地等待要好。还是让他们知道更好。知道通往柳州之路没有尽头。让他们知道这里没有希望，回去的一路也没有任何希望。没有任何地方能看到希望……因为他们所想象的柳州并不存在。这样一个柳州只存在于他们的脑海中，存在于他们错误的认识之中，是一片死亡之地中散发着微光的海市蜃楼。为什么他不能厉声地告诉他们，他们无路可走、无处可去？为什么？因为他不知道汉语"火车"怎么说。他也不知道汉语"最后一班"怎么讲。即使是这种疯狂的念头他也无法付诸实施。当然康诺弗知道这些词。康诺弗汉语说得很好。康诺弗就是这样的……

那张急切而充满了渴望的脸庞——肤色被太阳晒得黝黑，金色的头发下是一双蓝色双眸——在他的视线前滑落开去。康诺弗蹲在离他不到六步的地方，把相机对准了一个四肢摊开躺在地上的孩子。他粗壮的、长满金色汗毛的手中握着的黑色莱卡相机黑乎乎的，就像鲁格尔手枪的枪口。

这个孩子是一个六七岁的小女孩，穿着一条破烂不堪的裙子，看上去仿佛是从一堆行李中被扔了出来。这个瘦骨嶙峋的小家伙随意的、没有多少生命气息的姿势居然让她看起来有点像布娃娃。她的手和脚与身体形成了奇怪的角度，脖子惨白细瘦，脑袋歪向一边，光着的腿和胳膊瘦得像棍子，毫无血色，似乎只剩下骨头（就像鸟的骨头，某个空气都能将其浮起的微小柔弱的动物的骨头，梅瑞迪斯心想，内心感到一阵剧痛）。

康诺弗小心翼翼地往后滑动了几英尺[①]，然后又蹲了下来，重新聚焦手中的莱卡相机。

"营养不良。"他嘟哝着。

梅瑞迪斯不知道也不在意康诺弗是在对他说话还是在自言自语。他现在能做的就是盯着这个孩子面无血色的脸、乱糟糟缠在一起的头发和茫然而无神的黑色大眼睛。

他听到了摁动快门的声音。康诺弗站了起来，发出一种既像呻吟又像叹息的声音，然后转过身去，寻找下一个拍摄目标。

梅瑞迪斯的神经绷得紧紧的，他看着小女孩苍白的眼睑慢慢地垂下来，闭上了眼睛。她的脑袋似乎是缓缓地耷拉下来，歪在了松弛的脖子一边。瘦小的下巴往下一垂，就像一个被打破了的玩具。这时，他还没有意识到一个惨绝人寰的悲剧正在发生——直到小女孩瘦削的手指战栗了一下，然后无力地、毫无生气地耷拉到她破烂肮脏的裙子上。梅瑞迪斯试图说些什么，他想大声喊叫，他张开了嘴巴，但是他干涩的喉咙似乎在灼烧，发不出任何声音。他转过身去，如同一个醉汉一般踉跄着。

"我要疯了！"他对自己说。"我真的要精神失常了！他手里拿的不是莱卡相机……而是一把鲁格尔手枪！他害死了她！仁慈的上帝啊！他谋杀了她！是他杀害了她！而他毫不在

[①] 一英尺为 0.3048 米。

意！我的上帝——我真的要疯了！"

康诺弗离他有十码的距离。梅瑞迪斯的眼前似乎蒙上了一层薄雾，他的眼睛血红，闪着突然涌出的点点泪光，他看到康诺弗转向了另外一群中国人。他的眼睛注视着他的测光表，嘴唇不停地嚅动，但没有发出声音，他是在做着什么计算……他坐在吉普车里、指间握着十根火柴棍的时候，嘴唇就是这么动着的。梅瑞迪斯知道一进这个车站入口，他就陷入了近乎瘫痪的状态，他现在寸步难行。他永远没法推开人群往前走十步，走到康诺弗跟前，把莱卡相机从他手里夺走。梅瑞迪斯已经无法控制自己了，他说不出话来，他的四肢似乎已化成果冻，毫无力气，他的大脑已经失去了理智，游走在疯狂的边缘。他不知道他如何才能和康诺弗对抗，用手使劲抓他，把相机从他的手中夺走。

他注意到康诺弗红扑扑、胡子拉碴的脸突然显出担心的表情，一下子晃到了他的眼前——这张他如此痛恨的残忍的脸。他想用拳头砸这张脸，但是什么东西或是什么人把他的手臂紧紧地按在了身体的两侧，他能听到一个声音——一个冷静、带着安抚的声音，一个充满理智的声音——说："兄弟，冷静！现在要冷静下来！"

他正要挣脱康诺弗按着他的手，这时他听到了另外一个声音。这是一个盖过其他所有声响的尖厉的声音，响亮而严厉，在一股股蒸汽和一团团烟雾中尖厉地咆哮着，在拥挤而黑暗的隧道里回响着……这种他听不懂的嚎叫声，在他耳中突然变成了汉语的词语，就好像有人摁了一下一个隐蔽的开关一样。这个尖细刺耳的声音从一个隐藏在高处的广播喇叭里吱吱呀呀地传来，这些话语就像一把砾石被撒到空气中发出的刮擦声一样咯咯作响。

梅瑞迪斯听不懂在他头顶回旋的聒噪刺耳的声音在说些什么，但是觉得有这么一个声音可以压制车站里的混乱，倒并没有什么问题。但他很快就注意到人们纷纷从他们大包小包的随身物品中站起身来。他很吃惊地意识到喇叭里的声音并没有让人群平静听命。所有人都站了起来，开始狂奔，空中那个尖厉的声音还在继续发布什么通告，但是几乎已经被人们的尖叫声淹没。他看到人们脸上歇斯底里的表情，他们在号叫着，数不清的人挤在一起，朝火车涌去。

过了一小会，他意识到康诺弗也在努力辟出一条通道，拳打手抓、脸上大汗淋漓、双眼圆睁、大声喊叫着，康诺弗强壮的臂膀拉着他、推着他、拽着他、护着他往前走……

他听到从某处传来一阵尖厉急促的火车汽笛声，还有时钟持续不停的敲击声，而在远处响起了一阵短促的让人不安的步枪射击的声音。听到枪声的时候，他已经走出了如同山洞一样昏暗喧闹的车站，走到了刺眼的烈日之下。那种像动物嚎叫一样的喧闹声在他身后越来越弱。

前面出现了铁丝网，在阳光下像闪闪发光的钻石做成的网，出现了戴着白色头盔的军人的脸庞，他能看到其中一个人的舌头在白色的牙齿间移动，黑色的嘴唇吐了口唾沫。康诺弗的胳膊还在撑着他,保护着他。车站的喧嚣已经越来越弱,变成了低声呢喃,如同夏天田野里昆虫低沉的鸣叫。

梅瑞迪斯又能分辨出不同人的说话声了,他看到装汽油的锡漏斗,听到汽油被倒出时发出的扑通声,闻到汽油、机油和橡胶混杂在一起的气味,一开始他迷迷糊糊地以为是这一切在说话。

"……好像总是有人以为自己最聪明,"一个平静的声音缓缓地说道,"我早跟你们说,这些家伙能一下子变得很凶悍。我和你们说过多少次在那儿不要紧张……我说了多少次这些家伙会找麻烦的……"

"好的,这个也是备用的,先生。"另外一个声音说。轮胎气门芯发出的嘶嘶声被胎压计的气嘴迅速削弱了。

"多谢,没事了,我们已经搞定了。我朋友身体有点不舒服,没其他问题。真是漫长的一天。真是不容易。再加上车站那里乱成一锅粥……那里的臭味真让人受不住!他现在没事了。他不会有事的……"

他的所见和所闻变得模糊起来,图像和声音似乎分离了。布鲁斯·康诺弗冷静而高效地行动着,就像一架优良而实用的机器,专心致志。梅瑞迪斯怀着深深的感激,因为在车站康诺弗能在自己的身边,因为他始终能保持冷静和理性。

西行的公路上,夜幕即将降临,天空被染成一种古怪的颜色,像一只干柠檬的皮。在一阵扬起的尘土中,城市肮脏的天际线在他们身后消失了。

梅瑞迪斯感到极度疲劳、晕眩,浑身疼痛。康诺弗在开车,梅瑞迪斯满是感激,因为现在还是下午,照说应该轮到他开车。这是又一个他一直对康诺弗心怀感激的地方。这种感激之情可能一直会有。在他的有生之年会一直如此。在这样一个疯狂已经战胜理智的世界里,人们在暴力和恐怖的狂风暴雨中如履薄冰,险象环生,对那些依旧保持理性的头脑、可靠而有条理的人应该表示敬意。康诺弗的态度——他已经想明白了——康诺弗的态度是正确的。他目标明确,为人务实。他不是一个在自己的幻觉中跌跌撞撞的可笑人物。康诺弗知道自己要去往哪里。康诺弗不会看到山脊上有什么风车,他看到的是路边的野草在风中摇曳,而这条路通往某一个地方。所有的路都通向某个地方。如果你不这么认为,那真是毫无意义……

"哦,我的老天!"康诺弗声音低沉,充满惊叹。"天哪,你看看那边。"

他迅速踩了刹车,把吉普车停在一个草坡边上,沿着铁轨走了几步,然后指向他们的后方。

从柳州平坦而污秽的农田间向他们驶来的正是他们之前在那个拥挤的车站看到的那列火车。火车吐着白烟,缓缓地向他们驶来。火车头轰轰隆隆,好像在打着鼾,缓缓地冒出一缕白烟。它费力地前行,似乎没有足够的力气拉动后面塞得满满的车厢。在傍晚昏黄的日光下,这辆动力不足的黑色火车像一头老牛。

从前置缓冲杆和排障器一直到火车尾部，所有地方都爬满了人，就像夏天的昆虫附着在上面一样。

"等一下！"康诺弗激动地大喊，"兄弟！我得给这个拍张照！我们一定得把这个拍下来！好家伙！这绝对会是一张经典的照片！"

他不停地自言自语，非常激动。他拿上照相机，两步爬上了草坡。草坡上，褐色的秸秆在风中摇曳。等他读完测光表，把镜头对准目标，火车离他们越来越近了，轰鸣着朝他们驶来。梅瑞迪斯可以看到那些苍白的脸庞盯着前方，那些人的手牢牢地抓着火车。梅瑞迪斯钻到驾驶座，用双手紧紧地抓住方向盘，非常紧地握着，就像火车上的人的手紧紧地抓着火车一样。一声刺耳的汽笛声传来，现在他听到了车轮击打铁轨发出的有节奏的、断断续续的声音，还有车厢间车钩发出的呜咽声、火车发动机冒着白烟费力的喘息声。梅瑞迪斯用尽全力使劲地握着方向盘。他告诉自己：他只要闭上眼睛，就什么都看不到，就一切都好。但是他试图这么做的时候，他的眼睛还是睁得大大的，使劲盯着前方。

火车喷出的白烟和蒸汽似乎蒙蔽了他的大脑，当火车轰隆隆的声响朝他扑面涌来，黑色的车厢闪着微光从他身边经过——上千个单独的影像一闪而过，在车轮的咔嗒咔嗒声中消失不见——它们似乎并无任何意义。火车快要从他身边开过去的时候，他看到一个像一包破布似的身影从平板货车下的连接杆下跌落，翻转着从道砟上滚了下去，消失在长满了金雀花、蓟和狗尾草的狭窄阴沟里，溅起了一阵尘土。梅瑞迪斯眨了几下眼睛，使劲地搜寻着那个掉落的身影。但是除了疯狂摇曳的蓟的尖簇和黄色野草之外，他什么都没有看见，似乎只是一阵狂风吹过而已。火车经过后，除了笔直穿过这片平原的亮闪闪的铁轨，什么都看不见了。整个平原空荡荡的，除了一座光秃秃的黑色山峰，什么都没有。

在他耳朵的鼓膜里，火车的咔嗒声和轰鸣声渐渐消退，归于沉寂。但是过了一小会，他似乎又听到了铁轨发出的非常轻柔的嗡嗡声。

"上车！"他用沙哑的声音发出命令，用脚踩下启动器。康诺弗正在转动胶卷，关切地朝他这边望过来，"我说上车！"梅瑞迪斯不耐烦地大喊，伸手去松手刹。

"等一下，"康诺弗说，"我就是想——"

"你要么上车，要么就他妈待在这儿！"梅瑞迪斯恶狠狠地说。火车早已开出好长一段距离，像一条如蛇一般蜷曲的黑色丝带，冒着一团黑烟，离他们越来越远，变得越来越小。

"喂，你这是……"康诺弗正要抗议，吉普车开动了。他小跑了几步跟上去，梅瑞迪斯换到二挡的时候，他着急忙慌地爬进了车里。

"你这是要干什么？"他愤怒地盯着梅瑞迪斯。"你是要赶去灭火还是怎么着？"

梅瑞迪斯没有回答。他使劲地踩着油门，吉普车在平坦的土路上越开越快。康诺弗张嘴想继续抗议，又马上把嘴闭上了。

梅瑞迪斯一声不响地开着车,嘴巴紧闭,迎着落日刺眼的黄光,他的眼睛眯成了一条小缝。十分钟后,他们驶过一片长满枯松的矮林,梅瑞迪斯发现他们已经离火车很近了。现在火车在他们前面几百码的地方,它更慢了,先开上了一个陡坡,然后驶进了一个很短的涵洞。梅瑞迪斯的靴子紧紧地踩着车底板。他都能闻到火车机车喷出的烟的味道。吉普车继续疾驶,越过了山脊,在车辙中颠簸行进,后面的挂车嗒嗒作响。这是一个很长很缓的下坡,过了这个坡是一片光秃秃的平原,一眼望不到边。火车冒出黑烟的影子在他们前面的路上往前移动着,他能很清楚地看到火车上的那些人,他们有的紧紧抓着驾驶室的后部,有的趴在车顶,有的站在缓冲器和踏板上。

之后他再也没有正眼看一下火车。即使是他们已经赶上、已经超过它的时候,他的眼睛也一直紧紧盯着路面。

"天啊!又有一个人掉下来了!"康诺弗大声叫道,"老天!他们在不停地往下掉!"

梅瑞迪斯一言不发。

速度表的指针到了六十,停了一小会,然后继续升高。风狠狠地吹打着弹痕累累的挡风玻璃,猛烈地击打着他的脸和头发。尽管梅瑞迪斯的眼睛盯着远处的路面,尽量避开车辙和沙土松软的地方,吉普车仍然剧烈地颠簸着。速度指针到了六十五,停在了那里。一根干了的草穗卡在速度表的罩子里,像在指着那些数字,另一根卡在了仪表板照明灯的罩子里。

梅瑞迪斯明白这不仅仅是超过火车那么简单。首先他要超过这列火车,然后他要一直向前开,一直往前开,一直开。他们可能早就超过火车了——他耳中已经没有了车轮的咔嗒声,也没有了火车发动机的轰鸣声——但是即使这样,他们依然要继续前行。他一定要把它远远甩在身后,让它永远地从他的生活中消失。从柳州发出的最后一班火车。这是在火车站的时候他站在铁栅栏上要大声喊出来的话。他没有说,但这现在已经不重要了,因为他们还是用喇叭通知了。用一种强有力、充满权威、非常刺耳的声音,非常有力量的声音,一个让所有人都听到的理智的声音,还是用本地话说的。但是这个声音没有告诉人们任何关于目的地的信息。这是他胜过他们一头的地方。没有人说过这趟火车踏上的是一趟没有尽头的旅程……没有人说过旅程将不停地继续,将穿越全部人类的所有历史。真奇怪,他对此了解得这么清楚,而他们却对此一无所知。只有他,大卫·梅瑞迪斯知道这列火车将永远向前行驶。他要做的是开到它前面去,把它远远地甩到身后,这样一来,这列火车开往哪里对他来说都无关紧要了。因为它就从他的生活中消失了、不再重要了。

"放松点,伙计。"康诺弗说,语气中充满了焦虑。

但是梅瑞迪斯没有理会。他现在只有一件最重要的事情要考虑——就是,这一切都应该变得不重要了。因为你可以让事情变得无关紧要。比如,他们现在的行进方向根本不是他要开车去的方向,但这已经无关紧要了。他原本真正想做的是走一条完全不同的路,往回走。因为曾经有那么多事情应该做却没有做。当然，现在已经为时已晚。他们甚至还没有给中方的指挥部打电话，让他们来救援冯上尉手下的那些骨瘦如柴的士兵——那是沿他们来的路往回走几英里就能做成的……比去俯瞰柳江的山上的那座客栈远不了多少。沿着同一条路往回走，这条路又变成完全不同的一条路。这真是很奇怪的一件事情：一旦你沿着一条路前行，这条路就变成了一个完全不一样的东西，但同时它又是不可改变的。当然，这不变的是它的本质——它本身是永恒不变的，但是对于你来说，这条路变得不一样了……

"嘿，戴夫，别那么紧张……"

他知道他还是开得不够远，因为他依然觉得还有一些有那么点重要的事情在他心头。这些是他在来的路上曾经特别想做的事情，就是在这条遥远的路上。但是现在已经为时已晚，他肯定不会去做了。他曾经想回去给一个老人带一点水喝。他想再给那个女孩一根果条。给那个被丢在砂堆上的尸体再铲上几铲土，把她的身体转过去，让她脸朝下，让她死得有尊严一些。这差不多是他最想做的事情。但是这些事他也不会去做了，他现在只需继续往前开，不停地往前开。用不了多久，这些事就会从他的生活中消失。到那时，这些事就彻底无关紧要了。

真是很有意思，他还能闻到康诺弗身上那种淡淡的石炭酸的气味。即使尘土飞扬，风猛烈地吹着已经开裂的挡风玻璃，他还是能闻到这个味道。但这和在桂林躺在砂堆上的那个女孩又有什么关系呢？不管怎么样，这都已经无关紧要了。他要做的就是开得再快一点，迎面而来的劲风会把一切都吹得烟消云散。

下坡的路现在越来越陡。他越开越快，开进了一片黑暗而贫瘠的土地。火车已经在他们身后很远的地方，在橘黄色的黯淡天穹下，形同一个小污渍。但是他还是紧紧踩着踏板，让它紧紧地贴着车底板。

康诺弗看了一眼速度表上颤动的黑色指针，紧张地舔了舔嘴唇，转过头看着自己的同伴。

但是梅瑞迪斯依旧盯着前方，直直地盯着前方。他继续开着车，泪如雨下。

图书在版编目（CIP）数据

漫漫长路 /（澳）乔治·约翰斯顿著；陈冰译. —青岛：青岛出版社，2019.10
ISBN 978-7-5552-8633-2

Ⅰ.①漫… Ⅱ.①乔…②陈… Ⅲ.①长篇小说－澳大利亚－现代 Ⅳ.①I611.45

中国版本图书馆CIP数据核字(2019)第221743号

本书由青岛市人民政府新闻办公室资助出版

书　　名	漫漫长路
著　　者	［澳］乔治·约翰斯顿
译　　者	陈　冰
出版发行	青岛出版社
社　　址	青岛市海尔路182号（266061）
本社网址	http://www.qdpub.com
邮购电话	13335059110　0532-85814750（传真）　0532-68068026
责任编辑	刘　坤
特约编辑	刘芳明
整体设计	戊戌同文
印　　刷	青岛国彩印刷股份有限公司
出版日期	2019年10月第1版　2019年10月第1次印刷
开　　本	32开
印　　张	7.75
字　　数	155千
书　　号	ISBN 978-7-5552-8633-2
定　　价	39.00元

编校印装质量、盗版监督服务电话　4006532017　0532-68068638